李淼罪案故事

VOL.1

第一卷

如坠深渊

李淼 著

中国 友谊出版公司

图书在版编目（CIP）数据

李淼罪案故事.第一卷,如坠深渊 / 李淼著 .-- 北京 : 中国友谊出版公司, 2021.3

ISBN 978-7-5057-5143-9

Ⅰ . ①李… Ⅱ . ①李… Ⅲ . ①纪实文学—中国—当代 Ⅳ . ① I25

中国版本图书馆 CIP 数据核字（2021）第 027883 号

书名	**李淼罪案故事 . 第一卷 , 如坠深渊**
作者	李淼
出版	中国友谊出版公司
发行	中国友谊出版公司
经销	新华书店
印刷	河北鹏润印刷有限公司
规格	880×1230 毫米　32 开
	10.75 印张　320 千字
版次	2021 年 8 月第 1 版
印次	2021 年 8 月第 1 次印刷
书号	ISBN 978-7-5057-5143-9
定价	58.00 元
地址	北京市朝阳区西坝河南里 17 号楼
邮编	100028
电话	（010）64678009

目录

推荐序

徐 浪

听说淼叔写的日本罪案要结集出书，作为朋友，我特别替他高兴。

但今天在这儿，我不想以朋友的身份，而是以一个读者和粉丝的身份，来聊聊他的这本书。

根据我的阅读经验，淼叔是全中国罪案故事写得最好的人。

为什么一上来就如此狂妄地下这个结论呢？

让我给你说道说道。

中国编写罪案故事的没几个，掰着手指头就能数出来，只要横向对比一下即可得知，淼叔是最好的那个。

国内罪案故事作家的作品有一个共性，那就是资料来源单一。

这不能全怪他们，为了保护受害人隐私，刑事案件卷宗的管理往往比较严格。而一个杀人案从案发到侦破再到审判，跨度动辄几年甚至几十年，媒体不可能一直跟踪调查。所以，我们会看见，即便是"白银连环杀人案"这样轰动全国的案件，在相关特稿里也有很多语焉不详。既然看不到卷宗，有限的媒体资料和小道消息也就成为主要的写作材料，如此写出来的罪案故事一定会显得单薄。

所以，这就导致了另一种罪案故事作家的诞生——分析类作家，即根据已有信息推测当时发生了什么。可是，这些罪案故事里的推测绝大部分与实际差距较大。别说普通的罪案故事作家，连心理侧写的鼻祖、"连环杀手"一词的发明者、美国联邦调查局（FBI）犯罪学专家约翰·道格拉斯，一辈子也是频频失手，经常因找错方向而终止调查。举个例子，"绿河杀手"加里·里奇韦在道格拉斯眼皮子底下杀了十几个人，道格拉斯成立专案小组，花了十年时间、上千万美元，却始终无法将他抓获。强如FBI，在实际应用心理侧写推测凶手时都有很大问题，更别说毫无探案经验的作家了——那几乎等同于小说。

淼叔编写的罪案与上述两种完全不同，既不单调，也并非无端揣测。此书中的日本罪案故事，有大量卷宗材料、媒体报道、影像资料及相关人员采访作为依据，资料来源极广，他的好多文章都是好几万字，例如，《消失的家族：北九州监禁案》《新世纪魔女审判：木岛佳苗的东京梦》等。这些罪案故事中有大量的细节，从警方调查过程到案情发展始末，甚至案发当天凶手和受害人吃了什么，淼叔都会告诉你。

日本是与中国文化最为相近的国家，通过淼叔的诠释，读者阅读这些罪案故事不仅毫无障碍，还会被他那种处处设悬念的写作方式吸引，就像读尤·奈斯博的悬疑小说一样，非一口气读完不可。这是目前国内其他罪案作家无法做到的。

有人肯定会想，那港台地区就没有比淼叔更出色的罪案作家吗？

据我个人阅读经验而言，没有。

港台地区倒是有很多罪案故事作家，但没一个写出名气的。原因很简单，港台地区八卦媒体发达，为抓人眼球，报道罪案时往往用词夸张，像"窝囊男戴绿帽狠杀 G 奶女友"这种新闻标题，你在别处媒体上是根本看不见的，以至于总以这种方式报道罪案的几家报纸还被读者"赠予"了不少顺口溜，比如"一天一苹果，智商远离我"。因此，港台地区作家笔下的罪案故事，常有许多夸张形容掺杂其中，甚至夹杂私货，将很多与罪案无关的事——比如自己的时政观点——加进去。这不是真正好的罪案写作。

真正好的罪案故事写作，要像非虚构罪案故事的盖世之作——杜鲁门·卡波特的《冷血》一样，客观、详尽地描述罪案过程和罪案的时代背景。阅读罪案故事的同时，读者还能了解事件发生时的社会环境、人物心理、文化背景，以及当时当地人的生活方式。你可以根据这些东西自行思考，而不是被别人引导至某条固定道路上去。

淼叔的写作正是这样。他讲故事几乎从不掺杂个人感情，只是尽可能详尽地写下案情的种种信息，并在结尾加上寥寥几句自己的观点。看他的文章，你能了解罪案发生的全过程，"真实地"参与到一个案件的侦查之中，收获很多关于人性的感悟。不仅如此，你可能还会疑惑，自己看的明明只是个罪案故事，怎么读完之后对日本这个国家和他们的风土人情也更加了解了呢？

不要质疑你的感受，这都是真实的。淼叔在日本生活多年，可以说是我身边最了解日本文化的人。如果他写的不是罪案故事，那甚至可以把《南方周末》那句经典的标语"在这里，读懂中国"改一改，印在本书的书封上——"在这里，读懂日本"。

作为朋友，我可能多少给他加了些光环，但毫无疑问，李淼在我心里就是中国的卡波特。他和卡波特一样，是真正见多识广的人，读过很多书，在很多国家旅居过，会很多门语言。作为一个罪案故事作家，他的冒险精神无须怀疑。他总是一个人去世界各地的废墟探险——这样的人写起罪案故事来，一定比只坐在家里查资料的人更值得信任和尊重。

写到这里，我想从读者和粉丝的身份中跳出来，切回朋友的身份，对淼叔说两句语重心长、掏心窝子的话："像你这么优秀的作家，如果每天凌晨不在微博和朋友圈发美食照片让别人难受的话，那就更加完美了！"

自 序

等了许久，终于等到这本书出版。

身为作者，我有一些话想在这里说。

一

以往我们了解杀人案，往往最关心三个问题：谁杀的？杀了谁？什么时候执行死刑？这个思路很常见，却并不全面。许多年前，当我第一次接触到"案情分析"时，一扇大门向我打开了，我开始问自己："他为什么要杀人？"

从此，我对罪犯的犯罪动机产生了兴趣，每当看到一桩杀人案，就会竭力挖掘，是一时行为过激，是为情、财所困，是为了报复社会无差别杀人，是为了满足异常控制欲，还是由于人格、精神层面出了问题？我在仔细收集、阅读、分析资料后发现，每一桩杀人案的背后往往都有一个自己从未想象过的世界。

上述类型的案子本书都有涉及，例如，"消失的家族：北九州监禁案"，主犯松永太是一个自始至终手上没沾过血的人，因而在庭审中也主张自己"无罪"。然而，在同案犯、幸存者的供述之下，这名充满控制欲、以自我为中心、善于营造虚假身份的罪犯的真实面目暴露无遗。与他类似的还有著名的"日本黑寡妇"木岛佳苗，外表并不出众的她在十几年时间里让身边多名中老年单身男性神秘死亡，并从中获得了多笔巨额遗产。他们大概可算是控制欲极强、隐藏能力极高的典型罪犯。

还有一类罪案容易让读者误解，这便是连环杀人。连环杀人犯的作案动机，往往并非传言中的"为邪教血祭"或"报复社会"，而是自身异常的性欲、强烈的性癖和暴力倾向所致。本书提到的日本昭和时代著名连环杀人狂胜田清孝和大久保清，基本上符合这些特征——如果放眼全世界，无论是美国的泰德·邦迪、约翰·加西，还是苏联的安德烈·奇卡提罗，他们犯下连环杀人罪行的背后动机都可以用这个路数切入分析。

金钱与感情是大多数罪犯杀人的诱因。然而，如果你了解了足够多的罪案就会发现，罪犯之所以杀人，其根源往往可以追溯至童年、少年时的经历。在"十九岁的少年：关光彦市川灭门始末"这桩案件中，你可以看到一个犯下灭门罪行的十九岁少年关光彦劣迹斑斑的成长故事。

二

　　很多读者会问，同一个罪案故事，为什么我写的与大家在网上搜到的区别很大。我的解释是这样的：同样的罪案，如果用最终结果来反推案情，那我们得到的结论将会缺乏大量细节，甚至永远无法得到真相。比如，罪犯为何会选择这样的作案手段？他如何选择特定作案地点与作案方式？究竟是怎样的遭遇让他走上不可挽回的道路？在未成为罪犯前，是怎样的经历塑造了他的人格？被害人又是如何遇到罪犯的？

　　不幸的是，在网络和社交媒体上，用这种方法解读罪案故事的大有人在。他们并未用心挖掘案件的真实面貌，反而用大量残忍描写、耸人听闻的死状、猎奇的笔触，将一件件不幸案件娱乐化，甚至不惜用灵异、巫术、非自然现象加以包装。依靠通灵、扶乩、千里眼等方式解读案件，十分可悲；满足于猎奇、夸大风格文章的读者，同样愚昧。

　　所以，我尝试用更全面的信息，还原案件的本来面貌——从一切还都没有发生开始，从罪犯尚未染指犯罪开始，从被害人尚未陷入不幸开始，从冰山尚未浮出水面开始，让大家明白悲剧是如何一步步形成的，一个普通人又是在怎样的情绪、社会环境和精神状态下，在哪一个瞬间突然堕落成恶魔的。

　　这样做特别耗费精力，但值得。

　　在写作过程中，我逐渐能够尝试着变换立场，用事件中每个参与者的眼睛看待事态演变，站在他们的立场去想象，下一步该怎么办。在某一刻，我就是你读到的某个人物，我在替他思考，也在替他说话。

三

如果要用一个词来描述我对案件和案犯的态度，那就是理解。理解不意味着原谅，也不意味着接受，更不意味着赞同与效仿。理解仅仅是理解，通过整个过程明白这些人变成杀人犯的原因，反思家庭教育、社会压力等因素如何起作用；如果一切能重新来过，我们又能否扭转这一切。

这才是理解的意义。

我并不确切地知道，我对罪犯家庭背景、成长经历、心理状况的解读与分析，究竟能给读者带来什么帮助。我只希望读者看完本书，可以增强识别危险的能力，学会在现实生活中规避隐藏在表象背后的风险，生活得更安心。

毕竟，有些事既然已经发生，知道总比不知道强。

二〇二〇年三月　北京

北九州監禁案

北九州監禁事件
主犯：松永太、緒方純子
事件の発生時間：1992—200:
事件現場：福岡県北九州市松永太
死亡者名：服部清志、緒方誉、緒
恵子、主也、優貴、小彩
犯行方法：監禁、電撃、死体がに
虐待、電線絞殺、首を絞めてから
死体遺棄

消失的家族

静香、緒方理

うばらされる、
体を断切る、

北九州监禁案

主　　犯：松永太、绪方纯子

案发时间：1992—2002 年

案发现场：福冈县北九州市松永太住宅

死　　者：服部清志、绪方誉、绪方静香、绪方理惠子、主也、
　　　　　　优贵、小彩

作案方法：监禁、电击、电线勒死、分尸、抛尸等

一、绝望的少女

二〇〇二年一月三十日凌晨四点，七十岁的服部荣藏和老伴服部寿子早早地起了床，惴惴不安地等待门铃响起。

这对老夫妻居住在北九州市门司区一处宅院里，有一儿一女。儿子服部清志四十岁，几年前跟妻子离婚，带着女儿服部恭子一起生活；女儿服部雅子因丈夫出轨也刚刚离婚，一个人住在北九州市内。

一月二十九日晚上，寿子接到了孙女恭子打来的电话。不同于日常问候，电话那头的恭子似乎相当紧张，用很小的声音说道："现在叔叔在洗澡，我偷偷打电话给你。明早五点我过去，别锁门。"说完便匆匆挂了电话。寿子搞不清电话中的叔叔是什么人，但直觉告诉她事情不妙，于是从一早起，两人就紧张地守在家里等孙女到来。

清晨五点，门铃响起，还没等寿子去开门，恭子已迅速打开大门跑了进来，并立刻转身把门锁好，呼哧呼哧地喘着粗气，抬头看见奶奶后，忽然号啕大哭，整个人支撑不住跪倒在地上。荣藏和寿子惊讶得说不出话来。

之后几天，恭子就睡在奶奶早就准备好的卧房里，除了吃饭、洗澡、上厕所，整天都躲在屋里，几乎是没日没夜地睡觉。看到孙女这样，老两口感觉到事态有些不对，奶奶多次悄悄问她出了什么事，可无论恭子当时心情如何，只要提起这事，便立刻紧闭嘴唇，一言不发。在她洗澡前换衣服时，奶奶无意间瞥见她身上到处都是瘀青。因为恭子跟清志一起住，所以奶奶自然推测这些瘀青可能是清志殴打所致，于是换了个方式问："你爸爸最近怎么样啊？"

一九九〇年，清志和前妻离婚，独自带着恭子生活。清志是一名房地产中介，这份工作在日本泡沫经济时期十分吃香，因此他攒下了一大笔钱。一九九一年，清志认识了一名有三个孩子的单亲妈妈，两人同居了一段时间，但于一九九四年分手，此后他便带着恭子搬进公司宿舍，与荣藏夫妇也减少了来往。奶奶向恭子问起清志，是因为她已经有六七年没见过他了。

恭子先是犹豫了一下，之后小声说道："爸爸最近常去国外出差，也不怎么见得到他。"清志是房地产中介，几乎不可能频繁去国外出差，但奶奶也没有就此生疑，反而是爷爷在得知宝贝孙女被打得满身伤痕后怒不可遏。他对恭子说道："清志这小子简直太不像话了，竟然敢打你！把他给我叫回来，我要好好教训他！"恭子依然小声说道："爸爸每天飞来飞去的，我也不知道他在哪里，联系不上。"爷爷和奶奶继续追问，而恭子则就此陷入沉默，一句话也不说，两人只得带着满腹疑团继续照顾着她。这期间，恭子拜托爷爷用他的身份为自己开办了银行账户，并开始申请国民健康保险证——日本没有身份证，大多数需要身份证明文件的机构都会检查国民健康保险证。

一周之后的一个晚上，一位不速之客敲响了荣藏家的大门。

来的不是别人，正是荣藏的大女儿、清志的姐姐雅子。看到姑姑的身影，恭子不但没有高兴地迎上去，反而惊恐地瘫倒在地，连滚带爬地逃回屋子。荣藏夫妇正感到奇怪，雅子先开口道："爸爸，恭子回家您怎么也不告诉我一声？"随后掏出手机，拨通电话，说道："我在外公家呢，晚点儿再回去，乖，你先睡吧。"听口气似乎是在给她儿子打电话，然而事实并非如此。这通电话打给的是一直蹲守在荣藏家外的男子，"晚点回去"是两人商量好的暗号，意思是"恭子在这里"。

不多时，门铃再次响起，一名穿着西装、戴着眼镜、斯斯文文的青年出现在门外。

"您好，我叫宫崎，是雅子的男朋友，突然来访十分冒昧，请问能让我进去说话吗？"

众人进到客厅。

雅子和宫崎肩并肩坐下，荣藏坐在他们对面，寿子去泡茶。

"我今天来，是想跟您正式见上一面，谈谈我跟雅子的婚事。"宫崎恭恭敬敬地说道。荣藏显然被这突然登门的访客吓了一跳，但看对方眉清目秀，举止文雅，谈吐稳重，也慢慢放下了戒心。据宫崎介绍，他和雅子是通过清志介绍相识的。宫崎是一名计算机工程师，在清志手下工作，帮助他设计彩票中奖预测软件。几年前，清志辞去了房地产中介工作准备创业，之后认识了宫崎，两人联手开办了一家软件公司。创业后的清志工作非常忙，常要跨国往来，于是便提议将女儿恭子委托给宫崎照顾。十八岁之前，恭子的一切日常生活都由宫崎来打理，清志按月支付宫崎生活费。

因为欣赏宫崎的为人，清志又将姐姐雅子介绍给宫崎。虽然宫崎长相潇洒，但他说，他完全不知道如何与女孩交往，可他对雅子却是一见钟情，常给她打电话聊天。交往了一段时间后，虽然宫崎主动约雅子见面的次数少了，但还是会时不时地打个电话，向她诉说自己的工作，而雅子也慢慢觉得宫崎真的是个非常了不起的青年才俊。当知道雅子终于和前夫完成离婚手续后，宫崎马上求婚："雅子小姐，请你嫁给我吧！我们一起来照顾恭子，建立一个温暖的家庭。我一定会让你幸福的！"雅子受宠若惊，没多想就答应了。自此，她不但常常与宫崎出双入对，更是拿出多年积蓄，为宫崎的公司解了多次"燃眉之急"。

就在恭子从宫崎家逃走的第七天，宫崎一脸凝重地找到雅子，说道："恭子偷走了公司保险柜里的一笔钱，我怀疑她跑到了你父母家，能不能帮我去看看？事关重大，公司被盗是必须去警察局报案的，我怕警察搜查对恭子今后的人生不利，最好还是先当作家务事处理吧。"雅子尽管喜欢宫崎，还是怕宫崎会因此打骂自己的侄女，所以有些犹豫。宫崎接着说道："如果这事让恭子的父亲知道了，肯定会狠狠地打骂恭子，而警察一旦介入调查，就会把她带走审讯。她太小，受不了这些，咱们这是在帮她。"左右为难的雅子看着自己心爱的宫崎急切的样子，最终还是同意了。文质彬彬的外表以及跟清志、雅子的关系让宫崎马上得到了荣藏夫妇的信任。宫崎趁热打铁，马上说他准备举办一场盛大的婚礼，给雅子买一枚钻石戒指，老夫妇不由得打心底里高兴起来。

就在他们谈话期间，恭子从楼上走下来，看到了宫崎。她一只手指着宫崎，双腿颤抖，结结巴巴地说不出话来，然后马上转身跑回房间。宫崎也不急于追赶，只是突然严肃起来，对荣藏说道："恭子来到您这里之后，有什么不对劲的地方吗？"荣藏便将恭子借用身份办理银行账户的事说了。宫崎皱紧了眉头，用冷静的语调说道："恭子最近结交了一些不良少年，那些人怂恿她做坏事。上周她来公司，打开保险柜，偷走了两百五十万日元。我怀疑她开账户就是要把这笔钱存到银行，然后去跟那些不良少年鬼混。"荣藏想起前几天收拾东西时，确实看到恭子书包里有几十万日元现钞，于是也怀疑起恭子来。宫崎接着说道："清志社长把恭子全权委托给我，我却没能履行一名监护人的责任，让恭子做了这等事，这都是我的责任，我愧对清志先生的信任啊！"说罢摘下眼镜哭了起来。雅子连忙安慰，荣藏也忧心忡忡，连忙劝道："这不是宫崎先生的错，是恭子太不争气，也是做爷爷的管教不严。"宫崎擦了擦眼泪，抬头说道："那我今天就把恭子带回去，跟她好好谈谈心，您看可以吗？"

听到这里，荣藏突然有了一丝警惕，回答道："这件事，咱们还是听听恭子的意见吧。"老夫妇上楼好不容易把恭子劝了下来，让她在桌前坐好。宫崎亲切地对恭子说道："之前都是叔叔不好，不应该那么粗暴地对你吼叫。现在叔叔也很后悔，而且照顾你的森阿姨也非常自责。咱们今天就回家去，我跟你爸爸好好解释，不会让他打骂你的，你看好不好？"恭子连头都不敢抬，只是一直拼命地摇头，身子往后倾斜，仿佛就要受刑一般。

见恭子如此抗拒，荣藏也不由得有了疑虑，于是说道："我看恭子好像还没有完全放心，而且今天时间也很晚了，不如这样，先让恭子在这里睡一觉，明天一早，我和她奶奶一起把她送回去好不好？"

没想到，之前文质彬彬的宫崎此时突然凶相毕露，站起来斩钉截铁地说道："不可以！爷爷您这样溺爱恭子的话，我这个监护人的身份岂不是毫无意义了？今后我还如何管教恭子？无论如何，今天恭子必须跟我们走！"

雅子也起身站在宫崎身边表示支持。

恭子哭了。

在一旁为难的荣藏望着丝毫不肯退让的宫崎和雅子，只好安慰恭子道："恭子，今天你就跟宫崎叔叔回去吧。明天一早，我就和奶奶一起去接你回来，你看好不好？"宫崎也点了点头。于是，在所有人的坚持下，恭子被雅子半推半拉地带回房间，草草收拾了睡衣和外套，将它们塞进随身携带的背包。趁着雅子转身的工夫，恭子连忙将一个纸团塞进了一同进屋的奶奶手里，小声说道："等我走了再看。"

在大门口道别一番之后，雅子带恭子上了车后座。为保险起见，荣藏让宫崎留下住址和电话。不过他并不知道，此刻车后座上其实还有一个人,她就是宫崎前面提到的森阿姨——四十出头的样子,却留着不合年龄的娃娃头。

看到恭子上了车,森阿姨脸上露出僵硬而又诡异的笑容。

"恭子小姐,你回来啦?"

已经彻底绝望的恭子根本不敢抬头。

雅子和森一左一右把恭子夹在中间。宫崎向雅子和森介绍了彼此:"这位森女士是清志社长请来照顾恭子起居的,之前她对恭子有些严厉,但是个好人,非常可靠。雅子是清志社长的姐姐,也是我的未婚妻。我们准备明年就举办婚礼,作为结婚纪念的钻石戒指正在瑞士定做,过几个月就能戴到她手上啦。"

森露出了笑容:"真棒呀,好羡慕你们两个人呢!"

半小时后,车子来到一处公寓楼外,宫崎让森带恭子先回去,自己开车带着雅子去海边兜风。当晚,雅子满怀幸福地幻想着自己的婚后生活,甜甜地进入了梦乡。与此同时,另外三个人却彻夜未眠。

恭子回到家中,听从森阿姨的指令,换上了早就为她准备好的睡衣,然后便被反锁在屋里。

宫崎等人走后,荣藏和寿子一直心神不宁地讨论着宫崎是否可靠,恭子又是否真的行为不端。突然,寿子想起恭子临走时往她手里塞的那个纸团,连忙查看。夫妻两人凑在灯下，只见上面用铅笔歪歪扭扭地写了一行字："叔叔说的一切都是假的，请一定来接我回家，不然……"

第二天早晨九点，荣藏拨通了宫崎留下的电话。电话那边是一个女人的声音，荣藏赶忙说明来意，女人说道："对不起，现在清志社长和宫崎先生都还没有来到公司。您说要接恭子小姐回去，但她一早就出发去了打工的美发店，今天有新入职员工培训，培训要持续一个月左右，所以这段时间应该是联系不上她了。"

打工的美发店？荣藏从没听恭子提起过这件事，追问道："那么，她打工的美发店在哪里？又去了哪里培训？"

"对不起，我们不知道。"女人说完立刻挂断了电话。

荣藏此时才明白，自己被宫崎骗了。

几天后，就在老两口准备报警的时候，家里突然接到了一个电话，来电的不是别人，正是恭子。

"恭子，你还好吗？你现在在哪儿？你的健康保险证已经办好寄到家里了，你从那边能逃出来吗？"寿子非常急切地问道。

然而，恭子的回答却令人大吃一惊。

"死老太婆，谁让你多事的？谁说让你帮我办健康保险证的？干这种多余的事情，老不死的东西！"

听到恭子在电话中不断地咒骂，这对老夫妇的疑惑更加强烈了。恭子的声音时断时续，完全不像是一个愤怒的人在发泄情绪，更像是照着什么东西在念。恭子似乎是在有意激怒他们，而这对见多识广的老人心中更多的却是担忧：她明显是被人挟持了。恭子留下一句"别再找我，不然我就去自杀"后挂断了电话，这让荣藏和寿子更加确认了自己的推测，然而他们又不敢贸然报警，以免对恭子不利。荣藏拨通了雅子的电话，想从侧面打听一下宫崎，没想到刚一开口，雅子便不耐烦地说道："爸爸，我的事不用您操心，宫崎是个可靠的好男人，恭子给他添了不少麻烦，我还很忙，没事不要打电话来。"

就这样，几周过去了。

三月五日零点左右，家中电话再次响起。来电话的依然是恭子，与上次的满嘴脏话不同，这一次，恭子小心谨慎地用近乎耳语的音量说道："一会儿我从这里逃跑，大概五点到家，等着我。"

荣藏和寿子一夜未眠，他们不知道这一次恭子是真的能逃跑，还是宫崎又布下了什么陷阱。

天色渐亮，时针指向五点，大门毫无动静。

五点半，令人发疯的寂静仍在继续。

六点整，没有任何消息。

就在他们以为恭子逃跑计划失败的时候，六点二十分，电话响了。恭子急切的声音从听筒中传来："我在国道边的加油站，地址是×××，快来接我，不然就晚了！"

　　荣藏和寿子连外套都没来得及穿，慌慌张张地开车沿海岸公路飞驰，三十分钟后，他们来到约定地点。此时，恭子正躲在停车场边上的灌木丛里，紧盯着停车场的动静，在确认爷爷奶奶没有被跟踪之后，才慌慌张张地从灌木丛里跑出来，直接冲进车里。也许是一夜经受了太多惊吓，又或是沿着国道逃跑劳累过度，恭子不久便昏了过去。

　　荣藏知道，一旦得知恭子逃跑的消息，宫崎一定会马上来家中找人，所以他让寿子先回家，自己开车带恭子来到远离市区的山区。在一片寂静的森林中，荣藏和恭子走出车子，站在草地上。他递给恭子一罐橙汁，问起她这段时间的遭遇。恭子只是紧紧地闭着嘴，什么也不肯说。荣藏把手中的烟头摔在地上，狠狠地踩灭它。他横下一条心，用平静但坚定的语气说道："你爸爸其实已经死了吧？"

　　听到这句话，恭子立刻泪如雨下，打破了一直以来的沉默，用尽全身力气喊道："爸爸他被叔叔杀掉了！"

　　荣藏心中咯噔一下，一直以来的不祥预感果然是真的。他强忍着复杂的心情，将恭子抱在怀里，说道："咱们去警察局报案，你别怕。"

　　在警察局说明来意后，一名女警将恭子带到了一个单间做笔录。未承想，这次笔录异常漫长，竟然持续了数小时。接近傍晚，笔录终于结束。女警拿着厚厚一摞记录，脸上带着难以置信的神情来到荣藏面前。

"根据您孙女的叙述，这起事件相当复杂。"

"你说的'复杂'是什么意思？"

"要么是您孙女受到太多刺激，精神错乱了，要么……"

"要么怎样？"

"要么就是我们遇到了一起前所未有的恐怖连环杀人案。"

由于恭子提供的信息过多，警方暂时无法确定案件的性质。为谨慎起见，警方请作为法定监护人的荣藏参加后面的询问。荣藏走进询问室，看见恭子正缩在椅子上小声抽泣——显然，刚才那几小时的询问已使她的情绪出现了相当大的波动。女警将笔录中的一段指给荣藏看，上面赫然写着"宫崎命令我用钳子拔掉自己的脚指甲作为逃跑的惩罚"，这种虐待方式光是想想就会让人浑身不自在，荣藏简直无法相信那天坐在自己家里得意扬扬谈论着与雅子婚事的青年竟是如此残忍。

事实上，宫崎的残忍程度远超荣藏的想象。

为确认伤势以便收集证据，迅速逮捕宫崎，警方让恭子将鞋袜脱下，查看笔录是否属实。恭子照办了。当她脱掉袜子的那一刻，屋里每个人都不由得捏了一把汗。恭子双脚的十个趾甲全被拔掉，小腿前侧的皮肤和骨头靠得最近的部分，满满都是青紫色瘀伤以及高低不平的肿胀。恭子的笔录中写道："宫崎命我跪在浴缸边，小腿要直接放在浴缸上，不许用手撑。一旦滑下来，就必须接受惩罚——用木刀打自己的小腿，这也是避免我逃走的方法……"

　　警方将恭子留在警局，处理她的伤势，并保障人证的安全。

　　荣藏为恭子准备了洗漱用具和睡衣，安顿好后独自开车回了家，可刚到家门口，便觉得气氛有些异常：门口有一双男人的皮鞋。走进客厅，宫崎和寿子正坐在桌前相对无言。见荣藏回来了，宫崎还是摆出一副好青年的样子，说道："请问恭子是不是跑回来了？她前几天深夜跑出去找不良少年，我和森找了很久，才在公园里见到她，结果她又跟我们大吵了一架，昨夜不辞而别，我们都很着急，这事如果让清志社长知道了，恐怕又要揍恭子了。"

　　荣藏毕竟是经历过岁月洗礼的老人，不但没有表现出任何情绪波动，反而十分平静地说道："恭子早上确实回来了，但不久又说要去找朋友玩，大概中午时出去了，现在也没回来，走的时候也没说清楚去找谁，我跟她奶奶也着急呢。"

　　宫崎心里踏实了下来，悄悄地将桌子下面手中握住的匕首收回了裤兜。

　　"既然这样，恐怕今天我也没法把恭子带回家了吧？虽然清志社长将照顾恭子的重任委托给了我，但毕竟恭子已经十七岁了，离之前与社长说好的照顾她到十八岁的约定也差不了几个月。我看不如这样，今天我们做个了断好了。"

"你的意思是……？"

"之前我一直不敢跟您说，其实，恭子她喜欢上我了。尽管我是她的监护人，受她父亲委托照顾她，但大概是我自己比较优秀的缘故，恭子与我朝夕相处，已经越来越迷恋我。说实话，我自己也很受困扰，于情于理，都不能接受恭子的感情。您知道，毕竟我心里只有您女儿雅子一个人。"

荣藏强忍着怒火，冷眼看着宫崎继续表演他的独角戏。

"如果荣藏先生同意，我希望能够借此机会正式结束照顾恭子的任务，我会写一个书面说明，由您和我签字，正式将恭子的抚养权转让给您，您看可以吗？"

荣藏知道事情不会那么简单，发问道："条件是什么？"

"也很简单，清志社长将恭子委托给我时，约定每月给我二十五万日元抚养费，等到她十八岁时一笔付清。我从恭子十岁起开始照顾她，到今天为止共七年零七个月，也就是九十一个月，合两千两百七十五万日元（约合人民币一百五十二万元[1]），您看什么时候能付清这笔钱？"

---

[1] 编者注：本书中之罪案涉及大量金钱财物，因所处年代不同，各罪案中日元之购买力亦存在差异。为便于读者理解涉案金额之高低，在部分关键财物金额之后，特附加了按编者整理文稿期间的汇率折合换算后的人民币数额。

　　"事关重大，这事我还要跟寿子好好商量。如果今天恭子回来，我们会马上通知你，你看今天是不是就先到此为止？"

　　宫崎显然还不想善罢甘休，再次提出要找到恭子，让她亲笔写下"同意与宫崎断绝关系"的证明。无奈之下，荣藏当着宫崎的面拨打了恭子的手机，然而电话并未打通——荣藏早与警方商量好，这段时间家里只会通过警察局的座机与恭子联系，恭子的手机不会接听任何电话。见荣藏确实联系不上恭子，宫崎只得作罢，告别离去。

　　第二天早晨六点，荣藏家的门铃响了起来，敲门的正是森。她对荣藏夫妇介绍了自己，说受宫崎委托，前来取走恭子的行李衣物。尽管荣藏让森赶快离开，但她坚持说如果不拿走恭子的东西，就跪在门前不走。于是寿子转身进屋去收拾，将东西都装在一个旅行袋里拿给森。本以为森拿了东西就会走，结果她却打开旅行袋，当着他们的面一样一样清点——森显然对恭子的每样东西都相当熟悉，她坚持要带走恭子的一切东西，其中显然有着不可告人的秘密。

　　森翻过了旅行袋里的所有衣物，沉默片刻，突然歇斯底里地大叫道："不对！少了一件睡衣！有小熊图案的睡衣找不到了！"荣藏这才想起来，那件睡衣已经被他送到了警察局。急中生智的寿子连忙说道："那睡衣已经送给亲戚家的小孩了。"可森并没有一丝一毫的放松，依然大喊大叫："把那套睡衣还给我！这是宫崎先生的命令！"

没过多久，宫崎出现了。

他不但没有阻拦近乎癫狂的森，反而逼迫荣藏夫妇交出睡衣。时近中午，接到宫崎电话的雅子也赶到荣藏家，看到之前一向温文尔雅的宫崎突然变得凶神恶煞，雅子也觉察到有些不对劲。尽管在门前大吵大闹是非常失体面的行为，但荣藏夫妇横下一条心，坚决不让宫崎和森进门。时间一分一秒过去，荣藏夫妇毕竟已是七十岁高龄，体力渐渐不支。趁宫崎跟荣藏争论，森一头冲进了房门，二话不说，直接跑上二楼，奔向恭子的卧室——尽管她是第一次来这里，却似乎十分熟门熟路。进屋后，她一把拉开衣橱的门，似乎认为恭子会藏在这里，可壁橱空无一人。即便如此，她还是将衣橱里的衣服都翻了出来。此时，荣藏夫妇、雅子和宫崎也追到了屋里。看着宫崎和森在家里翻箱倒柜，荣藏夫妇无力阻止，雅子也皱紧了眉头。

这时，附近突然传来警车的警笛声。宫崎立刻站起来，对森说道："今天就找到这里吧，咱们走。"说完，丢下瘫坐在屋内的荣藏一家，急匆匆地从大门跑了出去。警车开到荣藏家附近，两名年轻警察走了下来——原来，邻居听到了荣藏家门前有争吵声，报了警，警察跟荣藏简单了解了事情经过后，也匆匆告辞。

荣藏让寿子、雅子在桌边坐下，说道："清志恐怕已被宫崎杀了。昨天我在警察局里看到恭子被宫崎他们折磨得不成样子，脚指甲都被剥掉了，真让人心疼，现在最重要的是将宫崎绳之以法，找到清志的下落。咱们不能轻举妄动，不然宫崎随时可能人间蒸发，一定要忍耐！哪怕拼上我这条老命，也要让真相大白于天下！"

听到这里，寿子捂住脸哭了起来。目睹了宫崎今天的疯狂行为，再联想起之前他那些夸张的言行，雅子也不禁怀疑起宫崎的真正身份来。

第二天一早，三月七日上午九时，宫崎拨通了荣藏家的电话。

"荣藏先生早上好，昨天真不好意思，我因为怕被清志社长责备，一时心急，在您家做出了一些可能会让您不快的行为，望您谅解。我打电话来是想跟您继续商谈恭子的抚养权问题。"

"宫崎先生，请说。"荣藏冷冷地回道。

"是这样，既然您之前已经答应接手恭子的抚养权，也愿意替清志社长支付他欠下的抚养费，我这边已起草好了抚养权转让文件，随时可以拿给您。作为交换条件，您看是否可以先支付一部分抚养金作为保证呢？"

贪心的狐狸上钩了，荣藏脸上浮现出了一丝微笑。

"没问题，我愿意付款，但你要的钱实在太多，一时准备不出来，现在家里有五百万现金，可以当面交给你。正好恭子也回来了，正在楼上睡觉，你看如果方便的话，能不能过来一趟，咱们三人一起面对面地把事情说清楚？"

"太好了，荣藏先生，我们马上就来。"说罢，宫崎便挂上了电话，带上森急匆匆地出了门。

经过两天的询问，尽管仍然有很多疑问，但综合分析户籍记录、案件卷宗等材料，警方认定宫崎与多起诈骗、失踪、情杀案有重大关联。于是，福冈县警方特意成立了特别行动组，从三月六日夜间就悄悄地进驻荣藏家。刚才宫崎与荣藏的对话其实都在警方的监听之中，荣藏的所有回答也都是按照警方给予的提示做出的。与此同时，大约二十名便衣警察埋伏在荣藏家周围，甚至连邻居家中都有警员在待命。一百米外一幢空置的三层公寓楼里，两名警察带着恭子正用高倍望远镜远远监视着荣藏家门前的风吹草动。

两小时后，宫崎和森坐着出租车来到荣藏家门前。

"没错，就是他们。"恭子说道。

"等目标进入屋中，立即逮捕。"公寓楼中的警官用步话机发出指令。

宫崎大摇大摆地走进屋里，将一摞文件摔在桌面上，一屁股坐在了沙发上。

"荣藏先生，起草这些文件也是很辛苦的，你得给我增加一些酬劳才行……"

话音未落，埋伏在洗手间和厨房的刑警一拥而上，将宫崎按倒在地，森还没弄清怎么回事，也被刑警从身后抓住两只胳膊控制住。

"以非法监禁、非法入侵他人住宅、故意伤害等罪名，对你们实行拘捕！"刑警对宫崎和森宣布道。森此时深深地低下了头，一言不发。而宫崎则拼命反抗着，大喊道："你们有逮捕证吗？我要看逮捕证！你们这是违法逮捕！"

"戏演到这里差不多也该结束了吧？松永太先生。"一名老练的刑警冷冷地用逮捕证拍了拍"宫崎"的脸。

听到"松永太"这个名字，宫崎沉默了。

二、脱轨的命运

宫崎良男，这是松永太在与服部家族交往时所用的化名，即便被他监禁了七年之久的恭子也不知他的真名。同样，森也是化名，她的本名是绪方纯子。松永太和绪方纯子自一九九二年起便在日本各地流动作案，每到一处便用新名字和新关系，根据作案需要，他们可以是兄妹、情人、夫妻、上下级……

他们的故事要从一九八〇年讲起。

那一年，松永太和纯子十八岁，两人从福冈县久留米市一所高中毕业，同校但不同班，互相也仅仅是脸熟。松永家在当地经营一家榻榻米小作坊，家境中等。从小自命不凡的松永太对榻榻米生意完全没兴趣，他的梦想是成为世界一流大企业的掌门人，呼风唤雨，也许是在这个动机的驱使下，他开始有意接近纯子。

绪方家是久留米市安武町的名门望族，祖上是武士阶层。纯子一家正是绪方家族本家，在村里有着举足轻重的地位。纯子祖父是村长兼县议员，众叔伯中有大学教授、律师、企业家，父亲绪方誉是地方农业协同工会理事。在这样一个平静的村庄里，绪方家的家教是出了名的严格。绪方家有两个女儿，长女纯子，次女理惠子，纯子娴静乖巧，理惠子有些叛逆。因为膝下无男丁，绪方家需要招个入赘女婿来继承家业。

高中毕业后，纯子进入福冈市一所短期大学（高职）就读幼儿师范专业。大一暑假，她接到了一个男人的电话。

"是纯子吗？我是松永太，你的高中同学。上学时我欠了你五十日元，一直没还给你，你看咱俩见个面如何？"

纯子对"松永太"这个名字并不是很熟悉，也记不起来曾经借过钱给他，但是在松永太热情的邀请下，只好答应在家附近的咖啡馆见个面。松永太其实无业，但为了让纯子对他高看一眼，便声称自己继承了父亲的榻榻米事业，将公司改造成了"国际化""现代化"的大企业，时常在世界各地飞来飞去谈生意。

"其实，我是在无意间翻看毕业纪念册时突然看到了你的照片，就再也移不开目光，不知不觉就拨通了你的电话。你并不是那种让人一见难忘的大美女，但有一种朴素善良的感觉，正是我喜欢的类型。"松永太显得温柔而又腼腆。

面对这样直接且突然的表白，从小循规蹈矩的纯子反而提高了戒备心。因为是双方第一次见面，纯子不想久留，很快两人便分开了。而这以后，松永太也没有再纠缠纯子。

一年之后，就在这件事已经渐渐淡出纯子的记忆时，松永太再次拨来了电话。

"纯子，你最近还好吗？我有个事想跟你聊聊，咱们还是在咖啡馆见吧。"

纯子再次如约来到咖啡馆，两人聊了几句，松永太坚持要带她去吃西餐，纯子没办法，便上了松永太的车，向城里驶去。在西餐馆里喝过几杯红酒后，满脸愁容的松永太对纯子说道："其实，家里在逼着我跟另一个女人结婚。"见纯子没什么反应，他接着说："上次咱们见面后，我一直忘不了你。在那之后不久，我就遇上了一个跟你非常像的女孩子，于是开始跟她交往。这一年来我们的感情发展得还算不错，上个月她跟我说她怀孕了，还把这件事告诉了我的家人，家里就天天催促我跟她结婚，但是在结婚之前我还是想跟你坦白，其实我心里一直都有你。"

松永太大概是想要激起纯子的嫉妒心，同时也想用"真情告白"的方式来感动她，然而纯子并没有轻易上当，反而好言安慰了松永太，劝他"跟那个女孩好好过，既然她这么爱你，你就不应该辜负她"，松永太准备好的这番台词显然没有起到作用。

"对了，我家的门禁是晚上十点，你得送我回家了。"纯子看了一眼手表。

眼见攻势毫无效果，松永太冷冷地叫来侍者结账，带着纯子上了车。车子开到绪方家大门前停住了，松永太突然扑向纯子，强吻了她。这一举动自然遭到了纯子的激烈抵抗，她打开车门慌忙地跑回家，自讨没趣的松永太只好独自离开。

不久之后，松永太接手了父亲的榻榻米事业。

第二年，松永太将松永榻榻米商店更名为"世界保健睡眠集团"，将父亲那一代的老员工全部遣散，又将家中的榻榻米工厂拆除，在原址上盖起一幢三层办公楼：一层是住宅，二层是办公室和产品展示区；三层是社长办公室和秘书室，地下是仓库。之后，他便开始了贩卖"保健床垫"的生意。松永太给这些床垫冠以各种科技名词，但实际上这些只是普普通通的床垫。他制作了许多神乎其神的宣传材料，招兵买马，让销售人员挨家挨户上门推销。同时他与女友结了婚，但她其实并没有怀孕。

在对销售人员进行"培训"的过程中，松永太恶魔般的本性渐渐显露出来。新聘来的员工大多是二十出头的年轻人，很多都是初高中刚辍学的孩子。一方面，他将新员工集中在一起，宣布了一系列严格的纪律。员工入职后，在高额销售提成（利润的百分之五十归个人）的刺激下，非常努力地推销床垫，但效果不太理想。为了避免遭到惩罚，大多数员工只得纷纷向自己的家人、亲戚、朋友推销。由于松永太给床垫定的价格非常之高（约人民币六万元一张），所以销售状况仍然很难有改善。

另一方面，松永太也在挑拨员工间的关系，打击员工中具有领袖气质的人员，以此巩固自己的绝对权威。最初的惩罚只是做俯卧撑、不许吃饭、站着睡觉这一套，但随着员工销售业绩越来越差，他认为这样的惩罚"无法激发员工的潜能"。不久后，他偶然发现一名员工被漏电的电线电到后痛苦不堪，于是便让手下人研制"电击设备"。由于电击强度实在太大，大多数员工经受电击后，手腕都会鲜血淋漓，不过这样残忍的体罚措施竟真的让员工开始"拼命工作"。他们以"请您试用"的名义，将床垫免费拉到用户家，再收取价格不低的"试用折旧费"。这种几近欺诈的销售方式在当时的日本并无相应法律予以禁止，所以即使是客户报警，这群员工也可以有恃无恐地向警方出示有客户签名的试用协议，继续向客户勒索钱财。

一九九二年，松永太的欺诈销售床垫生意有了起色——因为他使用了恐吓、敲诈等手段，手下的员工也一个个变成了唯命是从的"奴隶"。松永太再一次拨通了纯子的电话，毫无疑问，他如此执拗地纠缠着纯子，只是因为盯上了绪方家的资产。

松永太约纯子兜风，而纯子此时刚跟上一任男朋友分手，想着散散心也不错，于是欣然赴约。就在送纯子返程时，松永太将车子开到一家情人旅馆，强奸了纯子。纯子哭着对松永太说道："我连初吻都没有过，你怎么能这么对我？你明明都结婚了！"

松永太厚颜无耻地回答道："因为我一直爱着你，想要得到你。都是我不好，一时糊涂才做了这样的错事，请你看在咱们多年交情的分上，还有我对你一片真心的情面上，不要告发我好吗？"说完声泪俱下。单纯的纯子虽然刚刚遭到强奸，但看到他痛不欲生和懊悔的样子，心里不由得产生怜悯，于是答应不会声张。

松永太对纯子的控制是通过肉体上的蹂躏完成的。每周他都会带纯子到情人旅馆幽会，并有意当着她的面和接听电话的妻子吵架。有几次，松永太在跟妻子吵完架后，一脸委屈地凑到纯子身边，说道："我真的不想继续这样的关系了，我要跟她离婚。只要能跟你幸福地生活在一起，要我放弃现在的地位和身份也没有关系。能跟你在一起的话，即使让我入赘你家，我也不会犹豫。"

纯子依然犹犹豫豫。不久后，他俩在餐厅吃饭，无意中被纯子的叔父一家看到，他们将此事告诉了纯子的父母。绪方夫妇勃然大怒，让纯子把松永太叫来，准备当面训话，终止两人的联系。同时，绪方家也动用了自己的势力调查松永太，结果令人大吃一惊。原来松永太早在一年前，便已通过私家侦探调查绪方家的家业，甚至连纯子母亲娘家那边的资产都已被调查过。他究竟要干什么，答案不言而喻。

为了劝女儿迷途知返，绪方誉决定与松永太正面对决。而在正式见面之前，他决定先让纯子的母亲静香出面，探探虚实。见面地点约在一家高档料亭（一种日式高级餐厅），松永太穿着一套笔挺的灰色西服，头发梳得一丝不乱，举手投足显得相当文雅，当即就获得了静香的好感。在三人吃饭的这段时间里，松永太滔滔不绝地向静香表达着对纯子的爱慕之情，还不时穿插几个小笑话。一顿饭下来，静香对松永太的敌意烟消云散。听过静香的描述后，绪方誉也不由得对这个人有了兴趣。

第二次的见面地点同样是一家高档料亭。与上次一样，松永太极力扮演着好青年的角色，一番花言巧语之后，绪方夫妇竟然同意他与纯子交往。三个月后，松永太来到绪方家正式拜见纯子的父母，并将他与纯子共同签字的婚约保证书交给绪方誉。松永太承诺会先与妻子协议离婚，之后迎娶纯子，并愿意放弃松永家长子的地位，入赘绪方家，担心后继无人的绪方夫妇认可了这份"颇具诚意"的保证书。

而就在这次会面结束后，松永太对纯子的态度慢慢发生了变化，从原来的温柔体贴逐渐变成居高临下。每周约会那天，松永太会命令纯子带上她中学以来的每一本日记，去酒店开一间房，自己坐在床上，纯子跪在地板上。他会一页页地翻看日记，一旦其中出现男人的名字，或是句中似有所指，便会停下来要纯子交代与这人的关系，或是解释句子背后究竟有什么意思。因为年代久远，纯子有时答不上来，松永太便站起来狠狠地踢她。而那些纯子还记得起来的人名和事情，松永太会刨根问底，让她坦白一切细节。他看到高二日记里纯子暗恋班里的体育委员，气不打一处来，要纯子立刻打电话给他，痛骂对方一顿，从此不许往来。从小待人温柔亲切的纯子，此时想的只是如何获得信任，让他平复情绪，不再生气。毕竟在她的印象里，原本那个温文尔雅的人才是松永太的本来面貌，却未承想这仅仅是个开始。松永太的暴力继续升级，而且加快了分裂绪方家的计划，挑拨家庭成员间的关系，让他们互相猜忌。

纯子渐渐支撑不住了。

终于有一天，她躺在装满水的浴缸里，用父亲的剃刀割开手腕，幸好被人及时发现送到医院，脱离了生命危险。闻讯赶到的松永太在纯子父母面前继续扮演着优秀青年，恳求他们同意自己接走纯子，绪方夫妇禁不住再三请求便答应了。回到公司后，松永太立马原形毕露，不仅打骂纯子，还让她坐上"电击椅"，折磨她的精神与身体。纯子的思维逐渐混乱，觉得自己"自私""不负责任"，充满了罪恶感，人渐渐麻木，如同行尸走肉。

松永太逼迫纯子写了一封与家里断绝关系的信，并邮寄到绪方家。绪方誉给纯子打电话，却听到原本乖巧的女儿冰冷无情的回应，他气得摔掉了电话："断就断！这种女儿留着有什么用！"

松永太对纯子的控制，这时算是彻底完成了。

他让纯子这样做，看似丧失了直接继承绪方家财产的机会，然而事实并非如此。表面上，绪方夫妇与纯子是断绝了关系，但这一切有一个前提，那就是绪方夫妇还活着。如果绪方夫妇下落不明或是确认死亡，那么他们家的遗产继承将直接进入法律程序。尽管信件中声明了纯子与家里断绝关系，但如果这封信被他借机找到并销毁，那么纯子在法律上的继承地位便可以成立，他依然可以名正言顺地将绪方家的财产据为己有。

就在这时，松永太的床垫生意却出了问题。

纯子到一名市议员家里推销床垫，对方拒绝支付"试用折旧费"，松永太故技重施，来到议员家，当着女主人的面殴打纯子，直到女主人拿出了三百五十万日元现金后才心满意足地离去。他没想到，这名女主人其实跟绪方家很熟，可以说是看着纯子长大的，所以松永太一离开，她立刻就报了警。一九九二年七月，就在警方准备以涉嫌敲诈勒索罪为由逮捕松永太时，却发现他已经申请破产，留下约一亿日元的债务，遣散了员工，连夜带着纯子踏上了逃亡之旅。

这之后，松永太依旧干着欺诈勒索的勾当，甚至逼迫一个受害人带着三个孩子投海自尽。

三、服部清志之死

对房屋中介来说，不关心房屋租金，只看房子是否气派的租客理所应当是大客户。所以，虽然化名为森的纯子时常更换住处，服部清志却丝毫没有生疑，反而相当乐意为其服务。一次，纯子退租，他来验收，纯子说道："这次如果不扣押金，我可以把押金分你一半。"听了这话，清志立刻在房屋验收表上签下"已验收"，高高兴兴地收下钱。纯子问他："干你们这一行的有赚外快的机会吗？"清志得意地说道："有的是啊！比如，业主在入住前委托我们给房间消毒，我们就只是拿着空气清新剂进来喷一圈，等上几天，就去找业主收消毒费了……"两人闲聊了一段时间，纯子向清志透露了一个"好机会"，有一个非常好的投资项目，特别适合零散投资，只要投三十万日元，一个月就可以获益百分之三十。几乎没费什么口舌，清志就拿出了三十万日元。果不其然，到了月底，纯子连本带利返给他三十九万日元。这下清志更感兴趣了，缠着她再详细介绍介绍。纯子说道："这个投资项目是高度保密的，你一定要守口如瓶。几年前我认识了一名非常厉害的计算机工程师，他之前在美国国家航空航天局工作，研究出一种计算机程序，可以准确预测彩票和赌马的中奖号码，甚至股票的涨跌。当然，成本也很高，必须租用美国国防部最高级的计算机。如果能筹集到足够多的资金，他就可以自己买计算机。我跟他正在筹集资金，一边靠买彩票中奖赚钱，一边攒钱买最高级的计算机。如果你感兴趣，我可以帮你引见这位宫崎先生，你的投资可以直接入股，每周分红。但你要记住，千万不要将这件事告诉别人，否则就可能会有人来窃取宫崎先生的技术成果。"

在二十世纪九十年代初，大多数人对于计算机一无所知，纯子这番话虽然漏洞百出，清志却没有怀疑，反而问道："能不能让我跟宫崎先生见一面？我们当面谈谈。"

纯子自然同意。

几天之后，双方约在一家酒吧见面。

"您好，我叫宫崎，从前在美国留学，后来在美国国家航空航天局设计飞机，现在开了家计算机公司。见到您很高兴，森小姐多次和我提到过您，非常感谢您对我事业的支持。"戴着金丝眼镜、穿着笔挺西服的松永太用一大堆科技名词将这款软件吹得神乎其神，"其实，赛马场上每一匹马的跑动都像一个程序，我只要利用美国的卫星技术，就可以了解每一匹马在场上的跑动程序，把这些程序装到我的赌马预测软件中，就可以知道每一场赛马比赛的输赢。"

清志早被这些科技名词和松永太滔滔不绝的话语弄晕了，但他仍念念不忘一件事：自己到底能挣多少钱？

"我投一百万给你，一年能赚多少？"

"大概五千万，如果你想要多赚些，还可以再买原始股，到时成立新公司，我让你当社长。"

清志立刻同意投资两百万日元。与松永太分开后，他来到荣藏家借钱。尽管清志的说明支离破碎，荣藏听得也糊里糊涂，但见儿子如此坚持，老人还是拿出了五十万日元。收到头款后，松永太立刻开始下一步运作：他以清志的名义注册了一家公司，租下两所公寓，其中一所作为办公室，另一所作为他和纯子的住宅，随后以"庆祝公司开业""商讨经营方针"为由，每晚叫清志一起喝酒，往往到凌晨才各自回家。尽管清志喜欢交际，但连续几天这样喝，身体还是吃不消。没过多久，他的一些异常举动引起了公司同事和上司的注意。经理对他说，如果继续这种工作态度，公司会开除他。这一切当然早已被松永太预料到，或者说，其实一切都在他计划之中。

仅仅几周时间，清志便已无法应对来自原公司的压力。在公司，上司批评他工作不认真，同事对他颇有微词，而每次喝酒时松永太又称赞他"有魄力""聪明""绝对是成大人物的料子"。由此，清志自然愿意将在公司受到的压力和排挤向既信任他又对他称赞有加的松永太倾诉。眼见清志对家庭生活渐渐力不从心，松永太提出由自己和纯子代他照顾女儿服部恭子。正好此时纯子刚刚生下她和松永太的第一个儿子，恭子来了也可以帮忙照看，清志没多想就同意了。

然而，第二天，松永太就向清志出示了一张抚养协议书，上面写明："服部清志需向松永太支付每月二十万日元抚养费，直至服部恭子十八岁为止。"清志面露难色，由于工作态度消极，他的工资刚刚从每月三十万日元被降到二十万日元，如果签署这个协议，那么他每月将入不敷出。见他犹豫不决，松永太说道："清志社长，这些钱尽管现在看起来有些多，但是你想想，只要公司开始运作，通过赌马所获得的奖金就会源源不断，每个月都能有一千万日元收入，那时这些钱只不过是零花钱，对吧？"清志带着对未来不切实际的憧憬，就这样糊里糊涂地在协议上签了字。当天，恭子便从父亲公司的宿舍搬走，来到松永太家中。

几周后，清志终于被公司解雇，不得不搬出公司宿舍。他把前因后果告诉了松永太，松永太立刻爽快地提出让清志搬进自己家来和恭子团聚……

自此，清志踏上了一条不归路。

自来到松永太家以后，清志的地位发生了翻天覆地的变化。

有一晚酒席上，松永太问清志："之前森跟我说，你原先做房地产中介其实有很多灰色收入，是真的吗？"

借着酒劲，清志毫无戒心地承认了，还颇为自豪地说道："干这些事谁也没有我熟练，我对客户是'真心实意'的，所以大家都不会怀疑我。"

"那你敢把这些事写下来吗？"松永太拿出了纸笔。

被酒精搅乱理智的清志二话不说便将这一切写了下来，连细节都写得清清楚楚，还在结尾签了字，之后便倒头呼呼睡去。第二天中午，松永太将还在昏睡中的清志叫醒，让他在地板上跪好，向他出示了昨晚写的那封"自白书"。

"社长，你还记得这个吗？"

清志刚想说些什么，却被松永太抢了话头："你做出这样的事已经是严重的犯罪，你为你女儿想过吗，为我们公司想过吗？"当着恭子的面，清志哑口无言，只好承认自己做了错事。松永太接着说道:"为了公司以后的发展,必须让你意识到自己的错误有多严重,家中不能留一个罪犯,你要么接受惩罚,要么搬出去,你选择吧。"清志尚未完全从酒醉中醒来,头脑昏昏沉沉的,他唯唯诺诺地说道:"我愿意接受惩罚。"松永太做了个手势,纯子将早已准备好的电击设备拿了过来,将导线缠绕在他手腕上。于是,清志经历了人生中的第一次电击。

从这天起,松永太以"惩罚罪犯"的名义,每天都要电击清志,并强迫恭子在旁观看,不许闭眼,也不许转头。当然,从这天起,松永太家的房门也装上了一道道锁。无论日夜,松永太和纯子总会有一个人把守着起居室和厨房,通往外部的所有通道都被封锁,对外联系的渠道一概被切断。

尽管清志已被初步控制,但他的身体状况还相对较好,具备逃脱控制的能力。所以,松永太不仅加强对清志的电击,还找各种办法试图分裂他们父女,破坏他们彼此间的信任,让恭子成为自己的人质。他先是命恭子在纸上写下清志干过的坏事。当然,作为一个规规矩矩的上班族,清志并未干过什么伤天害理的事,所以恭子也写不出什么来。松永太便一边口述,一边让恭子记录,比如,"×月×日,父亲偷看我洗澡""×月×日,父亲在外彻夜未归""×月×日,父亲从宫崎叔叔钱包里偷钱"等。等恭子写完,他便叫来清志，把两台电击设备分别接到清志和恭子身上，命他们跪好，逐条念出恭子写下的内容，问清志："你偷看女儿洗澡，这一条是不是真的？"清志自然矢口否认，于是松永太便接通电源，电击只有十几岁的恭子，并对恭子说："恭子啊，小小年纪不可以说谎哦，会变成像爸爸一样的坏人的。"眼见女儿倒在地上不断抽搐，清志心如刀绞。松永太又读出下一条："清志，你在 × 月 × 日从我钱包里偷钱，是真的吗？"这一次清志只好勉强承认。"做了错事就要受到惩罚，清志，你怎么屡教不改呢？"松永太一按开关，强烈的电流穿过了清志的身体。

此后，每隔两天松永太便要恭子揭发清志的"罪行"，每次至少要写十条，否则就要遭受电击。在"对质环节"，如果清志否认，恭子便要遭受电击；如果清志承认，那他就难免要受一番折磨。在如此残忍的机制下，这对相依为命的父女终于反目成仇：清志怨恨恭子为什么不少写一些"罪状"，恭子则怨恨父亲为什么不能把电击全都承受下来。在巨大的邪恶面前，他们能够做的，只有彼此伤害。

短短几周，清志的"认罪书"已经攒了厚厚一摞。

"如果你敢逃跑或反抗，这些认罪书都会被警方拿走。不只你自己，你所有的家人都会身败名裂，你明白吧？"松永太对清志的折磨远远不止电击而已。按照他的要求，清志每天吃饭的时间只有五到十五分钟，而且基本上就只有一碗米饭和一个生鸡蛋，每天只能上三次厕所，睡眠时间不能超过三小时，否则也会遭到半小时以上的电击。同时，清志每天还要给各种个人贷款公司打电话，能贷款多少就贷多少，他把全部亲朋好友的信息都告诉了松永太，尤其是这些人家里是否有钱、夫妻是否和睦等隐私。

随着身体日渐衰弱，清志大小便渐渐失禁。为了防止屋子被弄脏，松永太脱光了他的衣服，用链子将他拴在厕所，从外面锁上门，由恭子看管。如果清志违反时间规定，或是私自上了厕所，那么恭子就会遭到电击。

半年之后，清志彻底沦为松永太的奴隶。

其间，通过父亲、姐姐、前妻、朋友等社会关系，清志为松永太搞到了一千四百多万日元，随着借钱金额逐渐增多，信用慢慢透支，清志终于失去了利用价值。为了找到新的金主，松永太逼着清志找到了朋友的妻子中村贵子。贵子是一名家庭主妇，跟丈夫育有一男两女。松永太要清志带自己去她家拜访。"我姓村上，毕业于京都大学，在一家补习学校当主讲师，目前已经辞职。明年开始，我会去东京大学当物理学教授。我祖上是广岛那边侍奉毛利家的村上水军[1]，所以家里条件还可以，哥哥在东京大学攻读脑科学博士……"尽管这套说辞听起来颇为奇怪，但配合上

---

1. 村上水军，日本南北朝时代到战国时代在濑户内海活动的水军。

他相当文雅的谈吐举止以及与清志的关系，贵子深信不疑。从此，松永太便常带着清志、恭子去贵子家拜访，由此得知中村夫妇的关系其实并不和谐……

经过长时间的监禁折磨，清志已然神志混乱，身体状况急剧下降，体重由七十五公斤降到了四十公斤。终于，在一次拷问之后，清志一头栽倒在客厅的榻榻米上，再也没有起来。纯子马上向松永太报告，而他只是淡淡地说道："是不是装死呢？电击一下试试。"清志的身体随着电流产生了机械的震颤，而他没有任何惨叫和抵抗。二十分钟后，电击停止。随后，两人将清志分尸。纯子此时已经怀有十个月的身孕，在分尸过程中羊水破了，被紧急送到医院，在那里生下了她和松永太的第二个孩子。而被强制参与分尸的恭子，则将杀父之仇默默记在了纯子和松永太的头上。

四、恭子、纯子与贵子

松永太对恭子的控制，充分反映出他异于常人的控制欲，以及狡猾、残忍的本性。

恭子尚在学龄，所以松永太对她的控制更讲究技巧。为了不让校方起疑，松永太允许她每天去上课。但是，恭子在学校跟哪个同学说了什么话，回来路上碰到了什么人，回家后都要详细汇报。他还派纯子秘密跟踪，以监视恭子的一举一动，一旦恭子的汇报有误，便要施以电击。由于惧怕松永太，纯子的汇报往往毫无遗漏，甚至还会添油加醋，以获得夸奖，恭子对纯子的恨意与日俱增。平日外出，恭子也要时时用手机向家里汇报行踪，比如，"我现在出门了""到楼下了""走到十字路口，准备去便利店""买完东西后我可以上个厕所吗""到家了"……一旦忘记汇报或是在路上耽搁了时间，便会遭受电击和各种拷打——前文提到的拔趾甲即是一例。让人意外的是，在如此严苛的控制下，恭子竟慢慢变成了松永太监视纯子的工具：纯子在日常中稍有懈怠，恭子便会记下来汇报。即便怀有身孕，松永太还是会毫不犹豫地对她施加电击。在一段时间里，对纯子的报复已经让恭子渐渐忘记了逃出松永太的魔爪的想法。她们原本都是被松永太控制和虐待的无辜受害者，此时也对立起来，这正中松永太下怀。

清志过世一个月后，松永太见时机已经成熟，便开始与贵子约会。两人第一次见面约在了西餐厅，松永太送给贵子一块瑞士手表，贵子心花怒放，"村上先生人长得帅，学历又高，家庭也好，而且还对我如此大方"。

第二次约会地点是一家酒店，松永太用随身携带的摄像机向贵子展示了一段狭义相对论的教学视频。他侃侃而谈，从狭义相对论讲到宇宙的诞生，尽管他对此也是一知半解，但也足以让贵子对他彻底倾倒。两人顺理成章地发生了关系。"你跟你老公离婚吧，我娶你，孩子我来养。我从小在管教严格、缺乏温暖的家庭里长大，所以我希望能够给你和孩子一个温暖的家。"松永太说得信誓旦旦，贵子想都没想便答应了。几天后，她收拾好行装，带着三个孩子搬回了娘家，递交离婚申请。尽管父母极力反对，但她最终还是获得了胜利，不仅与丈夫离了婚，还拿到三个孩子的抚养权。

贵子催促松永太再婚，可松永太却以"离婚后的女性半年内不可与其他男人再婚"为由拖延，之后又提出"长女应送还生父，因为生父很喜欢她""把儿子送到贵子老家抚养，因为他要准备中考"。等贵子将十七岁的长女和十五岁的长子都送走后，松永太才答应为她和年仅三岁的二女儿租下一所公寓，三人住在了一起。

没过多久，纯子带着两个孩子搬了进来。"这是我表妹和她的两个孩子，她老公是个十恶不赦的坏人，经常家暴，还虐待孩子。我不得已才让她搬来和咱们一起住，你没问题吧？"尽管隐隐觉得有些可疑，贵子还是答应了。

松永太对她说："我发现自己似乎有写小说的才能，有家出版社找到我，希望出版我的小说，所以我打算将去当物理教授的事情先放一放，但是……"

"是不是有什么难处？"

"贵子你真厉害，马上就看出了我的心事。为了给写小说做准备，我需要一些资金支持，你方便帮我一把吗？"

"放心，为了帮你追寻梦想，我会支持你的。"在松永太的授意下，她向高利贷借了七百万日元，并从娘家借到一千万日元。很快，贵子搞到的钱不再能满足松永太的欲望，而松永太也开始虐待和控制她。也许是低估了贵子的反抗心理，松永太控制贵子所用的手法与控制清志的几乎完全相同。在被关押了两个月后，一天晚上，趁纯子在擦窗户，在恭子的掩护之下，贵子从打开的窗户一跃而下，从二楼直接摔在了地上。她不顾骨盆和肋骨骨折的疼痛，一瘸一拐地跑进了路边的一家加油站寻求帮助，工作人员马上带着她去警察局报案。

松永太连夜带着恭子和纯子四处寻找，一无所获。第二天天还没亮，松永太将已经收拾停当的旅行包从柜中取出，带着恭子、纯子以及贵子三岁的女儿，一起开车逃回之前杀害清志的那所公寓。

警方又扑了个空。

两天后，贵子的前夫在家门前发现一个纸箱子，里面装的正是二女儿，他赶忙将女儿送往医院，所幸性命并无大碍。跳窗逃跑的贵子患上了严重的创伤后应激障碍（PTSD），看到导线一类的物品便会全身抽搐，最终不得不长期住进了精神病医院。

与此同时，趁着为松永太外出办事的机会，纯子也踏上了逃亡之旅。

她先是给家里打了一个电话，因为时间紧迫不能详谈，所以只是提出"能否将自己的孩子送回给母亲照顾"，可是遭到绪方誉的极力反对。无奈之下，纯子只好带着不足周岁的二儿子逃走。她先是跑到同在北九州市小仓区的舅舅家，将二儿子托付给舅妈，撒谎道："我母亲明天就会来带走外孙，麻烦您先帮我照看一下。"之后直奔小仓火车站，想买一张去大阪的火车票，在那里隐姓埋名。然而她的零用钱被松永太严格限制，根本买不起车票，只好买了一张去邻县大分的汤布院温泉的廉价票。下车后，她挨家挨户地询问对方是否需要招工。问到第十几家的时候，一名上了岁数的老太太跟她说道："我家虽然没有工作，但可以给你提供个住处。不嫌弃的话，你可以在我家住下来，直到找到工作为止，食宿费全免。"喜出望外的纯子千恩万谢，马上跟老太太回了家。第六天，老太太给她介绍了一家小酒馆，让她去当服务生。纯子本以为可以从此开始新生活，然而无情的命运还是将她拉回了无底深渊。

原来，从松永太家逃出来之后，纯子每天早上都会给自己家打一个电话，问问二儿子是否还好。尽管绪方誉已经宣布与她断绝关系，但心疼女儿的静香还是会跟女儿聊上几句，了解她的近况。在汤布院温泉找到工作的第二天，纯子开心地给家里打了电话，可电话那边传来的消息让她头脑一片空白。"纯子，你回家吧，松永太已经死了。"母亲的这番话让她不知所措，如果松永太死了，那么他留下的烂摊子要如何收拾？一旦警方开始调查清志、贵子的下落和遭遇，自己更是无法解释，有口难辩。

"打车回来吧，到家后我替你付钱。总之，赶快回来。"一向严肃的父亲也开了口。于是，纯子在匆匆给老太太留下一张写着"永生不忘恩情"的字条后，跑出去急忙拦下了一辆出租车。

出租车缓缓地停在松永太的公寓外。绪方誉、静香以及久未见面的妹妹理惠子站在一边，身后是花圈和挽联，公寓的客厅中供放着松永太的遗像，气氛既恐怖又诡异。

"去上个香吧。"父亲说道。

纯子缓缓地走到香案前，点燃了一束线香。没人知道她是在祈祷松永太死后上天堂获得解脱，还是诅咒他下地狱永世受苦。纯子在灵台前静静地跪着，身后的绪方誉拿出了松永太的遗书读了起来。

　　纯子，你好。当你读到这封信时，我已经离你们而去了。

　　对我，对你，这都是一个解脱吧。

　　真的好遗憾，让你受了那么多苦，我拼尽全力，也没能让你得到幸福。请原谅我的不辞而别，也请原谅我丢下了我们俩的亲生骨肉，作为父亲，我无法面对他们的目光。

在清志先生身上发生的不幸，请务必隐瞒起来，不要让外人知道，否则会给你和孩子们带来非常大的麻烦。

愿我们来生再见。

松永太真的死了。这么多年受到的折磨、欺骗，令人不安的隐姓埋名的生活，与他一起实施诈骗、监禁、拷打甚至杀人的经过，在脑中不断闪现，纯子的眼泪夺眶而出，可马上她又歇斯底里地大笑起来。

就在这时，身后壁橱的门缓缓地打开了。

"我还没死，是不是很可惜？"

听到这熟悉的声音，纯子正要回头看个究竟，却被一棍子打昏在地。

原来，在纯子消失的第一天，松永太便往绪方家里打了电话，直觉告诉他，纯子逃走后，肯定会联系家人。"您好，我是松永太，这几年一直与您女儿在一起。我知道您非常生我的气，但事情紧急，请听我把话说完。我和纯子离开家乡后来到小仓，准备开始新生活。几年前，纯子染上赌瘾，将家中积蓄挥霍一光，趁我去国外长期出差，还将公司的清志社长骗到家里监禁起来，勒索了不少钱财，最后竟然将社长的女儿也绑架了。等我回来，她已经将清志社长打死了。我跟她吵了很多次，也劝她去自首。但她担心孩子，也怕破坏家族名声，迟迟不肯。就在昨天，她突然带着孩子逃走了，我在想，她是不是跟您有联络呢？我知道突然说这些让您很难相信，我马上会将她犯罪的证据寄到您家里，请您看过之后再做判断。"松永太将他用假名和清志注册公司的记录、用纯子名义租借公寓的文件、纯子电击清志的照片，以及死前体重不足四十公斤的清志的照片等资料寄到绪方家，再次打通电话："绪方先生，想必您已经看过照片。纯子这几年精神状态一直不稳定，喜怒无常。她把清志先生杀死后，还强迫我帮她毁尸灭迹。说实话，我已经坚持不下去了。请您务必来一趟，我想跟您好好谈谈。"

挂下电话，绪方誉马上让静香一个人开车去找松永太。

松永太将静香请进屋，说自己不想再包庇纯子，还会去警局自首。不出所料，静香马上反对道："你去自首，肯定会牵扯出纯子。这样一来，我们绪方家的名誉就彻底毁了，而且你们的两个孩子也会生活在阴影之下。所以，请松永先生你一定不要报案！"

"伯母，您的心情我完全了解，但纯子只身在外，恐怕会犯下更多罪行，如果您能配合我将她哄回来，就可以拯救更多无辜的人啊！"

　　纯子出走后的第五天，绪方誉带着静香和女儿理惠子来到松永太的住处。松永太向他们展示了电击器具，带他们参观了分尸现场，看到天花板上散落着的点点血迹，绪方誉不由得深深皱起眉头。见时机成熟，松永太做出一副痛苦的表情，跪倒在地。"绪方先生，请您告诉我，我该怎么办？我快要崩溃了，如果您今天再不来，我要么自杀，要么就去自首。"

　　绪方誉连忙扶起松永太，让他在桌前坐好。"松永先生，有话好说，咱们商量一下对策。这里就交给我来处理，你不用担心。纯子的事咱们配合一下，尽快将她哄回来。"绪方誉一面安排人手重装浴室，将下水道和浴室墙壁全部换掉，以免露出马脚，一面与松永太筹划假葬礼。

　　趁着纯子尚未苏醒，松永太和绪方誉又开始了下一轮商议。这当然注定是一场不公平的谈判：松永太已将绪方家的死穴探得一清二楚，绪方家对眼前这个人却完全不了解，根本不知从何谈起。

　　"我已经心力交瘁，纯子由您带回去可以吗？"松永太假装对绪方家的事一无所知，故意将绪方誉一军。

　　"能不能先让纯子在松永先生家待一段时间？我们家中还有一些事要处理。"绪方誉犹犹豫豫地回答。消失了几年的大女儿突然回家，不仅会让周围邻居说闲话，影响自己竞选理事长的计划，更会让家族中其他分家的亲戚议论纷纷，有损主家形象。

"好吧，既然您都这么说了，我回绝也不太合适。不过在家里留下这样一个杀人犯，您也明白，我是要承担非常大的风险的，不仅是生活费的问题，如果哪天警方找上门来……"

"请您放心，我们一定尽力给你帮助。"绪方誉的语气几乎是在恳求。

商议结果是：纯子留在松永太的公寓，绪方家向松永太支付总额达五千万日元（约合人民币三百三十四万元）的封口费。然而，这只是勒索的开始，松永太在三个月内又陆续索要了共计四千三百五十万日元。他的下一步计划就是挑拨绪方家家庭成员间的关系，瓦解绪方家。绪方誉、静香、理惠子、女婿主也，原本关系密切的一家人在松永太的策略下彻底分崩离析。

松永太开始控制和奴役绪方一家。在实现彻底的控制之前，还需要一些人质，为此，他想出了一条毒计。先前议定的五千万日元封口费，绪方家尚未完全支付，松永太开始逼迫绪方家尽快付款，否则便会向警方报案。万般无奈之下，绪方誉只得同意让静香留在松永家当人质，自己和主也、理惠子去筹钱。

松永太指使绪方誉和主也向他们所在的农业协同工会借贷款，同时强迫静香、理惠子以个人名义用绪方家和主也家的地址借高利贷。这一招等于是部分切断了绪方家的后路，因为静香和理惠子都无力偿还巨额高利贷，一旦用这两个地址借债，不仅绪方誉夫妇会被追债，连理惠子的婆家也会受牵连。果不其然，几周后，绪方家族本家及主也父亲家都出现了很多黑社会讨债人员。为解燃眉之急，主也不得不向松永太求助。松永太先是给了他一个熊本县的地址，说："用你自己的名义和这个地址找别的地方借钱，替你父亲先还上钱再说。"等主也借到更高金额的高利贷后，他又拿出一份贷款申请书影印本，说："主也先生，你竟然用虚假地址贷款？这可是违法诈骗罪啊。"这下主也不得不低下了头。

绪方家的"欠款"迟迟不能交齐，再加上松永太又定下了百分之四十的月息，"欠款"变得越来越多。松永太提出，让主也夫妇和静香同时留在松永太家做人质。一心只想尽快还上"欠款"，结束这件麻烦事后专心竞选的绪方誉，竟然糊里糊涂地答应了。三个人质里只有主也还在上班，他不得不每天驾车往返于松永太家、自己家和公司。再加上每晚松永太都要强制绪方家各位成员聚在一起，商讨如何处置纯子的罪行，所以主也的身体渐渐坚持不住了。一九九七年八月，与松永太商议后，主也将自己的一对儿女接到了小仓，搬进松永太家。九月，主也终于不堪重负，从农业协同工会辞职，正式搬进松永太家。

到此为止，尚未完全成为松永太的囚徒的只有绪方誉一人。

当然，这也只是时间问题。

家中人口突然增多，为了掌控众人，松永太开始实行更加严厉的措施。家中几名成员，恭子、纯子、静香、主也、理惠子、主也与理惠子的一对儿女，以及松永太自己的两个幼子，总共九人，都要进行"排位评比"。除小孩之外，每个人都被安排了不同的工作，一些人负责给个人贷款公司打电话骗钱，另一些人负责外出买东西、照顾孩子。松永太会根据每个人工作的完成情况打分，每天选出一个"优秀成员"，揭发他人"违反纪律"的行为可以得到额外加分，自己"违反纪律"则会减分。"优秀成员"第二天不会遭到电击，而且可以负责电击他人。排在最末位的三名"后进成员"要在当晚向全体成员承认自己的失误，遭受几分钟至几十分钟不等的电击。在痛苦的电击威胁下，一开始还会彼此照顾的众人几天后便自顾不暇，为了不让自己遭到电击，不惜出卖家人换得松永太的信任。

没过多久，一心想要通过竞选向上爬的绪方誉也落入了松永太的魔爪。早在绪方誉用自家家产做抵押去贷款时，绪方家族内部就发生过激烈争执。他们召开了家族会议，强行拉绪方誉参会，各分家家长纷纷站出来要绪方誉对自己抵押资产的事给个说法。绪方誉患有十二指肠溃疡，原本要住院却被拉来参会，在遭到家族众人责问时，他并未将自家发生的事和盘托出，而是假称要在大阪成立公司，正在筹集资金。但是，各分家家长联名将家族资产从绪方本家名下转到了各分家手中，他们的目的很明确：竭尽全力守住家族的共同资产。各分家同时向绪方誉提出要求：如果绪方誉可以交出三千万日元，用以赎回本家资产，那么之前的事就一笔勾销，各分家同意将资产迁回。

绪方誉将这个消息告诉松永太，松永太说道："绪方本家的继承权应该属于绪方誉的长孙，也就是我的儿子。这是我们的家务事，即便是绪方家族的分家，也无权干涉。"绪方誉将这段话假称是自己的意志传达给各分家，各分家对此毫不理睬。

松永太得知了绪方家族的资产变动情况，于是以家人为要挟，命令绪方誉辞去工作搬入松永太家，准备故技重施，用残忍的惩罚手段拷问绪方家的每一个人，希望以此博得绪方家族其他分家的同情，以便从绪方家族继续榨取金钱。一九九七年十一月十九日，绪方誉从奋斗了一生的久留米市农业协同工会不辞而别，直接搬进松永太家中。之后几天，绪方家各个分家都收到了由绪方誉、静香和主也联合署名的信件，信中写道："我们一家就此从久留米市消失，这都是你们的错。如果你们还有良心的话，就赶快将资产迁回我家。"

显然，这根本不会帮助绪方誉赢得各分家的支持。这封信与其说是绪方誉最后的努力，不如说是松永太让绪方誉一家与其他分家彻底决裂的告别信。

五、分崩离析的一家人

绪方家全部成员搬入松永太家后，松永太的暴力手段明显升级。

一九九七年十二月二十一日，一直遭受虐待又得不到治疗的绪方誉去世了，松永太命令其余众人分尸，他要让绪方家每一名成员的双手都沾上血。

第二个惨遭毒手的是静香。

目睹丈夫死亡惨状的静香精神已接近崩溃，经常无故惨叫。为防止惨叫声被邻居听到，松永太用电击惩罚她，但她的症状更加严重，开始不吃不喝，每天醒来便大声喊叫。不得已，松永太只好命令纯子将她关进厕所。过了几天，松永太将绪方家其他人叫到一起，说："静香这样闹只会让邻居起疑，如果警察来了，你们的日子肯定不会好过，所以，给你们一小时商量个结果出来。"众人沉默，他们不愿在犯罪道路上越走越远，于是提出"是不是可以把她送到精神病院"，松永太一口回绝，说绪方家欠的钱还没还清，拿不出钱来送静香进医院。时间一分一秒地过去，眼见众人迟迟拿不出解决方案，松永太开始准备电击设备。看到这些，纯子开始哆嗦起来。她见所有人都默不作声，于是试探着说道："我们……把妈妈杀了吧？"听到这话，其他人并未感到惊讶，反倒松了一口气。

"那你打算怎么下手？"松永太接道。

"我觉得勒死她比较好。"纯子说得很平静。

第二天，静香被女儿和女婿勒死，随后被分尸、抛尸。

也是在这段时间里，因为缺乏外出寻欢作乐的机会，松永太开始强迫理惠子与自己发生关系。看到妻子被松永太霸占，疲于自保、身体虚弱的主也丝毫没有反抗能力，只得听之任之。

一九九八年二月初，松永太突然发现理惠子已经两个月没有来例假。如果理惠子真的怀孕，主也和纯子或许会联合起来反抗自己，要是去医院检查，更是容易让自己囚禁绪方家的事败露。于是，他对纯子、主也和理惠子十岁的女儿小彩伪称"理惠子已经疯了"，下达了"处置理惠子"的命令。在电击威胁下，三人制订了杀死理惠子的计划。实施当天，松永太带着三人和理惠子外出采购食品，回来路上还兜了风。深夜到家后，松永太对理惠子说道："今天准许你自己睡，到浴室去睡吧。"理惠子喜出望外，谢过之后，走进浴室倒头便睡。而纯子三人则排着队去松永太房间领取电线。"今晚务必解决她，这是你们答应我的。"松永太嘱咐了一句。

时间一分一秒地过去，转眼已是凌晨，三人一直默默地站在门外。突然，主也小声说道："如果今晚我们不杀掉她，明天松永太还是会杀她，对吧？"纯子和小彩点点头。于是主也拿过纯子手中的电线，静静推开门，小心翼翼地将电线在妻子脖子上缠绕了一圈。突然，理惠子睁开了眼睛，看到眼前神情紧张、瞪大了眼睛的主也，她却毫不惊慌，似乎已经猜到了一切，面露微笑道："主也，我要死了，是吗？"惊恐的主也点点头，说不出话来。理惠子闭上了眼睛。主也含着眼泪说了句"理惠子，对不起"之后，勒紧了电线。他不忍心眼看妻子死去，于是回过头看着纯子和小彩，没想到浴室的推拉门不知何时已经关上了，可门外纯子和小彩的身影依然很清晰。原来，浴室的门是半透明的，他们三人在浴室门外的一举一动，理惠子早已看得清清楚楚……

天色将亮，纯子向松永太报告："已经处理完了。"

松永太一个箭步冲到浴室，看到被勒死在地板上的理惠子，大喊道："谁让你们这么做了？！你们怎能擅自杀了她？！"

三人面面相觑，谁也不敢辩解。之后，松永太以"擅自杀死理惠子"为借口对三人进行了长时间的电击。

从这天起，主也变得木讷起来，身体急剧消瘦，无论精神还是肉体，都到了崩溃边缘。一九九八年三月初，即理惠子死后一个月，主也从一名体格壮硕的青年消瘦到无法站立。四月十三日下午，主也静悄悄地死在了浴室。负责分尸的依然是小彩和纯子。

这段时间恭子因为非常驯顺，获得了松永太的信任，负责照看松永太的两个儿子以及小彩五岁的弟弟优贵。在她的照顾下，优贵从未看到过杀人、分尸的场面。所以，无论是纯子、小彩还是恭子，都认为优贵是最安全的。松永太却不这么想。一天，他将十岁的小彩一个人留在房里，命她原地跪下，之后将电击设备接在她腿上。

"小彩，叔叔问你一些事，你一定要如实回答。"

小彩惊恐地不住点头。

"第一个问题，小彩，现在爸爸妈妈都死了，你和弟弟打算怎么办？"

"我想带着弟弟回老家住。"小彩所谓的"老家"，是指绪方誉的父亲家。

"那如果你带弟弟回去了，亲戚们来问你爸爸妈妈和爷爷奶奶到哪里去了，你怎么说？"

"我不会说的。"

"就算你不说，你觉得弟弟会说吗？"

"弟弟还小，他也不会说的。"

"弟弟现在还小，但是长大了还是会说的吧？"

"他不会说的！我跟他都不会说出去的！"

"那如果弟弟说出去了，你这个做姐姐的，能够承担责任吗？"

"我不知道……"

"如果弟弟说出去了，警察来抓你，那你怎么承担责任啊？"

"不知道……"

"小彩，你听我说。"松永太突然蹲下身，凑到小彩脸前，"叔叔想放你走，但叔叔对你弟弟很不放心，怕他出去后乱说乱讲，害得你蹲监狱。所以，如果你要想从这里出去，回老家生活，就得想个办法让弟弟不能说话才行。"

小彩沉默了半天，松永太将手伸向了电击开关。

"怎么样，想好了没有？"

小彩还是默不作声。

松永太按下了开关，小彩痛苦地在地上翻滚着。反复四五次之后，小彩哭着说道："我明白了，把弟弟杀掉就可以了，是吧？"松永太拍了拍小彩的头，"你去跟阿姨说，让她来帮你"。

这些话被守在门口的恭子听得一清二楚。

一九九八年五月十七日上午，小彩将在屋内玩耍的优贵带到厨房。

小彩扶着优贵的肩膀说："小贵，你想见妈妈吗？"

优贵开心地点了点头。

小彩吩咐优贵在地上躺好，纯子用事先准备好的电线在优贵脖子上绕了一圈，恭子用双手摁住优贵的膝盖……几分钟后，优贵就这样离开了人世。

松永太又对小彩说道："小彩，你杀了爸爸、弟弟，你知道这是什么罪吗？算上爷爷，你已经杀了很多人了。这不是一个好孩子应该干的事，要蹲一辈子监狱的，你知道吗？叔叔觉得你与其这么活着，不如赶快死掉，来世再做一个好孩子吧。"

"叔叔，其实根本没有来世，对吗？"

"叔叔其实也不知道有没有来世。不过只要你活着，我就会每天电击你，不给你吃东西，最后让你腐烂在厕所。你愿意这么活着吗？如果你愿意死的话，也许爷爷奶奶、爸爸妈妈和弟弟都在天堂等着你，你们一家又可以团聚了。这样不好吗？"

小彩开始抽泣，一边哭，一边不断呕吐。

松永太将纯子和恭子叫到跟前，"小彩不想活了，拜托咱们杀了她"。

纯子几乎不敢相信自己的耳朵，连忙问小彩："小彩，你疯了吗？你真的不想活了？"

小彩点了点头。

至此，一年前搬进公寓的绪方家六口人全部丧命。

六、恭子大逃亡

二〇〇〇年四月，恭子初中毕业，开始了"全职保姆"的工作。松永太以"带着两个孩子很容易被老公发现"为由，半强制地让当时与他同居的女性将她的一对双胞胎也带到了恭子所住的公寓。与此同时，他对恭子的虐待也逐渐升级。

自一九九六年到二〇〇二年，恭子的复仇心从未熄灭。

二〇〇二年一月三十日，恭子趁外出购物的机会第一次逃跑，结果以失败告终。松永太将她带回公寓，严刑拷打，拔去她的脚指甲，强迫她写下"我杀了父亲和绪方一家"的"自白书"，并告诉她："如果你再敢逃跑，我就把这份自白书交给警察，让你成为全国通缉犯！"之后，他又强迫恭子用美工刀割开食指，写下"我再也不逃跑了"的血书。

觉察到事态发展不妙的松永太，从之前同居女性的公寓不辞而别，带走了一切可以证明自己曾在那里生活过的证据，潜逃回那间杀害清志、绪方一家的公寓。这里是那些受害人丧命的场所，也是松永太这个恶魔的最后一站。

之后两周，松永太命纯子对恭子严加看管，有任何可疑举动都要立刻报告。恭子表现得服服帖帖，每天还会主动要求接受电击，作为对自己逃跑的惩罚。然而，恭子显然未能骗过松永太。两周后的一天晚上，松永太递给纯子一根晾衣绳，"今天夜里就除掉恭子，用这个勒死她"。

恭子从门缝里看见纯子拿着绳子走近了房门，直觉告诉她，今天要么跑，要么死，于是打开房门，一把将还在犹豫的纯子推倒在地，连鞋也没穿便跑了出去。她先拦下一辆出租车，给司机做出个"一直开"的手势。车子开出城外，司机问她是不是遇到了麻烦。多年来一直生活在威胁之下，恭子早已不敢轻信陌生人，支支吾吾地表示要下车，之后沿着海岸公路一瘸一拐地走到一处加油站，用向过路司机讨来的几枚硬币拨通了爷爷家的电话。

二〇〇四年，在法庭上，恭子作为最重要的证人出庭，她那有条不紊的陈述，坚定有力的语气，让检方和辩方刮目相看。检方问她，为什么这么多年没有丧失活下去的勇气？为什么过了这么多年才选择逃跑？她清晰地回答道："我活着只有一个目的，就是要替冤死的父亲复仇。我一直在等机会，从我十岁那年开始，足足等了七年。他认为我是小孩，认为我什么都记不住，认为我已经是他的奴隶。但是，我记得清清楚楚，每一天我都在心里默念，我要活下去，我要让一切真相大白。复仇的时刻终于到了，我只有一个愿望，那就是要看着松永太和绪方纯子死。"

被告席上，纯子泪流满面，松永太那狂妄的笑容也似乎凝住了。

七、最后的审判

作为事件的关键证人，服部恭子为最初的调查提供了大量线索。七年时间，服部恭子对松永太的所有据点都掌握得一清二楚。在她的帮助下，警方搜查到松永太最后保留的三处公寓。

第一处公寓是松永太杀人的地方，警方搜获了大量受害者写下的"自白书"、租住公寓合同、电击设备，以及杀人分尸的电线、锯子等工具。

在第二处公寓，警方搜到了松永太的通信录，上面有两百三十多名女性的联系方式，每名女性的名字后面都有备注。房间内有许多女性照片，大部分为私家侦探所拍。松永太逼服部恭子写下的血书也在这里。

第三处公寓关押着四名男童，一名五岁，一名九岁，还有两名是六岁的双胞胎，前两名男童是松永太的亲生子，那对双胞胎是与他交往的女性的儿子。所有儿童都有一定程度的营养不良。

随后，福冈县警方投入了近百名警力彻底调查，却未能发现任何有力的证据。唯一能证明松永太杀人的证据只有服部恭子的供词，可仅凭供词法庭无法给松永太定罪。

松永太、绪方纯子被捕三个月后，本案第一次开庭审判。在庭审中，松永太和绪方纯子一言不发。法官宣布退庭，法警将两人带离法庭。这时，绪方纯子和松永太相视一笑。

为了收集更有力的证据，警方将第一处公寓的浴室地板、水管甚至下水道的泥土都收集起来，进行血液荧光测试，然而还是一无所获。眼看羁押时间已经接近半年，仍毫无线索，警察一筹莫展。

终于，在一次偶然的谈话中，绪方纯子开了口。

二〇〇二年九月底，负责审讯绪方纯子的警官再次对她进行提审。在审讯中，警官聊起了自己的家庭，说到自己顽固且严厉的父亲患上了老年痴呆症，已经认不得他。说着说着，绪方纯子突然抽泣起来。

"我要交代全部事实，毫不保留地全都告诉你们。"

尽管绪方纯子的律师警告她，一旦坦白自己便可能无法继续替她辩护，但绪方纯子还是坚持要对警方交代一切犯罪事实。她说："为了绪方家的荣誉，我要坦白一切，我想把一切真实情况说出来，堂堂正正地接受判决，哪怕是死刑，我也心甘情愿。"

警方开始详细审讯，记录下每起杀人案中所有人的对话、站立的位置、穿的衣服等，并将这些记录与服部恭子的笔录逐一比照。最终警方确认，绪方纯子的供词与服部恭子的证词基本相符，作案时间、作案地点、参加人员、杀害手段等完全符合。于是，二〇〇三年五月，法院再次开庭。

庭审中，服部恭子和绪方纯子分别出庭做证。看到绪方纯子站在证人席上陈述犯罪经历，松永太异常慌乱，屡次大喊大叫，企图阻止绪方纯子发言。而当法庭转而向他讯问时，他又一改常态，夸夸其谈，否认全部罪行，甚至讲起了笑话。

然而，法律是严肃的。即便松永太谈吐故作幽默风趣，即便他处心积虑地让受害者互相残杀，不让自己的双手沾上鲜血，也无法逃脱法律的制裁。

绪方纯子承认，除服部清志和绪方誉之外，所有杀人犯罪行为均是受松永太指使所为。至于服部清志和绪方誉，自己只是故意伤害，并未直接致其死亡。松永太始终坚持自己完全无罪，要求律师为他展开无罪辩护。两名被告认罪方向完全不同，法庭决定将两人分开审判，绪方纯子得知后提出"要亲眼看松永太认罪服法"，所以法庭最终还是安排两名被告同时出庭。

二〇〇五年九月二十八日，福冈县北九州市小仓法庭宣布本案一审判决：

本案中两名被告对他人的生命极其忽视，其

残忍和冷血程度令人胆寒。案件性质十分恶劣，本国犯罪史上并无前例。其中，被告松永太作为全部杀人犯罪的主谋者，理应承担最大罪责。然而他从未表现出任何真诚歉意或悔过态度，恶劣的犯罪思想已经根深蒂固，无可救药。被告绪方纯子在犯罪过程中经常对受害者进行欺凌和伤害，积极配合作案。因此，根据我国《刑法》，本庭决定判处松永太和绪方纯子两名被告死刑。服部恭子尽管参加了几起杀人及损毁尸体的犯罪，但都是在生命受到严重威胁的情况下被迫参与，因此对其免予起诉，当庭释放。

松永太当庭提出上诉，绪方纯子则表示接受死刑判决。然而，之后绪方纯子在律师团的说服下，同意接受精神诊断，并提起上诉。精神诊断的结果是，绪方纯子因长期遭受暴力及威胁，明显丧失了主观判断力，因此律师团向法庭提出减刑申请。

二〇〇七年九月二十六日，福冈县高级法院判决：维持松永太死刑原判；绪方纯子认罪态度较好，积极配合调查，对本案审理起到了积极的作用，考虑到她犯罪时心智低下，故撤回死刑判决，改判无期徒刑。

松永太当庭对法官破口大骂，甚至企图殴打检察官，被法警制伏后收押，随后再次提起上诉。此外，检察院认为对绪方纯子量刑过轻，故提起上诉。

二〇一一年二月，日本最高法院最终宣判，驳回松永太和检方上诉要求，维持原判。

松永太至今（截至二〇一九年）仍被关押在福冈县监狱，等待着死刑。

后记之一：死刑为谁而执行？

很多读者看到最后会产生疑问：为什么松永太的死刑判决没有立即执行？

要回答这个疑问，先要思考另一个问题：死刑为谁而执行？

确实，我们习惯了"死刑立即执行"这样的说法，觉得所有罪有应得的人都应当被凌迟处死才好。然而，这样的死刑其实无异于一种"娱乐"。

别觉得可怕，在中世纪甚至文艺复兴时期，死刑确实是一种公众娱乐项目。大家围拢在绞刑架边上，看着罪犯被带上绞刑架套好吊索，骂两句国王，然后挡板落下，罪犯抽搐、断气。人们散去后，会聚在酒馆里津津有味地聊起刚才被绞死的罪犯是不是哭了，是不是尿裤子了，等等。中国的情况也差不多。明末袁崇焕被执行凌迟，市民争相买他的肉来吃；晚清革命党人被砍头时，市民也用馒头蘸他们的血吞下。

"杀了人没什么可怕，吃一颗枪子，二十年后又是一条好汉。"这样的死刑对罪犯来说意味着什么呢？如果死刑宣判和死刑执行同时进行，罪犯其实并不会产生多大心理波动，横下一条心赴死便是。对亡命徒来说，这种死刑的威慑力并没有那么高，杀一个人是死，杀两个人也是死，死了反倒痛快。

　　人面对死亡时有五个情绪阶段：否认、愤怒、讨价还价、绝望、接受。这五个阶段在患有绝症的人身上表现得最明显。最初，患者会逃避确诊，或拼命证明医生的绝症诊断是错的；之后，他们会发泄愤怒情绪，迁怒于医院和家人，仿佛他们才是让自己患上绝症的元凶；再下一步，患者会积极与医生探讨自己是否还有一线生机，是否能通过某种特殊治疗挽回生命；一切尝试无望后，会进入绝望状态，拒绝努力，但心中还无法接受即将死亡的事实；直至进入最终阶段，他们终于能与死亡坦诚相对，接受死亡是生命中的必然阶段这一自然规律，心平气和地等待死亡的降临。

　　松永太在法庭上的表现，事实上正处于否认和愤怒的阶段。审判时间拖得越长，死刑确定执行日期越不明确，他就越难以坦诚地面对死亡，一直处于愤怒、讨价还价和绝望的状态中。这对任何人来说都犹如地狱烈火般煎熬，每多活一天，就会觉得自己离死刑执行更近一天。每次看守走到门前，松永太都会觉得他是来宣布死刑执行命令的。

　　日本监狱会在死刑执行前一天突然告诉犯人这一决定。在这样的环境里，死刑犯惶惶不可终日：想要读书，可能书还没读完就死了；想写回忆录，可能刚动笔就被带出去接受绞刑；想要给家人写信，可能还没等到回信就一命呜呼。犯人永远活在痛苦、空虚、彷徨和愤怒的情绪里，每天都在等待死亡。

这才是真正能让死刑犯痛苦、让犯罪分子畏惧、起到警示世人作用的死刑。

后记之二：松永太其人

松永太生于一九六一年四月二十八日，是家中长子。父母都是普通人，没有任何特殊关系和背景。事件被揭露后，松永家的所有亲戚都拒绝接受任何媒体采访。关于松永太的最初记录，是从他小学开始的。

小学时的松永太是标准的优等生，多次担任班长，还是学生会的积极分子。中学以后，他喜欢上了辩论，初一时参加校内辩论比赛便击败了初三学生。同时，他还是中学排球队主将。但即便如此，老师对他的印象却不是很好。据班主任回忆说，松永太是一个争强好胜的人，而且有很强烈的"领导"意识。有些时候，为了树立自己在同学中的威信，他会说一些成年人听起来非常幼稚、可笑的谎言，比如，自己跟松下幸之助（松下集团创始人）有很好的私交，自己在校外其实是黑社会老大，等等。为了吸引同学注意，他会故意在班里大声谈论股票、世界政治、房地产之类的话题，凸显自己与他人在知识层面的不同。

升入高中，他在学生会竞选中被选为风纪委员，但之后因早恋问题被学校警告，丢了职位。之后，他向家里要求转学，并在新学校再次担任风纪委员。风纪委员类似国内高中教导主任的副手，协助校方管理学生的校服、发型、行为和言论。从松永太的高中经历来看，他的领导欲与日俱增，但又无法很好地控制自己的言行。可以说，"善于说谎"和"渴望在团队中担任领导"是松永太在长期生活中形成的习惯，每一次撒谎或每一次担任领导，都能让他收获快感。毕业之后，松永太没有选择踏踏实实地当个上班族，而是回到家里"改组"父亲的公司，显然，他是在寻找一个能够担任领袖的机会。

松永太走上犯罪道路或许是一个必然结果。如果他具有一定的自律能力，或是多少能够判断是非，在青少年时期战胜自己的弱点，那还有可能成为一个正直的人。然而，他的自律能力实在很差。如果他真的能从政从商，越爬越高，对所有受他影响、支配的人来说，会是一个噩梦。

他在供述中说，无论何时何地，他都会与十名左右的女性保持恋爱关系。认识一名女性后，每隔一两个月，他便会约对方出来，送她们名表、名牌皮包、贵重首饰等，讨取她们的欢心。为讲排场，约会地点往往是高消费水平场所，有时他甚至会包下整间餐厅。之所以如此铺张，是因为他要不断地给自己假造耀眼的身份。在那些女性眼里，松永太是成功的外交官、美国大财团驻日代表、美国国家航空航天局火箭工程师、国际军火商、欧洲著名家族代理人、日本古代贵族继承人、常春藤大学教授、计算机天才……他必须得有相应的品位和财富才行。

松永太和如此多的女性保持联系，并非仅仅为了性欲，而是广撒网，寻找合适的"猎物"，前文中说到的那些被骗女性，全部都是从这些候选者中"脱颖而出"的。这些女性大多脑筋不太好用、贪图小利、和丈夫关系不和，以至于松永太被捕后，很多受骗女性仍然难以从之前对松永太的好感中走出来。例如，服部恭子的姑姑服部雅子，两人最初相识是在一九九五年，直到二〇〇二年还维持着关系。

尽管出手阔绰、长相尚佳、谈吐优雅，但松永太也不是百发百中，绝大多数"猎物"都要花费几年时间才能慢慢拿下。为了维持这个"女性网络"，还需要打点足够多的关系，开销自然非常之大。

后记之三：服部恭子

首先要说明的是，服部恭子是一个化名，当事人尚在世，为了保护个人隐私，她的真名、照片都会受到法律保护。在这个事件里，服部清志、服部荣藏、服部雅子，其实都是化名。即便服部清志已经逝世，但因其同姓直系亲属仍然在世，所以依然不能使用真名。

　　服部恭子自十岁起便受到松永太的虐待和监禁，所以身材相当矮小，到了十九岁也仅有一米五四，体质很差。升入中学后，松永太允许她每周去学校一次，但每隔十分钟就要用短信或电话汇报情况，所以她仍然处在松永太的全天候监视之下。

　　服部恭子始终对绪方纯子抱有强烈的恨意。彼时幼小的她也许并不能理解绪方纯子受松永太指使杀害自己父亲的经过，但却牢牢记住了她杀死父亲的一幕。此后多年，两人也从未和解。

　　这一点正好被松永太利用，她成为监视绪方纯子的最佳人选。绪方纯子出逃，服部恭子始终穷追不舍，甚至用嘴撕咬她，用身体阻挡纯子搭上的出租车。这让她获得了松永太充分的信任，得以在其魔爪下生存这么多年。

　　服部恭子第一次出逃时，并没有跟爷爷奶奶说出真相，甚至也没有报警，经事后推测，原因如下：首先，她对爷爷奶奶并没有充分的信任，不能保证他们会完全听信自己的言论——事实上也是如此，爷爷奶奶在松永太第一次来到家里时，也被松永太说服。其次，她看到了绪方一家的下场，害怕将自己的家人也牵扯其中，所以尽量不让爷爷知道真相。以她的判断，爷爷若想要插手，下场恐怕会与绪方誉相差无几。再次，如果爷爷不能完全相信她的话，那么也不会立即报警。这样一来，不但松永太不会受到惩罚，甚至可能打草惊蛇，令他再次搬家，或者致使松永太将她灭口……

　　事后，服部恭子改换姓名，过上了不为公众知晓的新生活。

本章人物关系

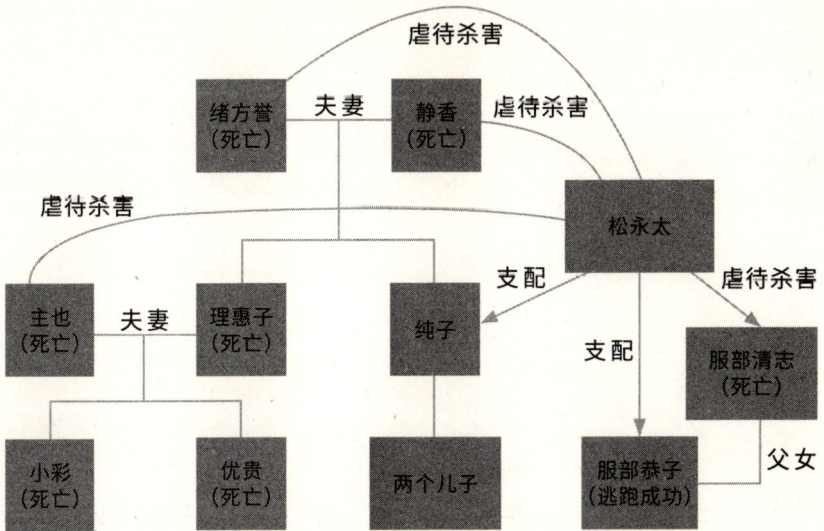

福島駆魔案

福島駆魔事件

主犯：江藤幸子

事件の発生時間：1995年

事件現場：福島県須賀川市江藤幸

死亡者名：二木文雄、関根洋子、

二木久美子、石田真二、村上佐織

犯行方法：食事や睡眠時間を制限

等待复苏

户

宅木理惠、

る、殴る

福岛驱魔案

主　　犯：江藤幸子

案发时间：1995 年

案发现场：福岛县须贺川市江藤幸子家中

死　　者：二木文雄、关根洋子、二木理惠、二木久美子、
石田真二、村上佐织

作案方法：限制饮食和睡眠时间，殴打

一九九五年日本发生了很多事。一月十七日凌晨五点四十六分，阪神大地震；三月二十日，东京地铁沙林毒气事件；三月三十日，警察总监国松孝次遇刺；五月五日，东京新宿氢氰酸毒气事件；六月二十一日，全日空八五七次航班遭劫持；九月四日，冲绳美军猥亵幼女致死事件。在这天灾人祸不断的一年里，福岛驱魔杀人案可以说是非常特别的存在。该案主犯江藤幸子时年四十七岁，表面上她是一名普通的家庭主妇，而在日常伪装下面，却有着令人意想不到的能力——操纵人心。她指挥自己的"信徒"，虐杀了六条无辜的生命。

江藤幸子一九四七年八月二十一日出生于日本福岛县须贺川市，是家中长女。

或许是不可思议的巧合，日本竟然有相当多的杀人狂魔都出生于八月二十一日，例如：

前上博——自杀网站杀人案主犯，出生于一九六八年八月二十一日；

宫崎勤——连环强奸杀害幼女案主犯，出生于一九六二年八月二十一日；

山地悠纪夫——杀害生母案、奸杀大阪姐妹案主犯，出生于一九八三年八月二十一日；

藤间静波——藤泽杀人案主犯，出生于一九六〇年八月二十一日；

…………

江藤幸子四岁时父亲因病去世，母亲与她相依为命，未再改嫁。一九六七年高中毕业后，江藤幸子与同班同学隆夫（彼时是一名油漆工）结婚，生下一儿三女。为了补贴家用，江藤幸子开始外出工作，在超市打零工。不久之后，凭借与生俱来的良好人际沟通能力，她很快找到了一个如鱼得水的工作——商品直销。那时的商品直销，与我们现在理解的"您好，请问您了解×××吗？"这种拦路询问式不同，大多是上门推销厨具、首饰、化妆品这等产品，销售员甚至会把客户请到家里，以家庭聚会的形式进行推销。因此，在经营直销事业的这段时间里，江藤幸子逐渐掌握了一大批客户资源，也博得了用户的信任，尽管经营的商品换了又换——直销这种生意本身就不太稳定——收入却蒸蒸日上，基本能保证每月一百万日元。她的打扮也越来越入时，谈吐举止越发利落干练。

一九八五年，她和丈夫用多年积蓄在新建成的小区买下一栋房子，生活顺风顺水。

可惜好景不长。丈夫因多年从事油漆工作，腰部劳损严重，只能辞职赋闲，不久便染上赌马、赌自行车赛车等恶习，开始背着江藤幸子去借高利贷。一九九一年，因为丈夫在赌博中投入太多，一家人不得不抵押房产来偿还贷款，多年积蓄瞬间烟消云散。生活水平的巨大落差以及养家糊口的压力，让江藤幸子开始将目光移向丈夫之前曾加入过的一个新兴宗教组织——天子之乡。早前，丈夫因长期受腰痛折磨，曾来这里"请大仙看看"。他进屋说明来意后，坐在屋子正中的祈祷师便大声说道："这是因为你对先祖祭拜不够，所以先祖来惩罚你，在你腰上施了一咒。跟我祈祷一个月，你的腰痛就能痊愈。"

天子之乡本质上是一种传统日本民间宗教组织，信仰"拜屋教"，这与部分地区流行的萨满教差不多。日本有不少这类相对松散的宗教组织，信徒加入后，经过一段时间的"灵能"训练，便可被封为祈祷师，独立传教。在京都先斗町和东京新宿街头，夜晚经常可以看见这些祈祷师做些看手相、面相、宅地风水，以及阴宅选址、除灾祛难的工作。有意思的是，祈祷师全部为女性，因而她们也被称为"旅行巫女"。

加入天子之乡后，丈夫开始了与世隔绝的"修道祈祷"。因为远离了赌马、小钢珠，不用死死地盯在电视、广播和小钢珠台前，腰痛确实逐渐得到了缓解。欣喜若狂的他马上给江藤幸子打电话，诉说"神迹"。此时，江藤幸子正为二女儿的眼病以及丈夫欠下的一屁股债发愁，听了这个喜讯，仿佛看到了救命稻草，于是也来到"神坛"，一心一意地祈祷。就这样，江藤幸子安心修行了两年。可是，直到一九九三年，女儿的眼病也丝毫没有好转，她渐渐开始怀疑这种宗教是否真的有效。

就在这时，丈夫却忽然消失了。

经过多方打探才知道：丈夫早在两年前她刚刚来到天子之乡时，便跟教中一名女祈祷师搞在了一起。几个月前，丈夫和那名祈祷师一起私奔，去了神户。不甘心的江藤幸子随后追到神户，找到丈夫，苦口婆心地诉说着两人组建家庭的不易，自己这么多年来的付出，还有家中子女对夫妻二人一起回家的期盼。但丈夫丝毫不为所动，第二天便带着情人再次人间蒸发，从此下落不明。

一九九三年秋，心灰意冷的江藤幸子回到福岛县须贺川市。等待她的，除了无依无靠的子女，还有两千多万日元欠款。从这时开始，她的精神似乎就出现了异常。邻居经常看见她目光涣散、漫无目的地在街上游荡，嘴里念叨着"我是神，我是神……"。有时在街上碰到熟人，她还会跟对方说"你身上附着怨灵"。

不久，江藤幸子自称"天子之乡教主"，带着长女江藤裕子开始了独立传教生涯。这个消息传到天子之乡后，组织断然否认了她的教主身份，并宣布将她逐出教门。

当这种祈祷师究竟有什么好处？

举例来说，日本民谣歌手边见玛丽，几年前被一名祈祷师骗走了五亿日元（约合人民币三千三百万元），后者说是要为她除掉厄运，之后会加倍返还。然而，拿到钱之后，祈祷师便人间蒸发。更为有名的例子是 X-Japan 乐队的 TOSHI（本名出山利三），他在一个叫作"心灵之家"的宗教组织接受了"洗礼"，十二年中被骗走十五亿日元。

尽管天子之乡听起来相当不靠谱，可它却是在日本正式注册的宗教法人，所有宗教活动和宗教仪式都受日本宗教法律的保护。被除名后的江藤幸子，事实上已经失去了合法传教的权利。然而，就在她打出"天子之乡教主"的名号后不久，大量信徒从日本各地赶来，她家屋内无论昼夜，都会传出咚咚的敲鼓声，以及教主和信徒的祈祷声。

也许你会问：这么愚蠢的宗教在信息发达的日本社会怎么还会有人信？

其实，福岛县的农村自古以来就有巫医信仰，无论是有病还是有灾，很多农民都愿意"先去找巫医看一下"。他们对通灵术的信赖程度是我们难以想象的。很快，江藤幸子的周围出现了大量来看病求助的人，而她则利用做直销时锻炼出的口才，以及一些与直销人员留住用户的方法相类似的控制手段，再加上一些心理暗示技巧，成功地将其收服，甚至让一些信徒的疾病得到了一定程度的缓解。于是，附近的人都说她"灵力很强"，是货真价实的"超能力者"。

讲到这里，我不得不解释两个心理学名词——心理暗示和安慰剂效应。

简单来说，心理暗示是指在受众不经意的情况下，用言语或视觉刺激，使其产生主动的心理反应，最终在行为举止方面产生变化。安慰剂效应则是指首先让受众对某个概念深信不疑（尽管这种概念可能完全无意义），例如，"生吃茄子可以让人精力充沛"，受众生吃茄子之后就会产生一种"我已经精力充沛"的错觉，从而真的对"生吃茄子可以让人精力充沛"的说法充满信心，在短期内产生精力充沛的效果。在某些饰品方面，这种效应更加明显。比如，当人们戴上一些自认为可以带来财运或桃花运的饰品后，一旦生活境遇变好，发了笔小财，或是遇到了心仪的异性，便马上会将这个结果归结为饰品"法力显灵"。在这样自我加强的心理暗示之下，人们会更加敏锐地（或错误地）意识到成功的机会，或是将注意力放在吸引异性方面，从而让自己更加主动，也就有更多机会来验证饰品的"法力"。而当遇到挫折时，人们首先会从自身找原因，"明明机会来了，但我就是太不主动""都怪我上厕所时没有摘下来，惹怒了神明"等，甚至归咎于"太便宜，不是开光的"等原因，于是下血本再买新的饰品……

尽管无法从医学上证明江藤幸子丈夫的腰病是真的治愈了，还是心理作用"淡化"了疼痛的感觉，但从她女儿的眼病始终没有好转这件事来看，教会所谓的"神迹"其实并不存在。

一九九四年春天，江藤幸子的门下陆陆续续来了几家人。

首先来的是五十六岁的关根洋子。她长期患有高血压，一直服药，但无法根治——事实上，绝大部分的高血压完全不存在根治的可能性。在被高血压折磨近二十年后，关根洋子得知"须贺川有一位神人"，于是来到江藤幸子家中，请求入教。半年之后，关根洋子自觉身体好了许多，于是就在一次家庭聚会上，跟自己的亲妹妹二木久美子讲述了江藤幸子的神奇之处。

二木久美子，四十八岁，她的丈夫二木文雄有严重的糖尿病，而他们十八岁的女儿二木理惠则患有青光眼，这些都是非常难以治愈的疾病。当年秋天，二木夫妻来到江藤幸子家中，请教主为他们一家除病祛灾。江藤幸子审视了一番，说道："你们全家前世作了非常可怕的孽，所以现在疾病缠身，而且以后还会家破人亡。想要全家得救，洁净灵魂，就得搬到我这里来住。"这种抛弃一切住到她家里来的做法，被江藤幸子称为"出家"。二木夫妻当即深信不疑，双双辞去工作，带着三个孩子搬了进来。随后，关根洋子也在当年十一月带着比自己小十一岁的丈夫——四十五岁的关根满雄"入教出家"。

在这些"出家信徒"的供养下，江藤幸子过上了衣食无忧的生活。尽管没能遇到坐拥亿万家财的土豪信徒，但在一众信徒的簇拥之下，她也犹如女王，手下信众全都唯她马首是瞻。

然而，一个年轻人的出现，让原本就拥有不寻常人生的她走上了一条不归路。

一九九四年十二月，江藤幸子遇到了二十一岁的男青年根本裕。

根本裕生于北海道，当时是一名日本自卫队士兵，身材魁梧，长相清秀。江藤幸子对他一见倾心，之后几周，用尽套路，终于钓他上钩。随后，江藤幸子还将他带回家，宣布这是"上天派来协助自己的使者"，并让教徒称他为"裕大人"。

然而，二木文雄提出异议。他觉得，自己全家抛家舍业地追随教主，教主却不知从哪里带回这么个毛头小子，还给予那么高的地位，于是拒绝对"裕大人"行礼叩拜。江藤幸子大怒，指着他的鼻子说道："我看你是被狐狸附身了！"

关根洋子也感到不爽。她多次对江藤幸子提出想当"副教主"，但都被江藤幸子回绝。根本裕入教之后，江藤幸子为讨他欢心，想买辆跑车送给他，便以此为由跟关根洋子借钱，但被拒绝，于是怀恨在心。另外，关根洋子也经常与根本裕交谈来往，将这一切看在眼里的江藤幸子妒火中烧，一场针对关根洋子和二木文雄的报复行动开始了。

一九九四年十二月底，江藤幸子将家里的教徒聚集起来，让关根洋子和二木文雄跪坐众人中间。先让两人承认自己"被狐狸附身，产生了嫉妒情绪"，之后用敲大鼓的鼓槌殴打他们，声称"这是在为他们除灵"。这天之后，江藤幸子命令其他信徒也要帮助他们"净化心灵"，时时刻刻对两人施以暴力。

每天晚上，江藤幸子都会用鼓槌痛打两人，同时不停地问二木文雄："你是不是喜欢幸子教主？"而根本裕则会用木棍殴打关根洋子，要她供述自己"喜欢裕大人，所以才会嫉妒教主"。一番殴打之后，江藤幸子和根本裕便会前往情人旅馆，其他信徒继续在家中帮二木文雄、关根洋子"净化心灵"。让人意想不到的是，尽管遭受了如此暴行，关根洋子和二木文雄却对自己被恶灵附身的邪说深信不疑，甚至自觉罪孽深重，理应受罚。一九九五年新年，二木文雄从江藤幸子家出逃，但随后因内心无比纠结，又主动返回。于是，江藤幸子更是找到了变本加厉惩罚他们的借口。她要求两人每天只能睡三小时，上两次厕所，给他们的饭菜更是少得可怜。在身体和精神的双重折磨之下，二木文雄和关根洋子先后精神错乱，于是信徒更是对他们被恶灵附身的事深信不疑，也就更加严酷地对待他们。一九九五年一月二十五日凌晨，二木文雄和关根洋子先后被折磨致死。正当信徒们不知所措的时候，江藤幸子说道："他们不是死了，而是恶灵离开了他们的身体，神将他们的灵魂带到了天上，正在为他们净化。只要等本身的灵魂回到身体中来，他们就会苏醒过来。"

于是，一众教徒受江藤幸子的指使，将尸体抬到一间卧室，摆放整齐。时值寒冬，福岛又处在日本寒冷的东北地区，所以尸体没有很快腐坏，而是渐渐干尸化。

此后，江藤幸子家中又来了新信徒。

一九九五年二月初，石田真二和石田秀子夫妇"入教出家"。丈夫石田真二四十三岁，妻子石田秀子三十三岁，两人一直因不孕症而苦恼。跟着他们来到这里的，还有一名叫作村上佐织的女性，二十七岁，是石田秀子的前同事。三人全部辞去工作，刚刚搬进来，便赶上了对二木文雄的女儿——十八岁的二木理惠的"除灵"仪式。

二木理惠长期罹患青光眼，视力基本丧失，缺乏自信的她很少与异性交往。尽管江藤幸子命令所有人都要对二木文雄和关根洋子施以暴力，但因为二木文雄是自己的亲生父亲，关根洋子是自己的姨妈，所以她始终没有参与这些暴行。同时，二木理惠与根本裕年龄相仿，又朝夕相处，竟渐渐喜欢上了他，偶尔还会对母亲二木久美子坦露这份情意。但是，已经陷入疯狂状态的二木久美子却将女儿的这些心事报告给了江藤幸子。感受到极大威胁的江藤幸子马上带着刚刚入教的石田夫妇和村上佐织以及其他教徒为二木理惠"除灵"，手段与之前几乎一样：殴打、限制睡眠时间、减少食物……不单如此，江藤幸子和信徒还会在二木理惠睡觉期间突然把她打醒，或用凉水浇她。

二月十八日，经历了十余天的折磨，二木理惠终于丧命。

二木久美子此时仍坚信"净化复苏"的说法，她将女儿和丈夫的尸体摆好，并积极地向江藤幸子求教"复苏"仪式的准备工作。也许是被追问弄烦了，或是怕二木久美子哪天醒悟过来，转头报复自己，江藤幸子马上宣布，"久美子被马面恶灵控制了"。在随后的暴力仪式中，二木久美子被迫承认"想独自占有根本裕大人"。在遭受了两周的暴行折磨后，一九九五年三月十六日，二木久美子撒手人寰。

一九九五年三月二十日，江藤幸子用二木久美子的存折和印章从银行取出三百五十万日元（约合人民币二十三万元），并据为己有。

　　四月中旬，江藤幸子察觉到教中最年轻的村上佐织正慢慢地和根本裕熟络起来，两人经常有说有笑地外出，于是故技重施，在某天晚上突然指着村上佐织大喊道："你被蟒蛇缠身了还不自知！还不赶快坦白自己的罪孽！"村上佐织被吓得魂不附体，她知道一旦被教主指认为恶灵附体，便会难逃一劫，于是连忙苦苦哀求。与她一同前来的石田真二也站了出来，请求教主"放她一马"。而他的这一举动，更加严重刺激了江藤幸子的神经。情人被佐织吸引，石田一家与村上佐织似乎又成了一个小团体，在丧失了二木一家的支持后，原本说一不二的江藤幸子身边只剩下关根满雄和女儿江藤裕子两人。自觉统治地位岌岌可危的教主，马上要求关根满雄、根本裕和江藤裕子三人为石田真二"除灵"。

　　在长达数小时丧心病狂的殴打之下，石田真二被迫承认"想要和佐织发生关系"，以及"因被情欲冲昏头脑，才被兔子精附身"。五月二十五日当晚，石田真二因颅脑损伤死亡。随后，对村上佐织的惩罚开始。石田秀子认为"丈夫是被佐织诱惑才丧命的"，所以在"除灵"仪式中格外卖力。六月六日，佐织肋骨折断后扎穿肺部与心脏，导致她内出血严重而死亡。

然而，这场教内肃清运动远远没有结束。秉承"斩草除根"思维的江藤幸子又开始持续拷打石田秀子。

一周之后，家里来了一位不速之客。

一九九五年六月十八日清晨，门铃响起，关根满雄打开门，门外站着一位老太太——折居惠子。折居惠子是石田秀子的母亲，因为女儿一家人几个月没有消息，便到女儿的住处打听，得知他们一家去了邻镇的一户"女巫家"，之后便没有回来。老太太问清了地址，一个人急匆匆地赶来。

在路上，折居惠子便感到有些不对劲。屋门打开后，折居惠子看到眼前的壮年男子，当时心下一沉，觉得女儿凶多吉少。但毕竟是生活经验丰富的老人，她并没有直接说出石田秀子的名字，而是声称自己是来找"淘气乱跑，闯到别人家里来的外孙"。关根满雄将信将疑，折居惠子便喊着编造的外孙的名字，走了进来。当天江藤幸子和根本裕刚好外出，家中除了关根满雄，只有几名住在附近、平时常来祈祷参拜的信徒。老太太走到里间，看到了倒在地上的女儿石田秀子。她早已昏迷，手部骨折，甚至已经开始肿大，伤口中不断有污血脓水流出。几名信徒走进来跟折居惠子说道："没事儿，这是在帮她排毒呢，毒排完就好了。"

折居惠子深知凭借自身的力量无法救出女儿，弄不好连自己也要陷入魔窟。于是她强忍泪水，继续呼喊着外孙的名字。说来也巧，就在她走到厨房时，突然看到墙角蹲着一个骨瘦如柴的男孩。这其实就是二木家最小的儿子——此时已经成为孤儿。在二木夫妇和大女儿死去之后，二木家剩下的两个孩子便成为教会的"累赘"，既不能放他们走，也没必要养他们。所以，江藤幸子只同意提供最低标准的伙食，严禁他们走出房门一步。

看到这个孩子，折居惠子似乎给自己找到了一个离开的理由。她提出要把孙子抱回去，但立即遭到教徒的阻止。折居惠子心生一计，说道："他到了要接种结核疫苗的日子，今天不带他去，市保健所的医生可是会上门家访的。"教徒自知一旦外人来到这里，麻烦就大了。没办法，只好眼睁睁看着折居惠子把孩子抱出门。

折居惠子也不敢怠慢，立刻跑回家，跟亲戚们说明情况：自己的女儿被奇怪的宗教组织绑架，现在命悬一线。当天下午，折居家的几名青壮年来到江藤幸子家，强行砸开门，把昏迷不醒的石田秀子救了出来。此时石田秀子因长期营养不良及不断的拷打，已经出现败血症的迹象。尽管发着高烧，她却始终拒绝家人的治疗，一直喊着"让我死吧"。当晚，家人将她送进医院抢救，总算保住了一条命。

一周之后，渐渐恢复正常的石田秀子对警察说了实话："在那间房子里，有六具尸体。"

一九九五年七月五日夜间，警方突击江藤幸子家，发现了这六个人：二木文雄、二木久美子、二木理惠、关根洋子、石田真二、村上佐织。他们正静静地躺在那间屋里，等待着"复苏"。

随即，江藤幸子、根本裕、关根满雄、江藤裕子四人因涉嫌故意伤害致死、非法监禁罪被逮捕。

之后，石田秀子也因涉嫌故意伤害罪被警方逮捕。

讲到这里，我们先来讨论一个值得深思的问题：在对这些教徒"除灵净化"的过程中，江藤幸子是否丧失了理智？她究竟是撒了一个连自己都相信的谎，抑或只是将这些信徒玩弄于股掌之中，自己则在背后冷冷旁观？这些"教主"的内心世界究竟是怎样的？他们真的相信自己可以拯救人类、为民造福、专心奉神，还是只是逢场作戏，扮演一群疯子的国王？

从这起案件中，我们似乎可以得出一些结论。

最初加入这个教团的都是女性，男性基本是以随同者的身份入教。这也许与江藤幸子此前长期从事化妆品、保健品、保健器械等商品的直销工作经历有关，对那些在生活中陷入烦恼的家庭主妇来说，她具有极强的亲和力和说服力。

同时，江藤幸子最先下手除掉的，也往往是这些女性。表面上，她是嫉妒这些女人对根本裕的性吸引力。然而其中有一个特例，那便是她二十三岁的女儿江藤裕子。江藤裕子的年龄与被杀害的二木理惠、村上佐织相仿，而且与根本裕相当亲密。其实，无论是二木理惠还是村上佐织，我们甚至都无法得知她们是否与根本裕有真正的亲密关系。对于江藤裕子和根本裕的关系，江藤幸子不仅丝毫没有生江藤裕子的气，反而还相当信赖她，用江藤裕子和根本裕的肉体关系作为维系"裕大人"和自己以及和教团关系的筹码。在这件事上，江藤幸子既冷静又理智，跟她在虐待其他女性时表现出的"因为想留住情人，所以要杀死其他女人"的形象截然不同。

因此，在整起案情中，江藤幸子的目的只有一个：谋财害命。教团是她谋财害命的工具，为了保住教团，她可以做任何事。她没有陷入宗教狂热而无法自拔，更谈不上"自己也是受害者"。

一九九五年八月十六日，福岛县地方检察院因为无法提供与具体杀害企图相关的证据，未能对江藤案的嫌疑人提出谋杀指控，只是提交了"伤害致死"的公诉。

一九九五年九月十八日，检方从银行找到了江藤幸子使用二木久美子、关根洋子等人的存折和印章在他们死后前往银行提款并据为己有的证据，于是撤回了"伤害致死"的起诉，对江藤幸子、根本裕、关根满雄、江藤裕子四人提出谋杀指控，同时以故意伤害罪和过失杀人罪对石田秀子提起公诉。

一九九七年三月，宫城县仙台市高级法院对石田秀子做出审判，石田秀子故意伤害罪、过失杀人罪罪名成立，但因为石田秀子当时处在非法宗教组织控制之下，自身无法做出完全理智的判断，因此被判决有期徒刑三年，缓刑五年。

一九九八年九月，福岛县地方法院开庭审判，江藤幸子的辩护人提出对犯罪嫌疑人进行精神鉴定，法庭准许。之后，对江藤幸子等四人的精神鉴定持续了三年时间。

二〇〇二年五月十日，福岛县地方法院宣布初审结果：

被告江藤幸子在以自我为中心的原则下，对信徒进行拷打，并致多人死亡，其行为已经超越了宗教仪式的范畴。并且几名被告人在将信徒杀害后，将其全部银行存款据为己有，已经构成以获取钱财为目的的有意图杀人。被告罪不容赦，故本庭做出如下判决：

江藤幸子：死刑。

根本裕：无期徒刑。

江藤裕子：无期徒刑。

关根满雄：有期徒刑十八年。

江藤幸子等四人当庭提起上诉。

二〇〇五年十一月十二日，仙台市高级法院以"给群众带来极其不安的情绪，影响极其恶劣"为理由，驳回四人的上诉请求。江藤幸子随即申请继续上诉。

二〇〇八年九月十六日，日本最高法院驳回江藤幸子的上诉请求，最终维持死刑判决。

二〇一二年九月二十七日，江藤幸子在仙台市宫城监狱内接受绞刑，她也成为日本自一九五〇年以来的第四名女性死刑犯。

杀人消防员

胜田清孝

殺人消防士の勝田清孝
主犯：勝田清孝
事件の発生時間：1972—198
事件現場：京都市、大阪府、名古
死亡者名：中村博子、藤代玲子、
識名吉子、井上裕正、本間一郎、
小田俊弘、無名の女性
犯行方法：ストッキングで絞め殺
縄で絞め殺す、銃撃

在冥海中沉浮

市、神戸市
藤照子、
神山光春、
、

杀人消防员胜田清孝

主　　犯：胜田清孝

案发时间：1972—1983 年

案发现场：京都市、大阪府、名古屋市、神户市

死　　者：中村博子、藤代玲子、伊藤照子、不知名女性、识名
　　　　　吉子、井上裕正、本间一郎、神山光春、小田俊弘

作案方法：用丝袜、绳子、围巾等物勒死，枪击

说　　明：根据案犯供述及警方调查，死在胜田清孝手下的足有
　　　　　二十二人之多。然而，因为其中大部分案件的杀人证
　　　　　据早已无法获取，法院只能以其中七起杀人案件提起
　　　　　公诉。

尽管写了这么多日本罪案，有句话还是必须得说，本书的案子虽全部发生在"二战"后至今的七十多年里，但这并不表示日本的治安非常乱。正相反，日本社会的治安其实比较好，好到笔者一个人深夜走在乡下小路都不会有任何不安。前段时间看到一个故事，一个中国小伙子在国内给日本警察打电话，要对方帮忙寻找在日本留学的失联女友，日本警察从头到尾全力配合，整件事看下来让人心生暖意，也切实感受到了日本公职人员的耐心与责任感。

这个案子的主角也是一个公职人员——胜田清孝，优秀的消防员，宠爱妻子的好丈夫，两名男孩的父亲，同时也是日本战后可怕的连环杀人犯之一。

一九四八年，胜田清孝出生于京都府乡下的一户农家。

他是家中长子，在乡下度过了普普通通的青春时代，十六岁进入职高学习农业。一九六五年，十七岁的胜田清孝犯下了人生第一桩罪案，骑摩托车抢行人手包，但马上被警察抓获。警方在他房间的天花板上发现了十几个抢来的手包，以及从学校偷来的扩音器、食堂的饭票等。胜田家的生活相当不错，他不缺钱花，这么做似乎只是盗窃癖在作怪。

一个月后，法庭判处胜田清孝进入大阪府和泉少年院（类似于中国的少管所）"学习"，原高校宣布开除他的学籍。半年之后，他被家人保释，在父亲的安排下，进入奈良一家汽车部件工厂工作，其间考下驾照，家里又给他买了一辆马自达汽车。然而，胜田清孝旧习未改，在工厂仍以撬别人的储物柜为乐，工厂同事都叫他"少年犯"。他在工厂的人际关系越来越差，最后不得已而辞职。父亲又给他介绍了很多工作，但都由于种种问题，没能长期干下去。

一九六七年，胜田清孝认识了一名小他一岁的邻镇女孩，两人发展到了考虑结婚的阶段，但是由于他曾进过少年院，女孩的家境又很差，双方父母皆极力反对这桩婚事，两人只好暂时作罢。

一九六八年九月，年满二十的胜田清孝带着女朋友私奔，二人在大阪生野区一所小公寓同居。并且他痛改前非，开始在一家金属加工厂认真工作。女孩则在制衣厂找到了一份工作。差不多一年之后，胜田清孝改行当卡车司机，没日没夜地往返于名古屋和大阪。见他这样认真工作，家里人也安了心。一九七〇年三月，双方家长终于同意两人的婚事，并在奈良给小夫妻盖了新房。一年后，长子出生，一家人其乐融融，一切似乎都走上了正轨。

然而，世事无常。

一九七二年一月，奈良市加茂町第一劝业银行一名十九岁女职员在回家路上被人奸杀。警察发现，胜田清孝有在少年院服刑的经历，于是就去运输公司打听他的行踪并对他进行提审。从警察局出来后，社长追问他是否杀了人——尽管他有非常明确的不在场证明，警方也排除了他的作案嫌疑，胜田清孝仍然感受到了侮辱和排挤，于是通过消费发泄怨气。日本货车司机的收入很高，所以他相当豪爽，去酒吧喝酒必点价格昂贵的人头马和轩尼诗洋酒，给小费毫不吝啬，车也换成了福特旗下的水星汽车。之后，他还在家里的后院搭了价值两百万日元（约合人民币十三万元）的无线电发射塔，每月各种零花开销接近十一万日元……总之，这是一个货车司机很难承受的生活开销。

一九七二年三月，他听从父亲的劝告，参加了全日本统一消防员资格考试，拿到了资格证书。四月一日，他被老家的相乐町中部消防队录取，成为一名消防员。虽然他的社会地位有所上升，成了受人尊敬的消防员，生活压力却仍然没有减轻。久而久之，青少年时代留下的种种恶癖相继复发，胜田清孝走上了一条不归路。

一九七二年九月一天凌晨，那是成为消防员后的第五个月，胜田清孝在值夜班后回家的途中潜入京都市山科区的一所公寓，想找个没人的屋子偷点值钱的东西。他经过一间房时，从打开十厘米左右的窗口缝隙望进去，瞥到了屋内地上的一个手包，于是偷偷打开房门，正准备拿着包逃走，房主中村博子从厕所出来了。二十四岁的中村博子是夜总会的陪酒女，这时刚刚下班，喝得半醉，见家中进了小偷，吓得不知所措。胜田清孝一把将她拉过来，掐住脖子，要她把钱交出来。中村博子惊恐地回道："我没什么钱，实在不行，我就用身体付吧。"胜田清孝二话没说就强奸了她。然而，就在他准备离开时，中村博子突然大喊起来，于是他又折回来用丝袜将她勒死，带着从她手包里抢到的区区一千日元（约合人民币六十五元）逃走。

因为受害者是一名陪酒女，所以警方最先怀疑这是一起情杀案，调查了所有跟她有染的男子。其中夜总会老板（也是中村博子的同居情人）和店内熟客中的一名汽车销售都被认作重要嫌疑人，接受了几年的调查，这名汽车销售也因此丢了工作。

一九七四年，胜田清孝升任为消防队副队长。因为欠债太多，他开始利用节假日干起长途运输工作，这也给了他更多去往全国各地的机会，客观上为异地作案提供了方便。一九七五年七月一天凌晨，他潜入大阪府吹田市一幢高级公寓楼，在停车场偶然看到一名女性从一辆日产Fairlady Z 汽车中走出，于是上前抢包，遭到女子的激烈反抗，便用路边的绳子将她勒死，把尸体塞进日产汽车的后备厢（了解日产 Fairlady Z 的人一定知道，这车的后备厢要塞下一个人有多难），随后驾车开到一处农村，将尸体扔进一口机井。为掩盖指纹，他又把汽车一把火烧掉，带着十万日元离开了。

被杀女性名叫藤代玲子，三十五岁，在大阪市北区经营一家高级酒廊。警方看到她的车整辆都被烧毁了，现场又没有扭打的痕迹，便认定这是一起发泄恨意的熟人作案案件，调查了正在跟藤代交往并且当晚跟她外出约会的一名四十五岁的公司社长。社长当时正在与妻子办理离婚手续，得知他接受了警方调查，妻子马上以他在婚内有重大过错为由，要求多分财产。不得已，社长只得将公司关门大吉，清算财务，支付了一大笔赔偿金。

胜田清孝逐渐尝到了抢劫特殊行业女性的甜头，她们的包里一般都有很多现金，且反抗能力较弱，因此自己既能劫财又能劫色。

一九七六年三月一天凌晨两点多，胜田清孝在名古屋市中区发现了一名开着科迈罗的陪酒女伊藤照子，趁她走下车准备进入公寓的时候，跑上去抢走了她的包。而就在这一瞬间，伊藤看到了他的脸，大喊救命。胜田清孝迅速将她掐死，并将她的围巾牢牢地系在她的脖子上。四十分钟后，胜田清孝开车来到滋贺县一处农村，把尸体拉到庄稼地，扒下其内裤，伪造成性侵现场，随后将死者的车开出了十五千米，带着十二万日元现金弃车离开。

同样，警方在调查时首先怀疑的仍是当天夜里跟伊藤照子约会，并在凌晨两点左右与她分开的一名四十三岁的律师。一方面，由于警方的调查相当深入，这名律师的个人信息被挖得一清二楚，最后只好被迫停业。同时，警方加紧了对伊藤照子所在夜店的搜查，连日盘问店内熟客，最后这家店也被迫关张。

另一方面，由于贷款压力太大，胜田清孝在工作上格外卖力，竟意外得到了领导的赏识。一九七六年十月，他被提拔为消防队队长，这离他犯下上一桩命案仅仅六个多月。

一九七七年六月三十日凌晨两点，胜田清孝来到名古屋市南区，偶然看到一名女孩没锁房门就外出遛狗，于是潜入公寓，从衣柜里翻出了一个装有四万日元现金的信封。就在他要溜出门的时候，女孩回来了，大呼抓小偷。很快，女孩便被他拉进屋，压在地板上，从背后用皮带勒死。警察推测犯罪嫌疑人是女孩的情人，即一名三十五岁的公司职员。经调查后发现，这名公司职员为了维持与女孩的情人关系，故意做假账，中饱私囊，于是警方以涉嫌职务侵占罪为由将其逮捕，判处两年拘役。在其后六年里，他一直被视为杀人嫌疑犯。

七月六日，朝日电视台一档综艺节目采访了胜田一家。胜田清孝以精悍能干的消防员身份登场，酷酷的长相加上风趣幽默的谈吐，完全是好丈夫的典范。谈到妻子时他说道："我比较喜欢瘦小的女孩子，因为天天见面，所以对她的脸可能早就审美疲劳了，但说到她的身材，一百个人里也能达到前十名哦。"主持人问道："那你觉得妻子最奇怪的表情是什么呢？"他回答道："那当然是亲热的时候……嘿嘿嘿……她的表情会变得很奇怪，哈哈哈。"作为对大胆回答的奖励，节目组给了他八万日元现金和十万日元购物券。这期节目在当年八月二十日播出。

八月十二日夜里十一点，胜田清孝又来到名古屋市昭和区，为防被人看见脸，还戴了棒球帽和墨镜。忽然，一处楼道里有扇门打开了，屋主人识名吉子出来扔垃圾，恰巧撞见了鬼鬼祟祟的胜田清孝，于是问道："你是谁，在这里干吗？"胜田清孝有些慌乱，连忙上前一把将她推进屋，一只手从后边控制住她的胳膊，另一只手捂住嘴，随后用裤袜将她勒死，把尸体藏到床下，带走了价值四十五万日元的钻石戒指。

识名吉子当时三十三岁，离过一次婚，表面上仍然独身，实际却是同公司一名二十九岁年轻部长的情人。那所公寓便是部长为她租下的。案发后的第二天和第三天，也就是十三、十四日，部长都来找过识名吉子，尽管没见到人，但也没觉得有什么异常。两天后，他又来到公寓，闻到了一股异味，结果在床下发现了识名吉子的尸体。警察勘探现场后，发现识名吉子手上的戒指不见了，但抽屉里的四十万日元现金却完好无损，再次怀疑这是熟人冲动作案，而非抢劫。这样一来，发现尸体并报警的年轻部长马上成了第一嫌疑人，受到警方密集而深入的调查。最终，警方一无所获，这名年轻部长在外面养情人的事却闹得满城风雨。巧合的是，他的妻子就是这家公司董事长的女儿——这也是他年纪轻轻就能当上部长的原因。事情爆出之后，董事长的女儿自然立刻跟他离婚，并将他赶出公司。

迄今为止，胜田清孝杀害的无一例外都是有着复杂社会关系的女人，每次盗走的钱财数目又不是很大，所以警方全部是往私人泄愤或情感纠纷等熟人作案的方向调查，不光让案情陷入一个又一个谜团，也让许多原本"无辜"之人遭遇意外打击。

然而，胜田清孝已经不满足于此。他的胆子变得更大，手段也更加直接了。

一九七七年十二月十三日下午五点，胜田清孝来到神户市中央区劳动金库神户东分行，用一个月前从奈良县枪具店偷来的猎用霰弹枪朝银行职员井上裕正的胸口开了一枪，抢走了装有四百一十万日元（约合人民币二十七万元）现金的皮包，驾驶着四天前从名古屋市内蔬菜公司停车场偷来的卡车逃逸。

两天后，身中多颗弹丸的井上裕正伤重而亡。

同年十二月三十日，胜田清孝的第二个儿子出生。

一九八〇年七月三十一日零点，在名古屋市名东区一家松坂屋的停车场，店长本间一郎正准备下班回家。忽然，一支霰弹枪顶在了他的胸口。

"乖乖听话，我就不会伤害你。"

胜田清孝逼着本间一郎回到办公室，从保险柜里取出了当天的营业收入五百七十六万日元（约合人民币三十八万元）现金和一部分购物卡。随后，他胁迫本间一郎开着自己偷来的卡罗拉汽车来到名古屋市中区的一处停车场，接着一枪将他打死。这把枪是之前从一名枪械收藏家家里偷来的，子弹则是从一辆卡车内偷来的。

十一月八日，胜田清孝准备进入在街上停着的一辆车内盗窃，被巡警偶然发现，当场被捕。警方并未发现其他可疑之处，于是仅仅将他判处了十个月的拘役并缓刑三年。消防队得知消息后将他开除。而在此之前，胜田清孝因为工作出色，获得过二十多次嘉奖，并连续两年在全国消防员练兵大赛中获奖。

之后，胜田清孝与妻儿搬到京都府城阳市，再次干起了卡车司机的工作。

一九八一年二月，胜田清孝在爱知县小牧市用枪胁迫电器店店员，抢走一百零七万日元现金。

一九八二年二月，胜田清孝认识了一名在京都市山科区经营小酒吧的女性。为了方便幽会，他租了一所月租五万多日元（约合人民币三千元）的公寓，买了大约两百万日元的家具，并开始与妻子分居。

一九八二年十月二十七日二十一点，胜田清孝在名古屋市千种区报警，声称"在附近发现了疑似被偷的黑色车辆"；二十一点二十五分，他再次报警，称"车里还有可疑男子，请快点来"。很快，田代北派出所的长桥裕明警官步行来到现场，但并未发现什么可疑车辆，只好将现场附近的车牌一一抄好，准备回去查阅。就在这时，胜田清孝开着一辆皇冠汽车猛冲过来，将他撞飞，随后下车询问道："你还好吗？"发现长桥裕明还没断气，又用准备好的铁棍猛击他头部数次，抢走了他腰间的一把左轮手枪。

幸运的是，长桥裕明并未因此丧命，但也在医院住了四个月。

四天后，胜田清孝开始了人生中最冒险的一次旅行。

十月三十一日凌晨两点五十分，胜田清孝戴着头盔、墨镜，蒙着脸，举着手枪来到静冈县滨松市的一家音像制品店，对准备关店的三名员工说道："你们都听说名古屋警官的手枪被抢的事件了吧？这就是那把手枪，把钱都交出来！"没想到，三名员工并未乖乖听话，反而按下了警铃，分头跑掉。没办法，胜田清孝也只得慌慌张张地从店里逃走。

当天二十点，滋贺县大津市的电焊工神山光春出差结束，正开车返回几百千米外的千叶县千叶市。就在他将车停在高速公路休息区的空当，胜田清孝强行坐上了副驾驶座，要求他载自己回名古屋。车开出没多久，他的手枪不小心从裤子口袋里掉了出来。他连忙拿起手枪，对神山光春说道："如果你敢逃跑，我就打死你！"神山光春只得继续开车。

二十一点三十分，神山光春突然一脚急刹车，见胜田清孝的手撞在了挡风玻璃上，就势便要夺枪。胜田清孝毫不示弱，反用安全带捆住了神山光春的脖子，为防他再次抢枪，准备爬到后座上去。没想到神山光春挣开了安全带，抓住了他持枪的右手。气急败坏之下，胜田清孝对着神山光春胸口就是一枪，之后将失去知觉的他抬到后座，顺便拿走了他身上的四万日元现金。

胜田清孝驾车行驶在四十一号国道上，漫无目的地寻找下一个目标。其间，后座曾传来微弱的声音，"给我点儿水喝""我好冷",但很快就消失了。

十一月一日凌晨两点左右,胜田清孝来到名古屋西边的养老郡休息区,把车停好,将沾有神山光春血液的手套扔进垃圾箱。这时,他看到了不远处加油站内的加油工小田俊弘,觉得他似乎看到了这一切,于是走近小田俊弘,用枪顶着他说:"把加油站的钱都交出来。"小田俊弘转身就跑,却被一枪击毙。

胜田清孝怕枪声引来旁人,只好放弃抢劫,上车离开。在路上,他将外套脱下扔掉,把车停在路过的休息站后,搭便车回到大津休息区,开着自己的皇冠汽车回家,结束了这一天毫无所获的冒险。

三个月后,一九八三年一月三十一日十三点四十五分,在名古屋市昭和区经营着一家搬家公司的冢本祝荣,刚从银行提出员工工资一百零二万日元(约合人民币六万八千元),准备开着皇冠 Custom 汽车回公司。胜田清孝突然从左侧冲进副驾驶座,用枪顶住冢本祝荣的左腰,说道:"你看新闻了吧,这就是那把从警察手里抢来的枪,乖乖听我的。"冢本祝荣听从指示,将一百零二万日元现金全部给了胜田清孝。车子发动之后,冢本祝荣觉得,如果任由胜田清孝摆布把车开走,那自己一定会被灭口,所以故意慢慢倒车,争取时间。

就在这时,一个行人恰好经过车子前方。趁胜田清孝分神的一瞬间，冢本祝荣伸出双手，抓住了胜田清孝持枪的右手。胜田清孝见势准备开门逃跑，却被冢本祝荣发力顶出了车外。接着，冢本祝荣将他压在身下，大声呼救。听到呼救声之后，银行行长按下警铃，带着五个人来到停车场，将胜田清孝彻底制伏。

十三点五十分，名古屋警察赶到现场。

这个杀人魔王，曾经的优秀消防员，曾经的好丈夫，终于被警方逮捕。

被羁押在拘留所里的胜田清孝夜不能寐，每晚都会发出幽灵般的号叫。谁也不知道他在铁窗里、在黑漆漆的夜色里看到了什么。

八天后，二月八日，警方提审胜田清孝。他很爽快地供认了罪行：除本案外，在一九七二到一九八二年间，共杀害了四男五女，犯下超过四百起盗窃、强盗案。

前述的几起女性被杀案早已让警方头疼不已，所以听了这番供述，警察不得不一次次地确认："这些……真的都是你干的？"根据本人供述以及警方调查，死在胜田清孝手下的足有二十二人之多。日本战后三大连环杀人魔中的其他两人——小平义雄、大久保清——杀人数量远远不及他。然而，因为其中大部分案件的杀人证据早已无法获取，法院只能以其中七起杀人案件提起公诉。

一九八六年三月二十四日，名古屋市地方法院判处胜田清孝死刑。胜田清孝提出上诉。

一九八八年二月十九日，名古屋市高级法院驳回胜田清孝的上诉请求，维持原判。

在狱中，胜田清孝学习了盲文，成为盲人义工，为盲人翻译报纸、书籍。由于不满媒体的解读以及对他私生活的挖掘，胜田清孝极其不信任媒体，拒绝接受任何采访。他在狱中写下了手记《在冥海中沉浮的日子》，想用版税弥补受害者家属的损失。但因为他本人过度疏远媒体，这本书的市场宣传做得并不好，最终此书仅卖出八千本。

不过，一位信仰基督教的女性——来栖宥子——读了这本书后，与胜田清孝成了笔友。八年里，来栖宥子给胜田清孝写了六百多封信，探监两百余次。胜田清孝给她的回信也有四百余封。

一九九四年，胜田清孝成为来栖宥子娘家的养子，改名藤原清孝。

一九九六年，来栖宥子出版了《真实的胜田清孝》一书。

二〇〇〇年十一月三十日，在经过了十二年的关押之后，胜田清孝在名古屋监狱内被施以绞刑，终年五十二岁。

暗网杀人案

死刑执行
神田　　司 死刑囚（44）

暗網殺人事件
主犯：神田司、川岸健治、堀慶末
事件の発生時間：2007年8月2
事件現場：名古屋市千種区の自由
死亡者名：磯谷利恵
犯行方法：首をひもで絞め、頭に
頭にビニール袋をかぶせ、鈍器で

死刑執行

本堂裕一郎

ヨ 丘辺り

ープを巻き、
をたたく。

暗网杀人案

主　　犯：神田司、川岸健治、堀庆末、本堂裕一郎

案发时间：2007 年 8 月 25 日

案发地点：名古屋市千种区自由之丘

死　　者：矶谷利惠

作案方法：用绳子、胶带、塑料袋等折磨被害者，用钝器击打头部

　　我们日常所用到的网站都可以通过一些搜索引擎找到，这样的网站被称为"表层网站"（surface web），例如淘宝、知乎、京东等，不需任何特殊技术或工具，只用普通浏览器就可以进入。而另外还有一大批网站，无法通过搜索引擎看到内部内容，只有通过特殊工具和浏览器才可以，这些网站被称为"深网"（deep web）。在网络世界，约有百分之九十六的内容都埋在深网之中，表层网站仅占全部网络世界的百分之四，而在深网中与犯罪高度关联的网站，便被称为"暗网"（dark web）。

　　这个案子就是从暗网上四个男人的相遇开始的。

　　二〇〇七年八月十七日，在一个名为"暗职介绍所"的 BBS 上出现了这样一个帖子：

　　我现在是派遣社员，缺钱，有什么工作可干

吗？一起做点什么吗？

　　发帖人川岸健治，四十岁，有四个孩子。因为家暴，
妻子四年前与他离婚，得到了按揭尚未还完的房子以及孩
子的抚养权。被扫地出门的川岸健治负担着房子的贷款，
只能一边在工地当警卫，一边兼职做货车司机，尽管这样，
还是入不敷出。发帖时，他已经没了住处，只好天天睡在
货车上。

　　大约一小时后，帖子有了回应。

　　我刚从监狱出来，干什么都可以，只要能弄

到钱。

　　回帖人神田司，三十六岁，自幼父母离异，跟着父亲
生活。因为家中贫困，又时常遭受父亲的暴力殴打，神田
司在青少年时代便开始盗窃、诈骗，长大后加入黑社会，
参与了斗殴、贩毒、恐吓等犯罪活动，多次被警方逮捕。
大约半年前，他从监狱出来，在自家附近找了份送报纸的
工作，每天清晨天不亮就要起床，收入也较低。偶然间，
他发现了这个暗网。

赚钱的方法很多啊，就看你们敢不敢了。我
正想做一票呢。

第二个回帖人名叫堀庆末，三十二岁，高中辍学后就
混迹于社会，当过建筑工人和铺路工，此时的工作是建筑
物外立面的铺装。此外，他还是一个富婆的"面首"，每月
可从富婆手里领到一笔零花钱。在这些表象的掩饰下，他
其实还有一个更惊人的真实身份。

只要能搞到钱，算我一个。

最后一个参与帖子讨论的是本堂裕一郎，二十九岁，
因为智力发育有些缺陷，初中毕业后就辍学在家，之后染
上毒瘾。

就这样，四人通过电子邮件约定，四天后在名古屋市
内见面，一起"干点什么"。

八月二十一日下午，川岸健治和神田司先后来到预先
约好的地点，堀庆末和本堂裕一郎还没到。按捺不住兴奋
的两人想先干一票练练手，决定用交友软件约一名少妇，
找机会拍下裸照威胁她，敲诈一笔。很快，一名少妇上钩
了。资料显示，少妇今年二十六岁，刚刚结婚一年，但丈

夫无法满足自己，所以出来找乐子。三十分钟后，她出现了，川岸健治和神田司却大吃一惊。这个女人跟网上的描述完全不符，至少有四十岁，又矮又胖。尽管是想敲诈，川岸健治和神田司还是认为算了吧，趁她去便利店买东西的间隙"落荒而逃"。

两人回到先前约好的地点，堀庆末和本堂裕一郎也到了。

首先，他们各自吹嘘起自己的犯罪经历。

堀庆末说："搞钱的事可以简单，也可以复杂。要简单嘛，就得用点暴力。我爸爸和哥哥都是黑社会成员。哥哥因为杀人被判了无期徒刑。我身上也有案子，故意伤害罪，判刑两年，现在是缓刑期。"

神田司不甘示弱："我以前在群马用铁锹打死过两个人，全拉到山里埋了，至今警察也没发现。杀人不过就像拍死个蟑螂一样轻松。"

听到这里，完全没有犯罪经历的川岸健治为了保住面子也跟着说："我在老家那边是出了名的恶棍，敲诈、恐吓是家常便饭。我用社交软件找过一个女孩，把她强奸后拍照，还勒索了五十万日元！"

当然，这三人说的全是假话。

话题慢慢转移到"如何搞钱"上来。

神田司提议："电话诈骗怎么样？"日本电话诈骗的对

象一般都是些上了年纪的老人，比如，骗子会给老人家中打电话，谎称自己是对方儿孙，出了车祸需要赔钱。这一提议马上被其他人拒绝了，"搞电话诈骗要想不被抓住，就得先弄个假的银行账户，这也得花钱才能买到啊"。

川岸健治建议："去'偷空巢'如何？"

偷空巢，就是趁白天住户家中无人时入室盗窃。很多住宅区里的日本家庭虽然外出时会锁门，但院子里的窗户往往不上锁，窃贼很容易就可以潜进屋里。但这个提议也被其他人否决了，"现在人家里一般也不放大量现金，还是找个能快速来钱的方法吧"。

堀庆末突然想到一个主意："我常去的一家飞镖酒吧，老板非常有钱，钱包里经常装着上百万的现金，抢他怎么样？"四个抢一个，听起来似乎相当保险，四人一拍即合，动身前往飞镖酒吧。然而，到了飞镖酒吧他们才发现，此时正是暑假，平时没什么人的酒吧今天来了一大堆学生，问过店长才知道，这些孩子是店长儿子的同班同学，来这里开生日会。在店里显然是无法下手了，四人走出酒吧，但仍然不死心。川岸健治和神田司决定在这里蹲守，等酒吧关门，尾随店长回家，在路上下手。

果不其然，二十二时左右，学生纷纷离去，只有店长一人留下来收拾。二十三时左右，店长将店门锁好，夹着手包往家走。川岸健治和神田司心照不宣，一前一后地跟了上去。跟了一段路后，神田司突然意识到一个问题，快步追上川岸健治，"我看咱们还是别下手了，这一路店面太多，两边有很多监控摄像头"。

四人约好第二天下午再次见面后便解散了。

八月二十二日下午，四人来到丰川市一家饭馆。他们决定改变方针，在深夜去盗窃写字楼里的公司。盂兰盆节刚刚结束，临近发薪日，很多企业都在公司存有大量现金。这个计划遭到神田司和堀庆末的反对，因为大多数企业防范措施都很严密，雇用了专业保安公司，盗窃成功率不高。川岸健治和本堂裕一郎执意要进行行动，神田司和堀庆末则没有参加。

当天二十时，川岸健治开车来到一家家装用品超市，买了锤子、螺丝刀、胶带和绳索。次日凌晨一时许，川岸健治和本堂裕一郎来到爱知县长久手市的一家超市，从屋后货架爬入超市二层的办公室。就在川岸健治准备用螺丝刀撬开文件柜门时，巡视警卫上了二楼。抑制不住恐惧的本堂裕一郎当即从打开的窗户跳下，看到同伙逃走，川岸健治也抱起桌上的一台电脑显示器，跟着逃走。等他来到停放在不远处的汽车旁时，却不见了本堂裕一郎的踪影，于是只好自己开车返回家中。

原来，本堂裕一郎逃出超市后，慌不择路地跑到了隔壁一户院子里，惊动了那家尚未睡下的人。他又赶忙翻过院子围墙，沿大路跑，直到精疲力竭才停下来。此时已是凌晨三点多钟，他人生地不熟，口袋里也只剩下几个硬币，只好沿大路慢慢走，就这样与其他人失去了联系。过了不久，又饿又累的本堂裕一郎向名古屋警方自首，供认了自己侵入超市办公室的事实。因为四人彼此均以化名相称，本堂裕一郎也不知其他三人的真实姓名，警方并未获得其他有效信息。

二十四日中午，川岸健治与神田司、堀庆末再次见面，诉说了盗窃失败的经历，神田司和堀庆末不以为然："现在企业发工资都是银行转账，谁还在公司里放现金？"

堀庆末出了个主意："要我说，不如咱们去抢那些有钱的女孩，找个女孩绑走，让她把银行卡和密码交出来，就能弄到钱。"

川岸健治就势说："对，就去抢那些陪酒的女孩，她们特别有钱。"

神田司却反对道："陪酒女大多都养着小白脸，花销不小，一般没什么存款。要说身上有现金的，还得是妓女。"

堀庆末反驳道："妓女一般都有黑社会罩着。"

川岸健治又附和道："没错，如果抢这些干皮肉生意的女孩，必须得在荣町或名古屋车站附近下手，那边很容易堵车，不方便逃跑。"

"那你们说抢什么人合适？"神田司不满意地说。

诡计多端的堀庆末转转眼珠说道："要我说，抢上班族最简单，今明两天是发薪日，下手正合适。"

神田司想了想也觉得有道理，便说："最好是那种穿普通衣服，没背奢侈包的女上班族。她们为了结婚，肯定有一大笔存款。咱们绑一个，问出提款密码，ATM 机一天可以取五十万，四天就能弄两百万。"

"那绑了之后怎么办？"川岸健治担心地问。

"给她打毒品，让她上瘾，再卖给妓院就行了。"神田司回复。

"干吗那么复杂？绑了就别放走啊，做掉她。"堀庆末笑着补充。

"如果要杀人，最好挑那种自己住的女孩。"川岸健治补充。

说到这里，三人下定了决心，走出咖啡馆，坐进川岸健治的小货车，从名古屋火车站向东开去。一路上他们物色着路边的年轻女性，但并没有什么下手的机会。慢慢地，车子开出了市中心，来到了名古屋市东边的千种区。千种区的自由之丘附近有很多联排公寓，住着大量单身或小家庭上班族。此时已经是二十四日二十二时左右，街上行人渐渐稀少。川岸健治开着车，不停地向两旁的路边张望。突然，一名沿着便道慢慢行走的上班族女孩出现在他的视野中。

"下……下手吗？"川岸健治立刻紧张起来，结结巴巴地问。

神田司也非常紧张，犹犹豫豫地说："行啊。"

堀庆末则一言不发。

就在三人犹豫不决时，车子已缓缓地从女孩身边开了过去。错过了这次机会，川岸健治似乎松了口气，堀庆末却勃然大怒："你们两个到底是不是男人？"

车子在前面路口兜了个圈又回到这条路上，刚才那名女孩又出现在前方。这时，堀庆末说："如果还不下手，我们的车牌肯定会被对方看到，开得这么慢，还在这里兜圈子，弄不好就会让人觉得可疑。"

这一番话吓住了川岸健治和神田司，两人咬咬牙下了决心。

川岸健治把车开到女孩身边，放慢速度，摇下车窗说："不好意思，请问这附近有加油站吗？我的车子快没油了。"女孩停下来正想给他指路，神田司和堀庆末突然打开后车门，一左一右地将女孩拖进车里。川岸健治一脚油门，车子扬长而去。

这名女孩叫作矶谷利惠，三十一岁，未婚，和母亲一起住在千种区自由之丘的一所公寓，她被挟持的地点距家只有不到一百米。矶谷利惠的父亲在她小时候就去世了，与母亲相依为命的她一直以来的梦想是买一套大房子，和母亲一起搬进去住。案发当晚，她刚刚从之前的公司辞职，参加完自己的欢送会，并约好几天后跟房地产中介见面，去看一套准备买下的房子，给母亲一个惊喜。

堀庆末用从黑市搞来的手铐铐住矶谷利惠，神田司则将一把菜刀架在她脖子上，恶狠狠地说："乖乖听我们的话，不然现在就杀了你。"在两名大汉挟持下，一个弱女子如何挣扎也是徒劳。堀庆末在矶谷利惠手包里搜出了七万日元现金及两张银行储蓄卡。为避人耳目，川岸健治沿着名古屋二环兜了一大圈，将车开到名古屋西面的爱西市，这里到处是空地和农田，来往车辆很少。车子来到路边一处荒地，三人用绳索将矶谷利惠反绑住，要她说出储蓄卡密码，矶谷利惠始终不肯松口：卡里有她攒下的八百万日元，这是给妈妈买房子的钱，绝不能轻易交给别人。神田司又拿出菜刀，"这把刀可不怎么锋利，捅上五六刀也不见得能死哦！"说着就要往矶谷利惠腿上刺。堀庆末连忙拉住他，悄悄说："车里沾血就不好办了。"于是神田司又拿出一卷胶带，封住矶谷利惠的口鼻，等她窒息一段时间后再撕下，如此反复几次，矶谷利惠终于说出了一串数字——二九六〇。尽管之前都相互吹嘘过自己的犯罪经历，这三个人彼此却仍然完全不熟悉，也缺乏信任，甚至连各自真名都不知道，他们一心只想赶快把钱弄到手，而在这之前，又必须处理掉矶谷利惠。

　　二十五日凌晨一点，三人将矶谷利惠扔在车里，走到路旁商量对策。川岸健治提出将矶谷利惠扔到路边，然后逃走，神田司马上否决："她都看到我们三人的脸了，一旦报警肯定不好办，必须杀了她。"堀庆末也表示同意："用刀的话，车和衣服都会沾上血迹，很难处理，不如用胶带和绳子勒死她。"川岸健治突然色心大起，来到车上开始撕扯矶谷利惠下半身的衣服。矶谷利惠拼命抵抗，川岸健治不依不饶。这时堀庆末走到车边拉住了他："你强奸她，警察会找到你的DNA。"听了这话，川岸健治只好作罢。三人回到车上，神田司将绳子解下，用双臂将矶谷利惠的双手紧紧把在身后；堀庆末撕开两段胶带，分别贴在矶谷利惠的鼻子和嘴上，又用手捏住矶谷利惠的鼻子；川岸健治则负责按住矶谷利惠双腿，防止她挣扎。为了让矶谷利惠快点断气，堀庆末从工具箱中找了把锤子，将矶谷利惠打晕。随后，堀庆末和川岸健治拿出绳索准备绞杀矶谷利惠。而此时，早已心虚的川岸健治不但没能用绳子勒死利惠，反而让她苏醒了过来。她撕掉嘴上的胶带大口大口地喘着粗气，哀求这三个男人："求求你们了，别杀我，我不想死……"川岸健治被吓得呆住，不由得松开了绳子。堀庆末却一把夺过绳子，跨坐在矶谷利惠身后，将绳子套成一个圈，再套到矶谷利惠脖子上，拼命地拉紧。

　　慢慢地，矶谷利惠再次失去了意识。

堀庆末松开绳子，稍作休息，没想到矶谷利惠的喉咙中又冒出了一丝声音。

"别杀我，我不想死……"

三人都吓了一跳，但是一不做二不休，神田司拿起剩下的胶带，在矶谷利惠头上足足绕了二十三圈，又在她头上套了个塑料袋，将袋口粘在她的脖子上，堀庆末再次勒紧绳子。很快，矶谷利惠全身开始痉挛。神田司又抄起铁锤，照着她的头部狠狠地砸了四十多下。就这样，带着无尽的遗憾，矶谷利惠永远离开了人世。三人驱车前往五十千米外的岐阜县瑞浪市的山林，将尸体扔进土坑，用荒草落叶草草掩盖，之后赶回名古屋，各自回家。

二十五日十三时，名古屋市爱知县警本部接到一个电话，对方称自己与同伙杀了一个人，想要自首。

打电话的，正是川岸健治。

原来，因为无家可归，川岸健治在离开现场后，便在城里找了个商场的停车场，打算睡上一觉。临近中午，他突然听到路上响起警笛声，神经过敏的他以为自己昨晚的罪行已经暴露，于是赶忙找了个公用电话，打给警察自首。据他自己讲，他来自首纯粹是因为不想被判死刑。警方迅速控制住川岸健治，并通过手机通话记录与信号定位系统，找到了神田司和堀庆末。当天十九时，神田司在家中被捕；二十二时，堀庆末在一家烤肉店外被警方控制。

二十六日凌晨，警方在三名犯罪嫌疑人指认下，找到了矶谷利惠的尸体，并当即将其送往法医处尸检。在川岸健治的车里，警方起获了矶谷利惠的手包，证明死者确系矶谷利惠，于是通知了她的母亲矶谷富美子。尸检之后，母亲终于见到了女儿的遗体：脸上遍布瘀青，下颌被打碎，头部大量出血，头发都粘在头皮上，两手呈青紫色且严重肿胀，这是矶谷利惠戴着手铐激烈搏斗所致。矶谷富美子含着眼泪，与矶谷利惠的堂姐一起给女儿化了最后一次妆，将她打扮成新娘送去火化。

二〇〇七年八月二十七日，"暗职介绍所"被关闭。

九月十四日，名古屋市地方检察院提起公诉：

川岸健治：强盗杀人罪，非法监禁罪，尸体遗弃罪，强奸未遂。

神田司：强盗杀人罪，非法监禁罪，尸体遗弃罪。

堀庆末：强盗杀人罪，非法监禁罪，尸体遗弃罪。

三人都对指控供认不讳，但拒绝对矶谷利惠的家人道歉。

十月一日，矶谷富美子发起"要求三人死刑"的请愿活动。一年时间，共有三十三万二千八百零六人署名支持。

二〇〇八年九月二十五日，本案第一次开庭。庭审中，川岸健治、神田司和堀庆末互相推诿，将罪行的策划、施行责任推卸到其他人身上。

当日，法庭宣布休庭。

十一月五日，本案第五次开庭审判，川岸健治如实供述了三人要挟矾谷利惠说出银行卡密码的事实。在被神田司用菜刀和胶带折磨后，矾谷利惠说出了密码，川岸健治当即将其记在手机上，并拨通电话，这一细节在川岸健治的手机通话记录上有明确记载。之后，八月二十五日早晨，三人回家途中曾在一部ATM机前停留，结果发现密码是错的。这一切都被ATM机的摄像头拍了下来。

在之后的庭审中，三个原本齐心协力犯案的嫌犯开始了互相攻击。

公诉人问川岸健治："在作案过程中你扮演的是什么角色？"

川岸健治回答道："我就好像是在看惊悚片，从头到尾都在旁观。"

被告席上的神田司和堀庆末大声喊叫："这都是你一个人策划的！你装什么好人？！"

川岸健治当庭反驳："我从未杀过人，反倒是你，第一天见面时就承认自己杀过两个人，还把他们埋在群马县山里，直到现在警方也没破案！"

神田司只好承认自己当时只是在吹嘘。

关于杀害矾谷利惠的具体经过，三人的描述也有颇多出入。

　　川岸健治的供词是："当时我在车外，看到神田司和堀庆末走进车里要勒死矶谷利惠，只好回到车里给他们帮忙，但我只是按住她的腿而已。"

　　神田司的供词是："当时我在车外抽烟，看到川岸健治进到车里准备强奸她，我阻止了他。之后，堀庆末和川岸健治就把她勒死了。"

　　堀庆末也将自己的罪责说得较轻："我看到川岸健治第一个走进车里，准备强奸矶谷利惠，但矶谷利惠反抗很激烈，而且开始叫喊，于是我和川岸健治便一起勒死了她。"

　　警方之后在胶带、锤子上发现了神田司的指纹，还在川岸健治和堀庆末手上发现了搏斗留下的痕迹，最终还原了当晚三人残忍杀害矶谷利惠的真实过程。

　　十二月十一日，本案第十四次开庭。辩护人问川岸健治是否想要对受害者亲属说些什么，他只是非常冷淡地说："我觉得她运气不好，我们也是运气不好。如果硬要我道歉的话，我也可以道歉，但如果对方不接受的话，道歉也没什么意义。如果她妈妈想要法庭判我死刑，我也没有意见。"

　　在之后的审判中，检方出示了两封神田司在被逮捕后发出的信件，收件人分别是川岸健治及矶谷利惠的男朋友。他在给川岸健治的信中写道："如果你出去了，可记得别碰上我的朋友们啊。"这表明了对川岸健治的威胁。这封信于八月二十六日寄出，然而并未送到川岸健治手中，而是被看守所截获后交给了检方。

给矶谷利惠男友的信中写道："你女朋友真会演戏，在车里还跟我们说晕车，其实不过是想逃跑罢了。看她吓得满身大汗，真是笑死我了。装样子，我可比她装得好得多。我拿着菜刀架在她脖子上的时候，她吓得浑身发抖，可能得有十级地震的感觉吧，哈哈哈……"

二〇〇九年一月二十日，检方提交最后的量刑建议："被告无视被害人的苦苦哀求，选择殴打和勒死等虐杀方式，让受害者遭受了地狱般的折磨。被告从最初的抢劫计划开始，到之后毫不犹豫地将犯罪行为升级为谋杀，过程中毫无负罪感。这起震惊全社会的案件影响极其恶劣。自己利欲熏心，却如此轻视他人性命，反映出被告极强的犯罪冲动和反社会行为倾向。作为公诉方，我们不认为他们具有任何改过自新的可能性。对于从未见过面的陌生人，竟然可以在短时间内做出杀害对方的计划，已经是丧尽天良。判处这三名被告死刑，不仅是对法律的尊重，也反映了被害人亲属的愿望。因此，我们希望法庭能够判处三名被告死刑。"

二月三日，辩方做最终辩论。事情到了这样的地步，辩方律师只能通过启发被告的悔过态度，求得被害人亲属的些许谅解。于是，在辩护律师引导下，川岸健治首先发言："听说被害人母亲要求判我们死刑，我的心里非常痛苦。在此，我向遭遇不幸的被害人表示最深的歉意，实在是对不起！"堀庆末也边哭边说："我们一时的糊涂行为夺去了受害者的梦想与希望，还给她的家人带来无尽的痛苦，实在是对不起。"神田司则面带微笑不屑地说："我没什么好说的。"

最后，辩护人陈述最终辩护意见："本案被告在作案时并不存在计划性，属于冲动犯罪。而受害者也仅有一人，杀害手段与其他死刑案件相比，并不具有特别强的残暴性。本案中，川岸健治是发起者，神田司是主犯，堀庆末仅仅是听从了神田司的命令杀人。同时，川岸健治因为良心发现而自首，法庭理应对其从轻发落。根据'永山基准'，我们认为三名被告不应被处以死刑。"

当然，这一发言遭到了检方的强烈反对："川岸健治自首仅仅是想逃避死刑。从这一点来说，他对自己的罪行没有任何主动忏悔的意思。"

三月十八日，名古屋市地方法院做出一审判决："被告人神田司、堀庆末所犯罪行极其恶劣，对社会安全构成了极大威胁，必须予以严惩，本庭在此判决两名被告死刑。被告人川岸健治在这一需大量调查才能进行逮捕的案件中能主动自首，交代犯罪事实，并供出同案犯，起到了阻止更多犯罪的作用。本庭判决川岸健治无期徒刑。"

川岸健治和堀庆末当庭提出上诉，而神田司则摆出一副"死就死吧"的态度，大摇大摆地退了庭。然而之后不久，他也提出了上诉，认为自己被判死刑是量刑过重。由于被告人川岸健治没有被判处死刑，名古屋市地方检察院也提出上诉，要求法院改判他死刑。

这场看似已经尘埃落定的审判，在名古屋市高级法院的上诉庭中出现了新的变数。

检方和辩方再次为如何量刑而斗智斗勇。检方提出，这个犯罪组织的形成及一系列犯罪活动开展的根源都在川岸健治身上，他应负主要责任，尽管有自首行为，也不足以逃避死刑判决。而辩方在此时用了个小手段：辩方律师让川岸健治在法庭上装疯卖傻，词不达意，以此证明他事实上具有一定程度的智力障碍。之后，辩方向法庭要求对川岸健治进行心理鉴定。同时，在对堀庆末的辩护中，辩方企图证明堀庆末的性格中不具有暴力因素，作案当天完全是受了神田司的教唆才做出犯罪行为。

控辩双方都拿出了很多手段，这次庭审的判决结果一直拖到了二〇一一年四月十二日才公布：对川岸健治维持原判，无期徒刑；堀庆末改判为无期徒刑。

名古屋市高级法院改判的理由是：通过网络约定见面后作案确实缺乏计划性，而从具体的犯罪行为来看，尽管本案被告因为个人私利虐杀了受害者，造成了极恶劣的社会影响，但其恶劣行径并未达到一定要判死刑的程度。希望两名被告能用这样的机会，对自己所犯罪行进行真诚的反省。

看到这个结果，矶谷利惠的母亲当即表示坚决要求检察院继续上诉。

但现实是严酷的。

二〇一二年七月十一日，日本最高法院对本案进行了终审判决：维持名古屋市高级法院的判决，确认被告人川岸健治、堀庆末无期徒刑。而当时，另一被告人神田司的上诉尚在进行。

宣判结束后，逃过死刑的堀庆末当即露出笑容，甚至对记者摆出"V"字手势。旁听席上的矶谷富美子泣不成声。之后，她接受记者采访说："仅仅以杀人数量来判断是否应判死刑，日本的死刑基准简直可怕。我为无法为女儿报仇感到愤恨，从此我再也不相信日本的司法了。"

然而，就在矶谷富美子绝望之时，事情却有了戏剧性的转机。

二〇一二年七月十一日，在日本最高法院宣判完最终结果后，由死刑改判为无期徒刑的堀庆末，正喜滋滋地准备从看守所前往监狱服刑。然而仅仅过了半个多月，八月三日，一起发生于十四年前的强盗杀人案彻底击碎了他的美梦。

原来，一九九八年六月的一天，爱知县一对经营小钢珠店的夫妇惨遭抢劫、杀害。三名陌生人闯入他们家中，残忍地杀害了他们。现场唯一的目击证人是这对夫妇八岁的儿子，但当时天色已晚，他并未看清这伙凶手的长相。警察勘查现场时，发现当时客厅桌子上摆放着一碟毛豆以及一些吃剩下的毛豆皮，便将它们作为证物带回警方实验室。尸检结果显示，死者并未吃过毛豆。由此，警方认定这些毛豆是凶手作案后在现场吃的，于是在毛豆皮上收集了犯罪嫌疑人的口水样本，进行 DNA 化验。

转眼十四年过去，眼看十五年起诉时效就要到了，就在警方认为这起案件将永远作为未解之谜不了了之的时候，事情发生了逆转。依照惯例，看守所向监狱交接犯人，都要给犯人做体检。结果，警方惊奇地发现，堀庆末的 DNA 样本与十四年前这起强盗杀人案犯罪嫌疑人的 DNA 完全吻合。这便是本文开始所说的堀庆末的真实身份：他其实是一起强盗杀人案的在逃犯，原本的韩国名字是金庆中。

二〇一三年一月十六日，金庆中因故意杀人等罪名被再次提起公诉。

二〇一五年十二月十五日，名古屋市地方法院一审判处金庆中死刑，金庆中提起上诉。

二〇一六年十一月八日，名古屋市高级法院维持原判，金庆中继续上诉至最高法院。

截至二〇一九年，金庆中的死刑判决仍在等待最高法院的最终裁决。根据日本过往上诉结果来看，最高法院维持高级法院的判决几乎是惯例。

神田司最初拒绝上诉，但不久后出于求生的愿望，他申请了案件再审。之后在接受记者采访时，他说："我感觉不到什么罪恶感。我这人不喜欢按照别人制定的规矩活着，我要走自己的路。对被害人道歉什么的都是胡说八道，她那天碰上了我是她自己运气不好。我只是干了想干的事，这有什么错？"

二〇一五年六月二十五日清晨，在看守所里等待再审的神田司被叫出牢房。满心以为要去会见律师的他，走出牢房后便被两名狱警送进了电梯间。电梯门再度开启的一瞬间，他看到了一尊佛像。

是的，这里是死刑执行室。

狱警将已经无法站立的神田司带到忏悔室，典狱长问他是否有遗言。神田司早已语无伦次，一会儿要求见律师，一会儿又要求马上给法务省打电话，询问重审的事。他不知道的是，自从他进到这间屋子，就再也没有能活着走出去的道理了。

上午九时三十七分，神田司戴上手铐和头罩，在名古屋看守所刑场内被绞死。

被判无期徒刑的川岸健治目前正在服刑。面对记者的所有采访邀请，他的回答一律是："拿钱来。"

二〇一六年十二月十七日，矶谷富美子在"犯罪受害者家属论坛"上，针对"废除死刑"的言论发表了这样的演讲：

> 我们曾经认为，无论什么样的人都有着最基本的道德心。
>
> 这是大错特错的。
>
> 只会说漂亮话，但是人格一塌糊涂的人，同样存在于这个世界上。
>
> 死刑作为一种刑罚手段，其目的并不在探讨犯罪者是否能够改过自新，是否还拥有未来，而是保护我们这些认认真真生活着的人。那些提倡废除死刑的人，也许都是以自己最亲爱的人永远不会成为受害者为前提的。然而，作为受害者的亲属，我希望他们能够扩展自己的想象力，不要将这些痛苦都当成别人的事去看待。在这个世界上，不幸随时都有可能降临到每个人身上，只凭理想是无法维持良好的社会秩序的。
>
> 我希望那些以废除死刑制度为目标的人权组织，能够将受害者和我们这些受害者家属的人权也考虑在内，给予我们宪法所规定的公平的人权。

　　一些支持废除死刑的意见领袖称矶谷富美子为"只想着杀人的蠢货"。矶谷富美子则用一句话回应："只想着杀人的蠢货，不是我们这些受害者家属，而是那些杀害了我们亲人的杀人犯。"

福田和子変身記

福田和子の変身記
主犯：福田和子
事件の発生時間：1982年8月1
事件現場：愛媛県松山市
死亡者名：安岡厚子
犯行方法：衣類で後ろから首をか

逃避的白日生

せて窒息死させた。

ヨ

福田和子变身记

主　　犯:福田和子
案发时间:1982 年 8 月 19 日
案发地点:爱媛县松山市
死　　者:安冈厚子
作案方法:用衣物使被害者窒息

福田和子，一九四八年出生于日本四国松山市。当时的日本尚处于美军占领之下，社会动荡，各大城市都是一片荒芜、萧条的景象。四岁时，福田和子的父亲与当地一名舞女私奔，抛弃了她和母亲。为了维持生计，母亲带着幼小的她来到四国北部的中央市定居，在租来的公寓里靠卖身养家。

中央市面朝濑户内海，是以水产和物流为主要产业的新兴城镇，常有渔民和船员往来。两年后，母亲与一名常来照顾生意的渔夫相好，决定结婚。然而，婚后随继父一起搬进小渔村的母女二人，立刻成了村里人指指点点、议论纷纷的对象——毕竟是当过妓女的人。在村子里，母亲的口碑越来越差。最终，在福田和子初二时，母亲只得与继父离婚，搬到四国西北部的大城市今治市。

来到今治市后，母亲仍然独自操持家计。先在一家陪酒的酒廊打工，她存下一笔钱后，在当地开了家脱衣舞酒吧。专心挣钱养家的母亲给了小福田和子相当富足的物质生活，这让她的同龄人非常羡慕。但身为独生女的小福田和子，少女时代也几乎都是一个人度过的。

不久后，从小没有体会过父爱的福田和子，开始了第一段恋情。

一

一九六四年是日本战后经济高速增长期的开端。连接各个大城市的高速公路迅速开通，快速铁路新干线落成，东京奥运会成功举行，一切都在预示着这个国家即将蓬勃发展；与之相对的是，受《日美新安保条约》以及席卷全世界的学生运动的影响，日本国内爆发了持久的极左翼学生团体暴力运动，这之后演变为针对日本政府的恐怖活动。为了取缔极左翼学生团体，黑社会作为一支社会力量逐渐为政府所用。在警方不便直接出面时，黑社会成员可以以各种理由大打出手。于是，日本黑社会团体从半地下活动状态迅速"洗白"。可以说，二十世纪六十年代初期，日本警方与黑社会进入了一个"蜜月期"，政府利用黑社会有组织的暴力行为来破坏左翼学生运动和工会工人运动，维持社会稳定。各地黑社会则趁机逐渐膨胀，彼此间开始争夺地盘。在经济欠发达地区，地方的小黑社会组织不断遭受从人口稠密地区发展而来的大组织的压榨和吞并。

这股风潮很快席卷了九州和四国。

福田和子的男朋友是她的同班同学须藤。他参加了当地的左翼学生运动，但不久后在一次街头冲突中被黑社会成员打死。受了很大打击的福田和子在升入高三后休学，成了无业青年。一九六五年十一月，十七岁的福田和子与一名十九岁的男青年同居。这名男青年当时是一名装修工人，晚上常和一些社会青年混迹街头。几个月后，他们俩伙同两个朋友，在白天闯入高松市国税局局长家中，本想盗窃财物，却发现局长妻子还在家中。四人将局长妻子捆绑起来，继续搜索财物。没想到，局长家的用人正好购物回家，看到这一幕后悄悄报了案。于是四人被高松市警方以涉嫌强盗罪为由逮捕，后以强盗和非法拘禁等罪名被判处六年有期徒刑。

在这一时期还有一件重要的事，那便是被称为"第一次松山抗争"的黑社会火并事件。

一九六四年，大型黑社会组织山口组的势力渗透进四国松山市，激起了本地黑社会组织乡田会的不满。六月五日，乡田会得知山口组旗下矢岛组的多名成员正在自己地盘上的酒吧喝酒，将他们捉到河边，用手枪打伤了其中三人。矢岛组老大矢岛长次听闻后怒不可遏，认为这是对矢岛组的公然蔑视。六月六日上午，矢岛组与乡田会各自派出代表在松山市内谈判，双方各执一词，互不相让，谈判进行得非常不顺。当晚，矢岛长次命属下准备六支手枪，第二天突袭乡田会。

六月七日上午十点，矢岛组四名组员持枪在乡田会一名组员家附近成功将其劫持并带回总部。之后，矢岛组给乡田会冈本组组长打电话，要他们来领走人质，并要求将他们在松山市内的地盘割让给山口组。接到电话后，乡田会冈本组四名组员带着二十一把猎枪，分乘两辆面包车迅速出发，开往矢岛组总部。中午十一点五十分，冈本组在矢岛组总部东云大楼附近的街上发现了两名矢岛组组员，于是开车追逐，在东云大楼门前的丁字路口，四名组员下车，与被阻截的两名矢岛组组员发生枪战。很快，矢岛组一名组员被猎枪击中腹部，另一名组员带着他一起逃入大楼。之后，驻守总部的八名矢岛组组员从楼上向下射击，与冈本组四名枪手展开激战。

五分钟后，接到报警的松山东部警察局迅速调集六名身穿防弹衣的警员前往枪战地点，同时通知局内全部警力马上前往该地区支援。十二点零五分，第一拨警力到达东云大楼，拉起警戒线，但当时现场已经有大量围观群众和媒体，局面非常混乱，四名冈本组枪手趁乱从人群中逃走。

下午一点，三十名防暴警察到达现场，建立起以枪战地点为中心、半径三百米的警戒区。被围困在东云大楼内部的矢岛组成员对警戒线外的人群进行威慑性射击，但并未造成人员伤亡。警方用扩音器向楼内喊话，要求矢岛组全体成员投降，矢岛组并未做出任何回应。

下午两点三十分，楼外已聚集多达四千人的围观民众，现场负责控制局面的警察也达到了两百五十人。五分钟后，一名矢岛组组员带着被劫持的冈本组人质走出大厦，向警方投降，并呈交猎枪、步枪、手枪各一支。警方当即以涉嫌非法持有枪支、杀人未遂、非法拘禁等罪名为由将其逮捕，并将人质带回警察局，同时对仍然据守在楼内的其他矢岛组成员发出最后通牒，要求他们于下午三点十五分前无条件投降。三点三十分，最后通牒中规定的时间已过，矢岛组没有任何回应。警方立刻吩咐防暴组进行突击准备。四点整，警方顺着玻璃窗向矢岛组总部发射了两枚催泪弹，十名防暴组成员戴着防毒面具突入矢岛组总部，将矢岛组成员全部逮捕。

但是，这件事并未因警方的介入而结束。尽管矢岛组和乡田会都有人受伤，但警方仅仅强制取缔了矢岛组，并未对乡田会采取行动，这在山口组一方看来，是大大折了面子。于是，四天后，山口组旗下十四个组织向松山市派出了一百零一名杀手，准备血洗乡田会。而在关西地区与山口组分庭抗礼的本多会，也同时向松山市派出四十四名成员支援乡田会。松山市警方得知消息后，迅速向爱媛县警察本部申请支援。爱媛县警方对松山市进行大搜捕，排查了所有外来黑社会成员可能落脚的酒店、旅馆，以及可能经过的渡轮港口和火车站。一周之内，八十余名山口组成员被强制驱逐出松山市，矢岛组全体二十名成员被捕，乡田会也有四十一人被捕。矢岛组老大矢岛长次及乡田会会长乡田升同时以准备凶器和非法聚众等名义被起诉，判处有期徒刑八年。至此，第一次松山抗争落下帷幕。山口组失去了四国地区的"桥头堡"矢岛组，但也成功让乡田会一蹶不振。

被关入松山监狱的黑社会成员，大多在当地有庞大的人际关系网络，他们收买狱警向狱外发送信件，掌握了大量狱警收受贿赂的证据，山口组转而威胁松山监狱狱警，甚至连几名副典狱长都受到控制。这些狱中的黑社会成员利用狱警向监狱里输送大量酒类、香烟和现金，在监狱里开办地下赌庄，甚至打开牢门，在监狱里自由行动，之后又买通女性监狱看守，在狱警的默许下，强奸监狱内的女性犯人。这便是著名的松山监狱事件。福田和子彼时恰巧被关押在松山监狱，年仅十八岁的她成了这些黑社会成员强奸的对象。几个月后，松山监狱典狱长提出将部分年轻女犯转移到同在四国的高松监狱。然而，在被移交到高松监狱后，福田和子又遭到了狱警的性侵。

一九六六年四月底，松山监狱事件被当地媒体报道。五月，日本国会法务委员会着手对此进行调查。六月三十日，刚刚升任松山监狱副典狱长的田中久之（原本负责女子监狱）自杀；七月十四日，松山监狱另一名副典狱长堀田正和也被发现于家中上吊。同时，所有保存于松山监狱档案室中的囚犯投诉记录都被身份不明的人焚毁，调查只得中断。尽管之后有多名女犯在出狱后对监狱提出诉讼，但由于时间久远，当时在监狱中受到性侵的女犯也无法保留有力证据——强奸时所造成的伤害及验伤证明、性侵者的生物信息及其他人证等，所有与此相关的诉讼都被法务局一一撤回。到一九八一年，松山监狱事件公诉时效期已过，这些在狱中发生的强奸事件永远地"被消失"了。

一九七二年，出狱后的福田和子回到今治市。刚满二十四岁的她决定开始新的人生，独自离家来到松山市，从小受母亲耳濡目染的福田和子也开始在酒廊里陪酒挣钱。几年后，她与一名叫作池上的熟客相好，两人的感情迅速升温，最后决定结婚。池上原是松山当地黑社会的成员，在第一次松山抗争前后，目睹了黑社会火并的恐怖场景，决心金盆洗手，从黑社会脱身。与福田和子相识时，他正在当地一家金属加工厂工作。当时，日本各地都在进行大规模的基础设施建设，金属加工厂生意非常红火，他也逐渐受到厂长的赏识，成了管理人员。怕池上得知自己的入狱前科，福田和子并未与池上进行正式的结婚登记，而是仍然保留着母方姓氏，与池上建立起"事实婚姻"的关系。之后几年，福田和子生下了三男一女。

二十世纪八十年代，金属加工行业逐渐从零散中小企业向大规模工厂过渡，池上所在的工厂日渐萧条。为了补贴家用，福田和子想要重操旧业，回到陪酒行业。然而，年过三十的她，在这个行当很难再找到立足之地，只好去有"艳舞秀"这类活动的酒廊当舞女。凭借稳重的性格，福田和子与新同事相处得比较融洽。

然而，一九八二年夏天的一件事，让她就此踏上了逃亡生涯。

二

一九八二年八月二十一日，松山警察局接到一起报案，一名叫作安冈厚子的舞女在两天前下落不明。

八月二十四日，警方在松山市郊一处山林中发现了一具女尸。尸体衣物完好，没有穿鞋，因为天气炎热和山中降雨，尸身已经开始肿胀。经过现场勘测及与近期失踪人口的比对，警方初步确定这就是安冈厚子，并初步排除性侵和抢劫杀人的可能性。现场没有任何与案件相关的遗留物，因此不排除她是被人杀害后带到此地抛尸的。

安冈厚子，三十一岁，四国高知市人，之前曾与福田和子在同一家酒廊工作。据同事回忆，两人有一定来往。在随后的侦查中，警方发现安冈厚子跳槽后也常与福田和子联系，且两人还有金钱往来。安冈厚子虽然独身，但开销相当大，经常购买名牌衣物和皮包。为了满足物欲，安冈厚子曾多次向福田和子借钱。就在几天前的一晚，两人在常去的一家小酒馆里发生争吵。据酒馆老板回忆，安冈厚子似乎不愿还钱。于是，警方便以金钱纠纷为线索，将福田和子列为重点怀疑目标。

警方并未在安冈厚子的公寓内发现存折和印章，衣柜里空空如也，众多高级名牌服装都消失不见了。据多名福田和子的邻居回忆，福田和子在一周多前，往家中带回了大量用洗衣店袋子罩着的女性衣物。八月二十二日，有人在大阪从安冈厚子的银行账户中取出了五十九万日元（约合人民币三万九千元）存款。至此，警方初步确定福田和子有重大作案嫌疑，下达了对福田和子家的搜查令，准备彻底搜查。

八月二十七日，警方来到福田和子家，见到了池上和他们的四个孩子，同时也发现了大量尚未来得及处理的名牌女装，其中一部分就是安冈厚子的服装，于是当即将池上带回警局。

池上供认如下：

八月十九日夜里，我在工厂上班，突然接到和子的电话，她让我赶快开车回松山市，到一所公寓找她。我来到公寓，发现和子坐在屋中，地上俯卧着一个女人。和子说这是她前同事，曾多次向她借钱，和子今天到这儿来就是要讨回借款。但女人说没有现金，和子要拿她手包和衣物去典当，遭到反对。女人拿出菜刀想要杀和子灭口，出于自卫，和子用烟灰缸打晕她之后，将她掐死。

我首先想到的是报警。但和子说如果报警，借出去的总共四百万日元就收不回来了。于是我们商议，找到这女人的存折和印章，将她钱包里的十三万日元及家中值钱衣物全部带走变卖。

按照和子的计划，我们将尸体装进面包车，去找一名我在农村的朋友，把尸体扔在他家的沼气池里。但在路上我们觉得这样做也许会拖累别人，于是干脆就将车停在山道边，将尸体拖进山林，找了一个斜坡，草草盖上些土和树枝，便赶快回了松山市。之后我们用了一天时间，将全部衣物拿走。二十日晚上，我们去了三家典当行，总共卖掉了五十件衣服和六个手包，共一百九十七万日元，钱都被和子带走了。

警方发现，福田和子从安冈厚子家中总共拿走了三百一十件高级衣物、十八个名牌手包以及八双高级皮鞋。其中大约三分之一的物品已经被她处理掉了，其他物品仍然堆放在池上家中。而法医尸检结果显示，安冈厚子在死前并未与福田和子发生争斗，她也不是被双手扼颈掐死，而是被丝巾、丝袜一类不易扯断的纤维类衣物从身后套住脖子窒息而亡。据池上供述，福田和子在八月二十一日从家中外逃，身上携带了超过两百万日元的现金。池上在案发后没有主动外逃，也没有立即处理赃物，从情理上推断，杀人可能性不大，所以警方仅以涉嫌遗弃尸体罪为由将他逮捕并起诉。

八月二十九日，池上家电话响起。在电话中，福田和子只是问了问孩子的情况，池上按照警方的指示，询问她现在在哪里，福田和子避而不谈，只是安慰他说"一切都会过去"。池上再次劝说道："千万别干傻事，别自杀，回来自首吧。"但福田和子只是回答道："没事，我不会想不开的，有时间我会再打电话来。"之后就挂断了。根据呼入记录，警方发现，福田和子使用的是一台位于东京新宿的公用电话，她可能已经逃到东京。

与大多数犯案后逃亡的犯罪嫌疑人不同，福田和子并没有找个人烟稀少的地方隐姓埋名，而是去了人口稠密的大都市，让自己成为千万人中一粒不起眼的小石子。从小成长在小城镇的她深知，越是人口稀少的地方，对外来者越是敏感，不同的方言口音、衣着打扮，马上就会成为小镇居民谈论的对象。这大大超出了警方的预料：警方在她母亲居住的今治市及她曾经住过的小岛都布下了警力，结果扑了个空。

八月三十日，福田和子在东京新桥的十仁医院做了整容手术，割了双眼皮。第二天，她来到横滨的一家整容医院，将鼻梁垫高。休息一周拆线后，她坐上新干线前往大阪，又在一家整容医院把嘴唇增厚，并将原本有些下垂的嘴角改得稍稍上翘。当然，在这三家医院她用的都是化名。在三家医院进行三次手术，也就没有任何一家医院能将她的初始面貌和最终面貌对应起来，警方更是完全被蒙在鼓里。

一九八二年十月，警方顶不住媒体的压力，被迫将目前为止掌握的所有信息公开披露，这个案子的知名度迅速扩散至全国。东京新桥这家整容医院的外科医生看到新闻后立刻联系警方，提供了福田和子整容的信息。警方随即发布"福田和子可能整容逃亡"的消息。

然而，那时福田和子的真实面貌已经没有人能说得清了。

第三次手术成功后，福田和子坐新干线来到名古屋，转乘火车去了金泽。金泽位于日本本州岛日本海一侧，与处在太平洋一侧的东京、大阪、名古屋相隔较远，人口流动也不频繁。这里是日本知名的旅游胜地，在当地操外地口音，也不会让人觉得突兀。福田和子找到一家小酒吧，在夜里打工，但因为收入太低，她又想再找一份白天的工作。彼时，日本战后的"婴儿潮"第一代人口已经陆续就业，三十四岁没有任何学历的她四处碰壁。之前的整容手术花了不少钱，再加上为了掩人耳目，又不能在业务繁忙的商务酒店住宿，福田和子住进了当地相对豪华的高级宾馆，逃亡时携带的钱款已经被挥霍得差不多了。

就在这时，她在小酒吧遇到一名中年男性。

这名中年男性是石川县小松市人，是已经经营了三代的传统和果子店继承人。他在几年前丧妻，有三个孩子。福田和子说自己名叫小野寺忍，之前曾与一个男人结婚，但婚后常遭丈夫殴打，于是就偷偷向法院申请离婚，将离婚申请书留在家中，独自跑回老家。前夫看到离婚申请书后，到她老家大闹了一番。为躲避丈夫，自己只好在日本各处东躲西藏，积蓄也几乎花光。听了这段故事，再加上这段时间的频繁接触，这个充满同情心的男人对她展开了温柔而猛烈的追求。几个月后，男士提出以"事实婚姻"为前提，让福田和子与他同居。

这正中福田和子下怀。

搬到和果子店后，凭借多年来在风月场打拼的经验，福田和子立刻将自己打扮成一名干练、豪爽而又充满魅力的老板娘，这家老铺也因她的到来焕发了新的神采。为振兴家业，福田和子在季节产品上下足功夫，每逢新节气，附近居民总会看到她和老板在店铺门前热情招待的身影。久而久之，店铺生意越来越红火，季节限定的产品也远销东京、京都这些大城市。为了帮衬店铺生意，福田和子悄悄通过书信将自己留在松山的长子叫到石川来，说这是老家来的外甥，希望能留他在店里工作。店中此时正缺一个可以长途送货的帮手，老板自然放心地让他住了下来。

转眼间三年过去了。

和果子店从原本老旧的二层木屋升级为三层钢筋水泥建筑，颇为气派。看到"小野寺忍"如此尽心尽力为家族做事，老板非常欣喜。他觉得继续保持事实婚姻的关系，对一位勤劳的女性是不公平的——他想给福田和子一个正式的名分。于是，他多次对福田和子提出正式结婚的请求。然而，害怕暴露真实身份的福田和子无法接受这份甜蜜情意，只能推托说自己的前夫到目前为止也不同意离婚，而且经常纠缠她老家的亲戚，为了不暴露行踪，他们还是维持现在的关系更好。老板丝毫没有起疑心，只是心怀愧疚地继续与她同居。

东窗事发的一天终于来了。

一九八六年年初，福田和子的儿子在送货途中发生了一起轻微的交通事故。保险公司调查时，让他出示自己的驾照。老板当时也在场，恰巧看到驾照上的住址是爱媛县松山市某地。当晚，老板半开玩笑地对福田和子说："你不会就是福田和子吧？"听到这话，福田和子假意生气，发了小脾气，见老板完全是一副开玩笑的表情，也就将此事搪塞过去。

过了一个月，家中亲戚齐聚一堂，给两年前过世的家族长辈做三回忌法事。按照日本传统，三回忌是规模最盛大的法事，所有本族亲戚都会出席。但是由于福田和子与老板并未正式成婚，照例不能出席。法事举办前一天，从各地赶来的亲属举办了家族宴会。宴席期间，电视里正好播放着三年前福田和子杀害舞女的新闻，大家津津有味地看着案情分析，醉醺醺的老板突然对自己的堂姐说道："这个案子就发生在我店里新来的小伙子的家乡啊！"这一消息瞬间引起了堂姐的怀疑，于是她要求弟弟在第二天做法事时，把"小野寺忍"也带来。

第二天法事如期进行。傍晚，"小野寺忍"穿着一身素雅的和服到了本家府上，给过世长辈进香。从走进院子开始，她的一举一动都被这位堂姐看在眼里。由于容貌变了许多，堂姐未能马上认出她，只能旁敲侧击，向她打听出生地的事情。福田和子的警惕性非常高，她只说自己出生在冈山县濑户内海的一个小岛上，口音有些四国腔调，至于松山那边，只有几户亲戚居住，自己也不曾在那边生活过。

福田和子暂时通过了老板堂姐的考验，然而直觉告诉她这件事绝不简单。第二天一早，她借口说要去附近学校参加运动会的相关活动，早早地便骑自行车出了门。果不其然，这天一早，堂姐便来到当地派出所向警察说了"小野寺忍"的可疑之处。在反复比对了警方手中的福田和子的照片后，堂姐仍然无法确定"小野寺忍"究竟是不是福田和子，警察建议与她一起去和果子店当面问个究竟。

迎接他们的，只有老板一人。

警察说明来意，向老板要来"小野寺忍"在这段时间拍摄的照片，之后众人急忙奔赴附近的小学，向负责活动的老师询问之后才知道，"小野寺忍"当天根本没来过学校。

原来，此时的福田和子早已带着三年来攒下的积蓄，骑着自行车来到了十六千米外的金泽市，坐上特快列车奔往京都，开始了又一段逃亡生涯。

警方多次盘问福田和子的长子，可他确实不知母亲的下落。一个月后，老板给了他一笔遣散金，让他自谋生路。长子并没有返回老家，而是就此在石川县住了下来，在一家焊接工厂重新找了一份工作。他觉得，母亲总有一天还会回来。

三

来到京都的福田和子化名"中村百合子"，凭借几年来在和果子店工作的经验，成了一名日式旅馆接待员。二十世纪八十年代中后期，日元持续贬值，日本旅游业相当发达，京都日式旅馆接待了大量欧美客人，她也因此学会了一些英语。

然而，她在京都的日子却是很短暂的。

三个月后的某一天，在工作人员的休息室里，接待员和清洁工聚在一起聊天，有个同事忽然说道："百合子，你长得有点像电视里那个福田和子呀！"当着这么多人的面，几乎被识破的福田和子自然有些慌张，一面嬉笑着说"我怎么可能干下那么可怕的事"，一面暗自捏了一把冷汗。当晚，她悄悄跟旅馆老板说，家中母亲患了急病，需要马上回家探视，于是支走了当月的工资，急忙赶回住处收拾些随身行李，坐上了开往名古屋的夜行巴士。

一九八六年年底，福田和子只身来到名古屋。为谋生计，在一家酒吧老板的介绍下，她来到名古屋高速大高出口附近的情人旅馆街，做起了清洁工。彼时，日本正值泡沫经济高峰前期，各大城市周围的住宅小区、休闲会所、情人旅馆如雨后春笋一般大量出现，下层劳动力紧缺。情人旅馆的老板没有多问福田和子什么，就放心地给了她一份工作。在情人旅馆打扫卫生，几乎完全不会与客人见面，这正好符合福田和子的要求。两个月后，老板见她基本适应了这份工作，便让她轮岗。在这样的情人旅馆里工作，除了要打扫卫生，还要负责在前台接待客人、给客人运送外卖等不需要太多专业技能的工作，所以旅馆里的工作人员每两个月便要轮岗一次，以便尽快熟悉全部工作，避免出现一人缺勤旅馆便不能正常营业的情况。福田和子最不想干的工作就是前台接待。这个工作不仅每天要面对出入旅馆的男男女女，更麻烦的是还要与时时来巡查的警察打交道。于是，她只得在一家旅馆中工作半年，之后再换到另一家。接连换了四五家旅馆后，福田和子决定彻底离开名古屋。

　　一九八八年五月初，趁着黄金周假期，福田和子在名古屋市内的整容医院做了第四次整容手术，将鼻翼收窄，重新文了眉毛。一九八八年五月十三日，福田和子从名古屋一路向北，来到福井县，找了家酒廊落脚。酒廊老板以前是一个妈妈桑，尽管人到中年，但风韵犹存。两人一见面便相谈甚欢，妈妈桑当即答应让福田和子平时住在店里，帮忙管理店面。这种小地方的酒廊，往往并不靠年轻漂亮女孩招揽生意，而是用中年女性的成熟和包容力吸引回头客。福田和子很快得到了常客们的欢迎，也获得了妈妈桑的赏识。一年后，妈妈桑完全把店面的经营委托给福田和子，自己去大阪开了新店。

转眼间到了一九九〇年，即福田和子逃亡的第八年。

从这一年起，日本警方开始在全国范围内通缉福田和子，带有她照片的通缉令贴满了日本所有车站、码头、机场。一九九一年年初开始，日本警方在各大城市进行了广泛宣传，甚至还发放印有通缉令的电话卡，这在日本是史无前例的。而在福井这个小角落里，福田和子依然过着隐姓埋名的生活，开着自己的小酒馆，静静地等待十五年刑事公诉时效到期。

通过对照片的反复比对，日本警方已经基本确定，三年前在名古屋市大高附近的情人旅馆打工的"中村百合子"就是福田和子。有人说她后来偷偷去了北海道，也有人说在冲绳见过她——这些离日本中心远之又远的"天涯海角"听起来似乎十分适合成为一名长期潜逃犯的藏身之所。然而警方一无所获。他们不知道，福田和子的藏身地离名古屋不过一百千米。

一九九二年四月，在自家附近看到通缉令的福田和子紧张起来。短短一周后，她将店铺盘给了一位买主，自己带着全部钱款匆匆离开，她要去大阪投奔那个妈妈桑。来到大阪后，她发现这里早已遍布印有自己照片的通缉令。她用口罩遮住面孔——春夏之交正是花粉过敏症多发季节，满街都是戴口罩的人，这副打扮并不奇怪——按照妈妈桑给的地址，来到飞田新地，那是一处游郭聚集地。游郭，也就是传统日式妓院，与我们在一般的影视剧里看到的不同，每家游郭都是店门大开，门口挂一个黄色灯笼。进了店门，有一个高台，上面坐着一个笑靥如花的年轻姑娘，台阶上一般会有一个被称为"仲居"的妇人，负责招呼客人。客人一旦进门，跟仲居问好价格，确定好时间，就可以跟那个年轻姑娘手拉手上二楼……在飞田新地，这样的店面不下一百处，沿着街道两旁一字排开，形成了一条风景独特的花街，与阿姆斯特丹运河、曼谷娜娜等世界著名红灯区不相上下。福田和子找到了已经是游郭老板的妈妈桑，接受了仲居的工作。

三天后，两人去一家小酒馆喝酒。酒酣人醉之际，妈妈桑突然一板脸，对福田和子小声说道："你说实话，你就是那个被通缉的福田和子，对不对？"福田和子吓了一跳，但自知在妈妈桑面前无法抵赖，只好老老实实讲出实情：自己已经逃亡了十年。妈妈桑双眼含泪地对福田和子说道："从见到你的那天起，我就知道你是个有着不一般经历的人，你知道我为什么收留你吗？因为我以前也犯过错误，失手打死过人……"福田和子呆住了，静静地听妈妈桑继续讲。"但是我没有跑，我知道跑也没有用，自己的罪总要自己来偿还。如果真的跑了，就算逃上十五年，逃过了公诉时效，这十五年来所受的折磨也跟蹲监狱差不多啊。"

福田和子点点头，眼里都是泪水，"我有四个孩子。除了老大，其他三个应该已经不记得我长什么样子了……"

妈妈桑抱着福田和子的肩头，小声说道："你比我幸运，起码还有一个家在等着你。我的人生已经没什么能剩下的了，没有丈夫，没有孩子，没有爱，没有希望，每天除了醉生梦死，唯一的乐趣也就是跟你说说话。"

福田和子放声大哭。

妈妈桑拍拍她的背："听我的劝，去自首吧，你还年轻，找个好律师，哪怕被判无期徒刑，六十岁之前也还能出狱，总不至于老死其中。到那时，你就可以无忧无虑地跟儿子、孙子一起安享晚年了，对不对？"

福田和子点点头，擦干眼泪，也帮妈妈桑擦掉了不停淌出的泪水。两人在店里坐到很晚很晚，聊了很多关于那些错过的人生和失之交臂的幸福的话题，直到东方既白，才互相搀扶着回到店里。福田和子帮妈妈桑铺好被子，安顿她睡下，自己走回屋里，默默地收拾细软，留下一封信后，走上了清晨尚有一丝肃杀气息的街道。

几小时后，福田和子坐上新干线，目的地是广岛，而非警局。

　　广岛离松山非常近，相隔不到六十千米。她到这儿来，是为了再做一次整形手术，继续潜伏。

　　从这以后，她的逃亡之路充满了谜团和奇遇。

　　我们所能知道的信息只有这些：

　　一九九三年年初，福田和子以"中村美雪"这个假名出现在福冈市中洲，职业是寿司店服务员。

　　一九九四年九月，福田和子从福冈市中洲消失，同年十一月再次出现在大阪，职业是夜场妈妈桑。

　　一九九五年三月，她出现在神户，与一名山口组小头目经常同出同入。

　　一九九五年八月，她再次出现在福井市，住处是火车站前的一家商务酒店，她用现金预付的形式租住了三个月。据酒店服务员回忆，她那时的枕套上常常有非常多的泪痕。

　　一九九六年一月，她以"望月琴"这个名字在宫津市的一家高级旅馆长期包房，房费全部用现金支付。她那时的身份似乎是一家怀石料理店老板娘。

　　福田和子每换一个落脚点，便意味着警方再次扑空。就这样，从一九八二年八月案发开始到一九九六年八月，十四年过去了——还差一年，福田和子就可以再次走在阳光下，不用受到任何法律的惩罚。

四

从三十四岁到四十八岁，已是半老徐娘的福田和子如今又变成了什么模样呢？

一九九六年八月底，日本警方再次史无前例地发布了一条悬赏通缉令：任何提供福田和子下落的知情人，警方都会给予一百万日元奖励。同时，东京新桥十仁医院的院长认为，之所以福田和子能够长期逍遥法外，是因为自己最初给她做了整容手术。于是他也通过电视、报纸和杂志表示，任何可以提供福田和子最终下落的知情者，都可以获得四百万日元现金酬劳。

这样一来，福田和子的身价暴增到了五百万日元。

一九九六年六月，在悬赏通缉令尚未公布的时候，福田和子再次悄悄回到了福井市——妈妈桑去世了，她要把妈妈桑的骨灰带回这里掩埋。福田和子将骨灰安置在一所寺院的纳骨堂中，预付了五十年的祈福超度费用。之后，她再次出现在福井市的街道，找到多年前的一些老友、老主顾，彻夜欢歌，醉生梦死。白天躲在酒店，到夜晚才能享受一丝自由的空气，这也许是福田和子在长期逃亡生活中养成的获得安全感的习惯吧。这样的日子维持了近一年。由于身边都是老朋友，福田和子并不担心有人会去揭发、出卖自己。或者，也许那时的她已经不在乎了——长期逃亡带来的压抑已经战胜了心中的恐惧。

一九九七年七月二十四日晚，福田和子与朋友们在一家关东煮店里喝酒，电视上突然开始播放"通缉福田和子"的内容。看着电视上公布的照片，福田和子对一同喝酒的朋友们说道："你们看这个人，长得好像我啊，哈哈哈哈哈。"这句话自然引起了哄堂大笑，而一个坐在墙边静静喝闷酒的五十九岁中年男人，却把这句话听了进去。

午夜，福田和子一行人醉醺醺地离开。

中年男人用店内电话报了警。

因为福田和子已是全国通缉的要犯，所以电话并未被转到邻近派出所，而是直接转到了位于东京的福田和子案件搜查本部。搜查本部听到消息，立刻通知当地警方前往关东煮店，同时派出五名刑警前往福井市。为避免打草惊蛇，当地警察在接到指示后，派出两名便衣于凌晨两点到达现场。福田和子一行人所坐的桌子完全没有收拾。警方向老板和报案人询问了嫌疑人的长相和岁数，又播放了一九八二年福田和子在逃走时给家中打电话的通话录音，老板和报案人确认两者几乎一致。

这恐怕是十四年追踪时间里，警方与福田和子距离最近的一次。负责调查的警官难以抑制激动的心情，被犯罪嫌疑人甩在后面十四年的耻辱，似乎终于得以洗雪。

由于尚未弄清福田和子当天的下落，警方要求老板在下次见到她时，一定要迅速给自己办公室打电话，并留下了名片。之后几天，福田和子始终没有出现。而从东京赶来的几名刑警，已经在福井市警察署内成立了现场调查本部，派出大量便衣警察监视福井市内繁华地区的每一个路口。彼时距案件公诉时效只剩下不足一月，一九九七年八月十九日零点一过，这五千四百多天的追踪都将变得毫无意义。

七月二十九日下午两点，福田和子再次来到关东煮店。店里只有她一名客人，十分安静，老板不方便打电话，又不敢走开，生怕福田和子生疑逃跑。于是他只得故意用菜刀往自己手指上狠心一切，惨叫一声，一直在店后整理货物的老板娘闻声跑了出来。老板强忍着疼痛，紧紧捏着流血的手指，向福田和子道了个歉，示意妻子跟他一起去店后。来到店后，老板娘刚要拿药箱，老板对她使了个眼色，压低声音说道："前面那个女人是杀人犯，你别出声，快从后门跑到派出所报警！"老板娘不敢怠慢，一把摘掉裹在头上的头巾，换上鞋子，从后门悄悄跑了出去。老板扯了块白布将手指裹了裹，不露声色地又走回前台，见福田和子仍然在一边慢吞吞地吃着饭，一边翻着桌上的杂志，心安下了一半。

很快，四五名身穿西服的男人进了店。

带头的人与老板交换了个眼神，走到正盯着他们的福田和子身边，从怀中掏出警察手册，说："福井警察署刑事第一课，我叫木暮，请您跟我们走一趟。"

"有什么事就在这里说吧。"福田和子瞥了他一眼。

木暮挠挠头，做了个为难的表情，挥了挥手，几名穿西装的便衣警察便上前拉起福田和子，将她押上汽车。木暮戴上手套，将桌上沾有福田和子指纹的玻璃杯轻轻拿起，装进了收集证据用的塑料袋中。

在最初的问话中，福田和子坚称自己是中村雪子，甚至出示了写着"中村雪子"这个名字的驾照。然而不出一小时，玻璃杯上的指纹比照结果出来了，该指纹与一九八二年在福田和子家中搜集到的拇指指纹完全相符，审问录音的声纹也与十四年前福田和子打往家中的电话录音完全一致。

铁证如山，福田和子只得承认。

一九九七年八月十八日十四时，爱媛县地方检察院收到福井警察署的资料，以故意杀人罪对福田和子正式提出公诉，彼时距公诉时效期结束只剩不足十一小时。换句话说，只要福田和子晚出现一天，这个案子便将永远成为悬案。

一九九八年十一月十六日，福田和子案开庭。法庭上，检方以"用极其残忍的恶性手段杀人，并在长期逃亡生活中贪图享乐，毫无悔改之意"为由，建议判处福田和子无期徒刑。

一九九九年五月，松山市地方法院宣判福田和子故意杀人罪成立，并判处她无期徒刑。福田和子的辩护律师以受害者与福田和子有金钱纠纷为由，认为法院量刑过重，提出上诉。

二〇〇三年十一月，日本最高法院做出裁决，驳回被告方的上诉请求，维持原判。

二〇〇五年二月二十七日，福田和子在狱中突然晕倒，失去意识。

二〇〇五年三月十日，福田和子因突发蛛网膜下腔出血并发脑梗死去世，终年五十七岁。尸体在狱中被火化，骨灰被儿子带走。

她在狱中留下了几封书信，死后由家属公之于众：

> 我始终是个弱女子，所以常常要靠男人才能活下去，也慢慢学会了喝酒。
>
> 尽管我在逃亡生涯中有时会过着奢侈的生活，但这也仅仅是表面。我很痛苦。无论给自己买多么高档的东西，也无法解除内心的煎熬。我是独生女，妈妈拼命挣钱把我养大。我想要的东西，她都会买给我。但是，就算得到了这些东西，我的心仍然空虚。我想要结婚，想要生孩子，想要

拥有一个热热闹闹的家庭，这是我的梦想。

结果，命运齿轮的转动却给我带来了如此怪异的人生。

到头来，我什么也没有得到，就连真心的爱也无法拥有。

也许，在跟妈妈桑谈心的那个夜晚，福田和子还有机会回头。如果她有勇气面对自己的罪孽，也许还能有机会活着走出监狱，去找寻失去的家庭，找回那些曾经付出过心血的事业，找回那些可能还在等着她、愿意原谅她的人。然而，她人生一切的可能性都在一次次逃避中消失殆尽，这也导致她最终走向了一个悲剧的结局。

事后，警察署和十仁医院如数将五百万日元奖励给那家关东煮店的老板以及之前报警的中年男人。两人商议后，将全部奖金捐献给了犯罪受害者家属支援会，用以支持那些在恶性杀人事件中失去家人却无法得到任何赔偿的家属。

二〇一〇年四月二十七日，日本修改《刑事诉讼法》，正式取消杀人罪的公诉时效。

木岛佳苗的东京梦

木嶋佳苗の東京夢
主犯：木嶋佳苗
事件の発生時間：2009年
事件現場：東京都青梅市、千葉県
富士見市
死亡者名：寺田隆夫、安藤健三、
犯行方法：ストーブと炭で、眠る
炭素中毒で殺す

新世纪冤女

審判

田市、埼玉県

出嘉之
害者を一酸化

木岛佳苗的东京梦

主　　犯：木岛佳苗

案发时间：2009 年

案发现场：东京都青梅市、千叶县野田市、埼玉县富士见市

死　　者：寺田隆夫、安藤健三、大出嘉之

作案方法：用炭炉和木炭使沉睡中的受害人一氧化碳中毒

说　　明：与木岛佳苗保持恋爱关系并突然死亡的男性除上述三
　　　　　人外，还有三人。由于当时木岛佳苗并未进入警方的
　　　　　监视范围，且三人均无在世亲属，因此他们的死亡都
　　　　　被视为意外。

一、序

日本犯罪史上有很多令人"津津乐道"的案子，比如，阿部定情杀、都井睦雄仇杀、赤穗浪士为主寻仇、日本赤军山中相残等，均是老百姓茶余饭后的谈资。而发生在二十一世纪初的木岛佳苗案，因其中交杂了情爱、诈骗、非自然死亡等诸多因素，成了一个新的话题。

先来看一下本案的受害者：

寺田隆夫，男，五十三岁，东京都青梅市人，相亲网站系统工程师。二〇〇九年一月三十一日死于家中，二月四日尸体被警方发现，死因为一氧化碳中毒。

安藤健三，男，八十岁，千叶县野田市人，退休在家。二〇〇九年五月十五日夜安藤家大火，警方在废墟中找到了老人的尸体。

大出嘉之，男，四十一岁，东京都千代田区人，经营不动产。二〇〇九年八月五日死于埼玉县富士见市一处停车场内的轿车中，死因为一氧化碳中毒。

三名死者在生前皆与木岛佳苗保持着"以结婚为目的"的恋爱关系，且均为高龄独居男性。此外，三人均先后向木岛佳苗的银行账户汇入过大额款项。警方介入大出嘉之死亡一案不久后，便发现多位大龄男性相继异常死亡，且死者均与木岛佳苗极为熟络，于是迅速将其锁定为最大嫌疑人。二〇〇九年九月二十五日，木岛佳苗被警方以涉嫌故意杀人罪为由正式逮捕。警方顺藤摸瓜，一个更惊人的事实浮出水面：受害人远远不止三个。

与木岛佳苗保持恋爱关系并突然死亡的男性至少还有三人。当时木岛佳苗并未进入警方的监视范围，三人又均无在世亲属，因此他们的死亡都被视为意外。此外，木岛佳苗案被公之于众后，有超过十名男性向警方报案，声称自己曾被其诈骗或盗窃。警方立案侦查后确认，有两名男性曾被木岛佳苗诈骗钱财共计三百二十万日元（约合人民币二十一万元），有三名男性曾被木岛佳苗诈骗钱财未遂。若将木岛佳苗从所有受害者身上榨取到的钱财数额相加，总额将超过一亿日元（约合人民币六百六十三万元）。其中仅一名死于心脏病突发的七十岁男性，就曾先后向木岛佳苗的银行账户汇入过七千三百八十万日元（约合人民币四百八十四万元）。木岛佳苗声称，这笔钱是老人主动提供给她的"支援"。

这位"新世纪魔女"究竟是怎样一个人呢？

二、吉川樱的东京梦想

木岛佳苗，一九七四年十一月二十七日生于日本北海道中标津町。小学时，全家搬到临近的别海町。别海町与日本最东端的根室市仅相隔五十多千米，可以说是"天涯海角"。木岛家家境富裕，是别海町名门。父亲是行政书士，专门起草与公司经营、变更相关的法律文件。母亲是钢琴教师，有自己的钢琴教室。两人生有三女一儿，木岛佳苗是长女。

木岛家家教甚严，家中没有电视、游戏机、漫画书等一切娱乐用品，零用钱始终少得可怜，但木岛家的气氛却并不沉闷：父母在家中构建了一个小型图书馆，会主动引导子女阅读一些严肃书籍；喜欢做料理的父亲每天都会准备漂亮的便当，每逢节假日全家还会一起外出野餐，品尝父亲亲手制作的烟熏鲑鱼等美食；家中经常放着古典乐，父母会不时弹奏几首钢琴曲或是拉几首提琴名作。在邻居看来，这是一个优雅而平静的家庭。在同学眼中，木岛佳苗也是一个温和、稳重的女孩，从不与人发生冲突。升入初中后，她积极参加志愿活动，担任照顾孤寡老人志愿者团体的领导。从那时起，她便常常与高龄独居老人接触，深得老人的信任。此外，木岛佳苗也有很多让同龄人觉得不可思议之处。例如，她的钱包里总是装着万元大钞，外出游玩回家总是搭出租车——相比起来，大多数同龄人的交通工具不过是自行车或公交。有些同学还曾看见木岛佳苗在夜里钻进陌生中年男性的汽车，于是"木岛佳苗从事援助交际"的流言在别海町传开了……

初三时，木岛佳苗做出了人生中第一个出人意料之举。

毕业考试前夕，木岛佳苗偷出家中存折和印章，乘出租车前往离家约六十千米的根室，在那里的银行取出了家中三百万日元（约合人民币二十万元）存款。一个中学生大老远独自乘出租来到这个小镇的银行，无论如何都会让人起疑。在目送木岛佳苗走进银行后，出租车司机拨通了报警电话。十几分钟后，根室警察来到银行，将刚取出三百万日元现金的木岛佳苗控制住。在母亲的百般逼问下，木岛佳苗仍旧没有讲出取钱的目的，我们只能根据她的一些文章略加猜测。比如，在初中毕业感想作文中她写道："我现在生活的世界仅仅是别海町这个小镇而已，我想要看到更为广阔的世界。在成为大人的路上还有很多难关，所以我需要更加努力地学习。"也许她当时只是想摆脱这个小镇和家庭的束缚，投身到"更为广阔的世界"中吧……

自此，木岛佳苗与家人的关系，尤其是与母亲的关系急剧恶化。高一时，木岛佳苗搬到了同镇的外婆家，脱离了父母的严格管束，一下子自由起来，而这似乎也让那些流言蜚语成为现实。

在本案第二十三次审判中，木岛佳苗曾透露过那时的金钱来源：

> 上高二时我交了个男朋友，他是别海一家小公司的老板，差不多四十岁。一天，他因为公司经营上的一些问题找到我，问我可不可以帮他向父母借些钱。我害怕被父母责备，于是偷偷从朋友家偷来存折和印章，先后共取出七八百万日元给他，没想到这人拿了钱便跑到东京去了。不久事情败露，朋友的家长找到我家，是父亲帮我赔偿了这笔钱。

对此，木岛佳苗的亲人并未给予任何回应。

因为从小肥胖，木岛佳苗在同龄男生中没什么人气，再加上成绩优异，人又有些高傲，所以被大多数男同学敬而远之。在大家眼里，木岛佳苗有着一种拒人千里之外的气质。也许是为了让同学刮目相看，她甚至会故意拿出一

些与中年男性约会的照片给同班女生看，并骄傲地宣称，
"我有男朋友哦，而且对方是成年人"。当然，这不但没能
让同学对她的"魅力"有所认同，反而助长了"援助交际"
这类流言的传播。

当然，木岛佳苗毫不在意。

一九九三年，十八岁的木岛佳苗高中毕业。因为一直
以来成绩尚佳，在升学考试前，她曾煞有介事地与同学讨
论，自己该上青山学院大学还是玉川大学——这两所都是位
于东京的优秀大学。可惜事与愿违，她落榜了。面对这种
情况，大多数日本高中生都会选择在故乡复读一年。自视
甚高的木岛佳苗显然不愿在同学面前丢脸，于是参加了东
京肯德基公司的招聘会并通过了面试。尽管不是去东京上
学，但也要去东京工作。从此，她将北海道的那个小镇以
及那些说三道四的同学远远抛在了脑后。

在高中毕业纪念册里她这样写道：

> 梦想：成为一名可爱的妻子和母亲
>
> 喜欢的类型：成熟男性
>
> 讨厌的类型：邋遢、穷、愚蠢的人
>
> 喜欢的电视节目：料理节目、赌马节目
>
> 感想：我的梦想是组建一个温暖的家庭，做
> 一名专业的主妇，为丈夫尽心尽力。从三月开始，

我就要成为一名东京人了。单单说起"东京"这个词，我都会欢欣雀跃。那里肯定会有很多新奇有趣的事在等着我，我会尽我所能搜集一切有用的信息，让自己的东京生活充实而快乐。

东京真是个随时可以让人兴奋的地方呢！

来到东京不久，木岛佳苗便积极准备再次参加大学入试，经过两年的努力，终于勉强考取东京东洋大学函授部，算是如愿以偿。可此时她首先要面对的，并非长久以来渴望的看到更大世界的机会，而是生存问题。

随着高中时木岛佳苗从家中搬出，木岛家的内部关系出现了裂痕。偷窃存款、援交传闻成了父母对立的导火线。原本抱着"让子女自由成长"想法的父母，在对如何培养子女的问题上发生了激烈争吵。结果，母亲带着次女搬到遥远的长野县，与父亲分居，而父亲除了要负担她们的生活费以外，还要照顾只有十二岁的儿子和十岁的小女儿。由于不堪重负，他只得让木岛佳苗自己解决生活费。

在肯德基仅仅工作了三个月之后，木岛佳苗以工作强度大、工资不高为由辞职，后来又去了许多地方打零工。一年后，她在一家约会俱乐部注册登记。约会俱乐部其实是一种变相提供拉皮条业务的场所，想挣快钱的女孩子在这里登记并留下联络方式。男性客人来店里翻看女孩子的信息，挑选中意的目标，再缴纳一定的费用后，店家便会联系女孩与客人会面。光顾这些店面的客人大多都是在寻找上床对象，所以双方见面后一般都是直接谈好价钱便去开房。就这样，木岛佳苗开始了一边打零工一边卖身的日子。或许理想与现实的落差会让很多人感受到人生的痛苦，但翻看木岛佳苗事后对这段生活的回忆，却似乎看不出任何悲伤。

> 当时我在约会俱乐部注册登记。这不是卖身，而是与男人交往，在情投意合的前提下，与男人发生关系并接受对方自愿的金钱援助行为……我在俱乐部相当有人气，每次外出约会，收费都在十万日元以上。

无论如何，从一九九三年到二〇〇一年，木岛佳苗就是靠着这样摆不上台面的方式混迹在这个繁华而迷乱的城市中。她化名"吉川樱"，在美食与料理网站上频频贴出自己在高级餐厅吃饭、制作精美餐点的照片，发布了许多菜谱，获得了大量点赞和评论，成了一名"网红厨娘"。也许是现实生活过于枯燥乏味，木岛佳苗非常在意"网红厨娘"这个虚拟身份。为博人眼球，她不惜花大价钱去"刷名店"，在各种高级餐厅拍下餐品，原本收入就不高，这下自然更拮据。尽管如此，她每次与家中联系，都会对父亲说自己一切都好，收入稳定，学业顺利——事实上，她已因未缴学费而被东洋大学函授部取消了学籍。

二〇〇一年，木岛家最小的女儿已经十八岁。为了让小女儿能考上梦寐以求的私立音乐学院，父亲建议她搬到东京，与姐姐一起住，自己会替她们承担一部分租房费用。既然妹妹要来，木岛佳苗继续靠卖身赚钱就显得不现实。五月，木岛佳苗在拍卖网站上挂出一台IBM笔记本电脑，"朋友送的，自己留着没什么用，希望以半价卖出"，随后有人以十万日元的价格拍下。其实她手中根本没有什么电脑，在拿到钱之后不断以"请再等一等"之类的说辞拖延，两月仍未发货，买方终于忍无可忍，将她告上了法庭。为了处理这件事，父亲频繁往来于东京和北海道，希望与买方和解。经过两年的交涉，买方仍然以欺诈罪起诉了木岛佳苗。二〇〇三年七月，木岛佳苗被判处有期徒刑两年，缓刑两年执行。

二〇〇五年八月二十七日，在小儿子考上大学几个月后，木岛佳苗的父亲被发现死于距别海町一百千米外的一座山崖，死因为驾车坠崖。事发地点是一条仅有一米半宽、面朝大海的山旁小路，路面还遗留着汽车加速后摩擦出的深深的痕迹，所以警方推测他应该是自杀。几天后，在大阪上大学的小儿子收到父亲早先寄来的手机，或许这就是他留给孩子的唯一遗物。

二〇〇七年八月三十一日，一名马上就要过七十一岁寿诞的老人被发现死在自家浴室，死因为急性脑溢血，没有留下任何说明和遗嘱。老人住在千叶县松户市，经营一家中古店，六年前与木岛佳苗相识。经亲属和邻居证实，木岛佳苗曾经多次来老人家中过夜。警方查到，自二〇〇一年起，每隔两三月老人便会打一笔钱到木岛佳苗的银行账户，到他去世时，这笔钱的总数已达七千三百八十万日元。

这或许就是木岛佳苗犯罪的起点。

三、死与生的界限

木岛佳苗案之所以复杂，不仅因为受害者众多，更是由于作案手法的复杂多样（虽然死因大体一致）。木岛佳苗不会只针对某个男性下手，而是同时对若干目标展开攻势，在短短一周时间内扮演好几个不同的角色，对各路"猎物"采取不同手段。

狩猎的"战场"就是约会网站。

那时的约会网站与现在的交友平台不同，单纯以约会、相亲、恋爱为目的，用户在上面公布自己的城市、年龄、收入等信息，明确写出交往目的——寻找性伙伴、恋人或结婚对象。本案第一位受害者寺田隆夫就是一个约会网站

的系统工程师。寺田隆夫死亡时五十三岁，他一生从未与
女性有过深度交往，没有婚史，也没有列得出来的女朋友。
据公司同事和上司回忆，他的性格已经不能用内向来形容，
应该是彻彻底底的木讷。警方检查了他遗留下的手机，发
现手机号码簿中仅有三个人：母亲、姐姐及木岛佳苗。或是
为了测试产品，或是出于好奇，寺田隆夫二〇〇八年二月
在约会网站注册，只粗略地写下了收入和年龄，以及留下
一张自己的照片。

　　四个月后，木岛佳苗主动向寺田隆夫发出"希望聊一
聊"的邀请，两人交换了电邮地址。从这天开始，木岛佳
苗频繁地向寺田发电邮，一步步将这名可怜的单身汉引入
自己构建的"美好生活"。她的第一封电邮是这样写的："您
好，请问您是真心想找一位能够在余生中彼此扶持、陪伴
的伴侣吗？"很多男人来这里注册都是想"玩一玩"，而木
岛佳苗的态度却非常明确：她只想找"期待长期关系"的男
性。不过，她这封邮件其实是"群发"的——之后所有受害
男性都表示曾收到过类似的开场白。外表和性格毫不出众
的寺田隆夫收到这样的信件自然受宠若惊，他的人生中似
乎还从未出现过如此主动的女性，于是当即回信："木岛小
姐，谢谢您的来信，希望能够与您见面详谈。"

　　木岛佳苗对自己的外形有清醒的认知，所以不会轻易
与男性见面，她要让这些男人在看到自己前先爱上自己。

这听起来似乎有些天方夜谭，但她真的做到了。

木岛佳苗会先用一些暗示手法，将自己不太好看的事实传达给男性，在邮件中展示"内在美"，比如，擅长家务和料理，弹得一手好钢琴，性格温柔沉稳，不物质，生活简朴，等等。再用不擅长打扮自己、注重内在美、对外形缺乏自信等措辞掩饰自己不发照片的原因。很多男性一开始便已接受了她"以长期交往为目的"的交往请求，所以往往会觉得一名贤妻良母型的女性才值得交往，再看到这些内容，一定程度上也就降低了对外貌的心理预期。当然，一味强调内在美难免会让一些男性渐渐丧失兴趣，所以大约在邮件交流一周至一月后，木岛佳苗会抛出一个让大多数男性难以拒绝的条件：发生关系。她会在邮件中这样写："我认为，两个人交往，只有单纯的居家生活或精神交流是不完整的，我其实也很看重身体上的交流，所以我们找个时间来彼此适应一下，您看是否可以？"行文清晰稳重，对性事娓娓道来，毫不避讳，接到邮件的男性大多都会把她想象成一个成熟而稳重的女人。在上床之前，木岛佳苗还会利用长期单身的中年男性的另一个弱点——家庭。她会补发一条消息："我现在也三十多岁，还是想要抓紧生个小孩的，如果您也有同样的想法，请一定帮助我达成这个愿望。"独居的寺田隆夫不善言辞，也疏于打扮，但这反而成了一个极大的优点——储蓄丰厚。据朋友回忆，木岛佳苗这段时期手头突然宽裕起来，几乎每月都会添置几件卡地亚、蒂芙尼的首饰珠宝，粗大的卡地亚手镯与她的外形看起来极不相称。

二〇〇九年二月四日，上司发现寺田隆夫没有请假却连续几天都没来上班，这是在寺田隆夫的职业生涯中从未出现过的，于是报警。警方来到公寓，发现原来他早已死去多时。尸体姿态自然，且屋中摆放着多个炭炉，警方遂认定系自杀身亡。根据公司打卡记录，他最后出现在公司是二〇〇九年一月三十日，所以死亡时间应为一月三十一日。起初，警方并未从案件中发现什么异常，很快便宣布结案，安排尸体火化。直到几个月后，这起死亡案才引起检方的注意。

检方发现几个疑点。

第一，寺田隆夫生前没有任何自杀征兆。死亡前一周他还与母亲谈起结婚的事，但并未对母亲提到结婚对象的任何细节。

第二，一月三十日，木岛佳苗曾用本名入住寺田隆夫公寓附近的一家酒店，酒店停车场监控录像还保留着她多次驾车进出的画面：第一次为当天下午，不久后驾车驶出；第二次为午夜，驾车驶入；第三次为次日清晨，驾车离开。

第三，检方事后对木岛佳苗提起审讯，要她说明一月三十日晚的行踪。木岛佳苗承认当天曾前往寺田隆夫家中，但之后两人发生了激烈的争吵。

第四，二月四日，警方对尸体进行了简单勘查，发现他正在积极地调整性能力，应该不会想要自杀。

第五，一月中旬，寺田隆夫死亡前大约十天，木岛佳苗通过网络购入了六个炭炉和大量木炭。一月二十八日，木岛佳苗用快递向寺田家送出四个纸箱，据她自己说，箱中都是锅碗等普通食器。检方询问她为何要买炭炉和木炭，她回应说是为了制作料理。

第六，据母亲和姐姐回忆，寺田隆夫有每天写日记的习惯，所有日记都保留在一台笔记本电脑里，但警方并未找到此电脑。

于是，检方主张是木岛佳苗利用自己网购来的炭炉和木炭，使沉睡中的寺田隆夫一氧化碳中毒死亡，再伪造自杀现场。木岛佳苗的辩护律师团则反驳说检方没有直接证据，这只是根据现场痕迹提出的猜测。

寺田隆夫逝世后不久，木岛佳苗购入了一台奔驰轿车，价格为四百六十一万日元（约合人民币三十万元）。

木岛佳苗案受到媒体极大的关注，而媒体的解读包括误读也让案件越来越扑朔迷离。尤其是在木岛佳苗的照片公开之后，众多旁观者得出了一个结论："她长得这么难看，还能骗到那么多男人，'那个手段'肯定很厉害。"然而事实却并非如此。木岛佳苗之所以能跟这些男人交往，靠的并非肉体，而是对他人心理和情感的控制，这才是她最为擅长的。最能证明这一点的人，就是她的"真爱"——铃木。铃木是化名，他的个人信息受日本《个人信息保护法》的保护，因此公众并不知道他的本名。

一九九三年，木岛佳苗来东京打拼，不久后涉足色情行业，由于外形不出众，她在这一行的日子其实并不好过。直到第二年，她遇到了一个自称"竹内"的男子。竹内从事的其实是一种较为高级的拉皮条工作，他将一些从事皮肉生意的女性分类，不单单是区分外表和身材，还会根据性格、谈吐等条件，将一些有"特长"的女性匹配给有独特需求的男性。比如，有些男性喜欢个子矮小、说话幼稚的女性，竹内便会为他们挖掘并介绍这类女孩。当然，这样的服务自然有着不低的价码，而舍得掏钱的男人自然手头也相对宽裕。随着对木岛佳苗了解的深入，竹内渐渐掌握了她的特点：性格沉稳朴实，说话温柔体贴，对男性容易恭顺，尽管外表有一定不足，但这些与生俱来的特质却可以让一部分男性体会到被照顾、被治愈的感觉。他给木岛佳苗指明了一个方向——多去称赞与肯定男人，这也就成了她日后赖以为生的最大武器。

从一九九四年开始，竹内经常给木岛佳苗定向介绍男性顾客，每次向顾客收费三万到十万日元不等。木岛佳苗会经常坐在客人身边，鼓励这些中年客人，对他们的表现大加称赞——尽管他们各自在某些方面很可能不尽如人意，但这样的鼓励无疑让他们心存感激，甚至就此对人生充满信心。但仅仅凭借这一点，还很难说明木岛佳苗手段的高明之处。

就是这时，"真爱"铃木出现了。

与其他中年男性不同，木岛佳苗与铃木交往完全是出于对自我的满足。

在长期接客过程中不断给予中年男性大量的鼓励与支持，木岛佳苗自身心理却失衡了，她也希望能有一个人可以让自己撒撒娇，体验一下做小公主的感觉。于是在一九九九年，她通过交友平台找到了铃木。铃木比木岛佳苗大十岁，外形俊朗，身材高挑，是那种非常容易获得女性芳心的类型。一方面，木岛佳苗会用尽各种办法讨他欢心，尊称他为"铃木大人""主人"，对他完全服从。另一方面，受到如此宠爱的铃木也慢慢产生了依赖情绪，无论是人际关系中的苦恼，还是工作上遇到的困难，都会找她聊上几句，她也会知趣地适时送上一些安慰或鼓励。时间一长，铃木对她更加敞开心扉，甚至连自己小时候母亲上吊自杀的事也和盘托出。

也许是为了让铃木更加着迷，木岛佳苗从一开始便自称吉川樱，父亲是伊豆汤河原大地主，母亲则是著名钢琴演奏家兼音乐学院教授。同时，她始终或是一半或是全部地承担着两人在一起的各种费用，无论外出旅行还是在东京吃喝玩乐，都坚持由自己承担开销。为此，她对其他男性的盘剥力度也逐渐加大，每当从别的男性手中榨取到钱财，都会马上取出现金拍下照片发给铃木，声称这是父母寄来的钱，多到花不完。铃木也信以为真，从不怀疑她名门大小姐的身份，泰然处之地接受了"包养"。一般的包养关系往往是一方为了钱，另一方为了色，可他们俩的关系远没有这么简单。记者从木岛佳苗妹妹的口中得知，木岛佳苗并非完全贪图铃木的色相，很多时候她都在铃木面前扮演着类似母亲的角色，给予铃木很多精神上的支持，对铃木的一些出轨行为完全不闻不问，甚至毫不生气。妹妹曾问木岛佳苗是否考虑过与铃木结婚，得到的回答出乎意料——"我才不会跟那种人结婚，他小时候曾目睹母亲上吊自杀，感情上受了刺激，很多时候都是我在迁就他，而且单纯从我们的关系来看，也是他需要我更多一些。"

铃木也并非只是为了钱。一个不容忽视的事实是，直到木岛佳苗被捕，铃木仍然不知她的真实身份和交往意图，当从警察那里知晓木岛佳苗的另一面后，他整个人都变得接近崩溃。

其实一开始我并不喜欢她。她身材臃肿，长相也很一般，我完全是出于好奇才跟她上了床。

但慢慢地我对她的感情发生了变化，很多事都想跟她聊一聊，让她给我出一些主意。渐渐地，我开始对她有了一些责任感：她跟着我这么多年，忍受着我阴晴不定的性格和寻花问柳的作风，我开始想要和她结婚，但始终下不了决心表白。尽管她对我越来越好，却绝口不提结婚的事，这更让我有一种负罪感。

二○○九年八月十一日，两人一起去福岛县旅行，铃木甚至趁机向木岛佳苗求婚，没想到遭到拒绝，木岛佳苗只是说"再等等，让我想想"，铃木当即说出气话："如果你不想跟我结婚，那干脆分手吧！在我看来，你简直是在欺骗我的情感！"两人大吵一架，不欢而散。两天后，铃木收到一条短信，发信人自称木内若子，是木岛佳苗的闺密，来信是为劝铃木向木岛佳苗道歉并和解。他当然不知木内若子完全是木岛佳苗编造出来的。警方曾对比过"木内若子"与木岛佳苗发的短信，风格完全不同：木岛佳苗的短信大多夹杂着颜文字和图片，用词可爱；"木内若子"行文朴实，从不用颜文字，十分文雅。若不是这两个账号同时出现在木岛佳苗的手机上，也许没有人会相信她们其实是同一个人。

二○○九年八月三十日，"木内若子"向铃木发了一封邮件。

> 铃木先生，你好。几天前，木岛哭着找我，
> 说你对她说了很伤人的话。这几天我一直联系
> 不上她，公寓也没人开门，请问你知道她的下
> 落吗？

收到这封信后，铃木赶忙前往木岛佳苗的住处，果然
人去楼空。他心急火燎地给木岛佳苗发了封道歉信，坦陈
自己的种种不是，并表白道："我的心里只有你一个人，其
他人我都可以不管。"几天后，木岛佳苗给铃木回信，约好
晚上见面。之后铃木又接到了"木内若子"的信件，"听木
岛说你们和好了，这真是太好了，你们这对吵吵闹闹的小
夫妻让我好操心呀"。

铃木不知道，木岛佳苗搬出公寓并非出于伤心，而是
因为警方发现了大出嘉之的尸体，为躲避警方追查，这才
躲进新物色好的一名男性家中。大出嘉之死于八月五日，
就在铃木向木岛佳苗求婚前一周。一边处心积虑地榨干他
人钱财、杀人灭口，一边不动声色地与"真爱"打情骂俏，
闹闹甜蜜的小矛盾；在情人面前时而可爱大度，时而撒娇，
面对利用对象既成熟热情，又暗藏杀机。能够天衣无缝地
同时扮演这两种角色，或许正是木岛佳苗真正的过人之处。

四、无法逃脱的死亡

自从坠入情网的那一刻起，这些男人的结局就注定是悲惨的。木岛佳苗如同守在网中心的大蜘蛛，悄悄爬向每个不愿醒悟的"猎物"，榨干他们身上的最后一滴血，之后悄悄离去。

大出嘉之是个不折不扣的宅男，四十一岁仍跟母亲一起生活在东京市中心千代田区的一处独栋楼房，家中有一定积蓄，在东京各处还有几所出租公寓。他的职业虽然是房地产管理员，但他事实上只是按月收取家里各处房产的房租，衣食无忧。不过，他的生活极其节俭，不买豪车，不喜欢打扮，没有任何奢侈品，外出从来都用纸袋装东西。他唯一的爱好是制作坦克模型，在模型制作圈颇有名气，博客读者相当多。

两人相识于二〇〇九年七月十三日，此前他也曾多次通过婚姻介绍所找过女朋友，然而过度节俭的习惯让很多女性从第一面起就对他没有好感。一次偶然的机会，大出嘉之在约会网站上注册，通过匹配度搜索看到了木岛佳苗的个人主页，上面的内容非常丰富，不仅有大量亲手布置的温馨房间、手工制作的点心和料理的照片，还展示了弹钢琴、参加义工活动等生活日常。大出嘉之十分心动，便试探性地发出了第一封信："您好，从个人主页来看，您是个非常认真生活的女性，我对您非常感兴趣。"木岛佳苗根本没多想，按最常用的手段回了一封信："谢谢您的来信，我现在还是一名学生，正在攻读营养学博士学位。为完成学业，我想找一名可以在金钱方面支援我的人。如果对方同意的话，我愿意以结婚为前提进行交往。"这些话无疑说到了大出嘉之的心坎上，他优越的经济条件使得大多数愿意与他交往的人都只是想在短期内从他身上获得一些好处，而他却始终想找一名能够脚踏实地共同生活的伴侣。他立刻回信："在金钱方面我会尽量想办法资助您，请问您是否愿意与我交往呢？"木岛佳苗的回信彻底让大出嘉之失去了理性，"说到交往，对我来说肉体关系的契合度也是非常重要的，所以我希望能尽快与您见上一面，共度良宵。如果您真的有心要结婚，那么不采取避孕措施也没关系"。大出嘉之没有任何怀疑，反而对木岛佳苗产生了强烈的兴趣。

两天后，两人约在山手线神田车站见面，沿着山手线散了散步，后在与神田站一站之隔的秋叶原的一家西餐厅共进晚餐。当晚，大出嘉之在车站送走木岛佳苗后步行回家。七十七岁的母亲看到儿子面露喜色，问他为何如此开心，大出嘉之也就将这次相会从头到尾讲了个清清楚楚。根据母亲后来的证词，大出嘉之对木岛佳苗的印象非常好，赞美之词溢于言表。母亲曾询问木岛佳苗的长相，大出嘉之回答道:"其实有点胖,不过话说回来,再漂亮的美人看三天也就腻了,只要性格好就没关系啦。"

很快,大出嘉之再次收到木岛佳苗的来信:

　　大出先生,感谢您与我见面。很抱歉我的容貌也许并非您理想中的样子。其实我在与您见面之前,也曾非常犹豫,我对外表没什么自信,反倒是帅气潇洒的大出先生,您那温柔的性格给我留下了深刻的印象,也让我紧张的情绪得到了缓解。说实话,我真的没有想到大出先生是这样一位风趣优雅的绅士。有件事我想和大出先生深入交流一下,但又实在不好意思当面说,只能写这封邮件给您,请谅解。今晚大出先生曾谈到,自己近十年来一直没有女朋友,请问这是为什么呢?难道大出先生对女性没有性欲吗?如果现在突然有了女朋友,大出先生可以接受吗?

这样一封充满赞美同时还夹杂着大量暗示的信件立刻点燃了大出嘉之的熊熊欲火。他不假思索地立刻回复道:"那是因为我不是一个随便的人,下次我们一起吧!"

"这样的话,我就放心了!"木岛佳苗继续着肉体关系的话题。也许是觉得自己发出的信号还不够明确,她又追加了一封信，约定一周后见面，地点不是外面的餐馆，而是她家。

七月二十三日，大出嘉之穿着母亲为他挑选的西裤和衬衫，来到木岛佳苗家中。木岛佳苗殷勤地招待了大出嘉之，端上一道道精心准备的法式菜品以及餐后甜点。当晚，两人发生关系。二十四日清晨，大出嘉之回到家，拿出存折前往银行，向木岛佳苗的账户汇去四百七十万日元。当然，这一点他母亲并不知情，他害怕母亲知道后会起疑心，甚至阻止他们继续交往。按捺不住心中喜悦的大出嘉之在与母亲的交谈中，透露出想要与木岛佳苗结婚的想法，甚至聊到了想买什么样的戒指以及婚礼应该在哪里举行。从这一天起，他便进入了"准备婚礼"的状态，每周都会有两三天与木岛佳苗约会过夜，自己的模型制作被搁置，他在博客上也开始更新一些与模型无关的内容。

二〇〇九年八月五日十一点二十七分，大出嘉之在博客上留下了人生的最后一段文字：

> ……其实四十一岁的我，最近正准备结婚。今天准备要去见未婚妻的家人，最近也一直在和未婚妻找新房，谈论未来的生活。今晚我们就要动身，开始三天两夜的婚前旅行。结婚后的一段时间里恐怕无法做模型了，但我一定会回来的，

我这一身绝妙的本领不能就这么放弃啊！未婚妻
说让我准备一些点心当见面礼，于是我就去秋叶
原买了两盒……

几小时后，大出嘉之开着租来的车载着木岛佳苗驶向
群马——木岛佳苗对他说，自己的母亲和妹妹都住在群马县
高崎市。在行驶到埼玉县富士见市后，大出嘉之将车停在
一处包月停车场内。二十小时后，大出嘉之被发现死于车
中，而木岛佳苗则不见了踪影。发现尸体的是停车场的管
理人员，因为包月停车场不允许没有签约的车辆进入。警
方随后赶到现场，确认坐在车后排的大出嘉之早已死亡。
现场勘查结果如下：

　　一、大出嘉之身上没有任何搏斗痕迹，死亡
时面容安详；
　　二、车内副驾驶位下有一个炭炉及二十四袋
助燃剂，炉中七块木炭皆有燃烧痕迹；
　　三、车门都已上锁，但车内没有车钥匙；
　　四、大出嘉之的手上没有拿过木炭的痕迹；
　　五、木炭系用火柴点燃，但车内与车体附近
没有发现火柴盒。

警方调取了停车场及沿途监控录像，确认了当晚木岛佳苗的行踪：

二十一时十分，木岛佳苗独自步行离开停车场；

二十二时许，木岛佳苗乘坐出租车回到位于东京市板桥区的家中；

二十二时二十分，木岛佳苗给妹妹发去短信，说"大概四十分钟后可以到你家"；

十分钟后木岛佳苗驾车驶出公寓，在一处便利店停车，后于二十三时五分到达妹妹家。

尸检结果表明，大出嘉之胃中有炖牛肉，体内含有一定量的酒精和安眠药成分；进一步的化验结果表明，安眠药成分来自三种不同的处方安眠药。警方调查发现，当晚木岛佳苗给妹妹带去了自己炖的牛肉，以及从附近便利店买来的六小盒哈根达斯冰激凌，但盛放牛肉的容器内并未发现安眠药成分。在后来的庭审上，检方对木岛佳苗提出指控，认为是她将安眠药混入炖牛肉之中给大出嘉之食用，随后点燃炭炉，制造大出嘉之烧炭自杀的假象。木岛佳苗的律师团提出异议：

一、检方无法证实木岛佳苗曾给大出嘉之吃下安眠药；

二、木岛佳苗制作的炖牛肉中并没有安眠药成分。

检方随后出示了更多证据：

一、木岛佳苗家中的捣料碗和捣料棒上有与大出嘉之体内安眠药成分相同的药剂；

二、木岛佳苗曾在八月初网购过一个炭炉，其品牌、型号与大出嘉之车内发现的炭炉完全相同；

三、大出嘉之车中没有任何旅行装备，而根据大出嘉之母亲的证词，当天大出嘉之曾准备了一袋旅行衣物。

对此，木岛佳苗给出如下解释：

一、大出嘉之患有严重的自主神经功能紊乱，经常失眠。为帮助他治疗，木岛佳苗曾在家为他配制含有安眠药成分的点心，并在他死亡前几天交给他食用，捣料碗上的药剂应当就是那时残留下来的；

二、当天木岛佳苗也坐在大出嘉之的车上，为了两人的安全着想，她不可能主动将含有酒精或安眠药成分的食物提供给大出嘉之；

三、当晚吃饭时大出嘉之曾主动提出要喝酒，并在酒后坚持驾车离开。她曾对此提出抗议，但大出嘉之给了她一万日元，让她自己坐出租车走；

四、离开之前，木岛佳苗曾以大出嘉之没有生育能力为由，与他大吵了一架，并提出分手，或许大出嘉之正是受此打击才选择烧炭自杀。

此时的木岛佳苗仍是"无罪"的，而她早就没有再将全部心思都投入在大出嘉之身上——她早已开始物色新"猎物"。早在二〇〇八年六月到八月，木岛佳苗便在约会网站上先后密集地认识了几名中老年单身男子，其中成为受害者的包括死亡的寺田隆夫、安藤健三，以及两名只被骗钱却未遭害命的"幸运者"——四十九岁的森永和四十七岁的川口。

安藤健三在退休前是一名卡车司机，家住千叶县野田市，丧偶，有一独子，父亲是著名画家，家中有不少遗作。

两人的交往始于木岛佳苗发来的一封信。

安藤先生，您好。

我可以叫您健三吗？这样感觉会亲近些，您也可以叫我佳苗。

请原谅我单刀直入：我很喜欢健三先生，想要和您无忧无虑地在一起。

请您不要误会，我不是轻浮的人，对您也没有什么出格的想法。我是一名看护师，工作内容是照顾老人。在网站上看到您的介绍后，我深深地感觉到，您是一名善良而温柔的男性。与我遇到的大部分老年人不同，您充满着热情洋溢的活力。所以在不知不觉中，我就把您当作了我理想的恋人，还请您不要怪我。

我知道，像您这样的年纪，对您提出身体上的要求是不合适的。不过没关系，只要能跟您有一些肌肤上的直接接触，我就觉得很满足了。如果您觉得合适的话，可以和我交往吗？

从此，两人开始书信往来。大约一个月后，木岛佳苗提出自己正在攻读营养学学位，希望可以从安藤健三那里借五十万日元（约合人民币三万三千元）来缴学费。安藤健三年轻时是卡车司机，并没有多少积蓄，虽然与独子同住一个屋檐下，但两人关系并不好，彼此已有几年时间没怎么讲过话，如今自己只能靠养老金生活。在收到木岛佳苗的借钱要求后，他将自己仅有的五十万日元存款全部汇了过去，并且还以自己的名义从银行借到三十万日元贷款——当然，也都如数交给了木岛佳苗。随后，安藤健三向木岛佳苗发出了一封信，表达想要与她发生关系的意愿。

在这前后，安藤健三曾找到长期给自己看病的医生，提出想要一些能增强性能力的处方药，医生以"会对心脑血管产生过大压力，有生命危险"为由拒绝，但他还是从其他诊所获得了处方单。从二〇〇八年九月开始，安藤健三几乎每个月都会与木岛佳苗外出，进行三四天的旅行，为过夜创造机会，但毕竟年事已高，身体已经禁不住这样的折腾。二〇〇八年十月，两人前往东京迪士尼游玩，经过一个白天的折腾，两人来到园外的一处酒店住宿。第二天一早，酒店服务员发现了倒在地上昏迷不醒的安藤健三，却不见木岛佳苗。经过医院的抢救，安藤健三终于恢复了意识，而他醒来后的第一句话便是："把佳苗找来，我想见她！"尽管儿子和医生都规劝他尽快住院治疗，但老人坚持说不见到木岛佳苗，便宁可死在这里。不得已，儿子用父亲的手机拨通了木岛佳苗的电话，笑逐颜开的安藤健三与木岛佳苗聊过几句之后，才恋恋不舍地挂断电话。

就这样，在二〇〇八年十月至二〇〇九年五月这半年多时间里，安藤健三在与木岛佳苗外出旅行的途中先后昏迷四次，但每次都大难不死，康复而归。因为安藤健三的执意要求，木岛佳苗拿到了安藤家的钥匙。趁安藤健三住院的机会，木岛佳苗将他家中的画作偷出，变卖给画廊和一些私人藏家，并将所得全部私吞。安藤健三发现之后反而认为这都是儿子干的，父子两人的关系更是降至冰点。

二〇〇九年五月初，安藤健三兴奋地拿着一张旅行广告单对木岛佳苗说："咱们一起去京都旅行吧！"木岛佳苗看着那则广告，喃喃自语道："是啊，这可能也就是最后的旅行了呢。"在后来的法庭辩述中，木岛佳苗这样描述当时的心境："我觉得让一个三十岁的女人与八十岁的老人交往是不现实的，我只是想让安藤健三先生的晚年生活充满幸福，尽管他的身体可能已经无法支撑他完成这次旅行，但哪怕这是最后一次，我也想给他留下美好的回忆。"在旅行准备期间，木岛佳苗不停地给安藤健三吹耳边风，"两个人一起手拉着手看着竹林，让你倒在我的膝盖上睡觉，会很舒服吧""我最近在学习按摩，刚刚学会了全身精油按摩，想给您做呢""真的想看看你穿着和服走在京都小路上的样子，一定很帅""旅行的时候，咱们可以一起泡澡哦"，这些话语全都被安藤健三像写日记一样记在了电脑里——他电脑的桌面壁纸就是木岛佳苗的照片。

二〇〇九年五月十五日，这是养老金发放的日子。当天早晨，木岛佳苗来到安藤家拿存折和印章，去银行将一百八十七万日元（约合人民币十二万元）养老金全部取出，其中一百万日元存入自己的账户，其余几十万用来偿付信用卡。十四点三十分，木岛佳苗在照顾完安藤健三后驱车离开。十六点左右，安藤家发生火灾，整栋房子几乎都被烧毁。警方和消防队从废墟中找到了一半身体被烧焦的安藤健三。尸检表明，安藤健三体内含有安眠药成分，而这与木岛佳苗之前获得的处方单上的药品完全一致。除此之外，遗体旁摆放着一个炭炉，警方分析，就是这个炭炉引燃了旁边的纸张，最终酿成火灾。安藤健三死于呼吸道灼伤和一氧化碳中毒，可见在火灾发生时他尚未死亡。与大出嘉之一案一样，引发火灾、产生一氧化碳的炭炉正是当年四月十六日木岛佳苗网购来的。

值得一提的是，安藤健三七十多岁才开始学习使用电脑，用它写日记。而这台电脑的硬盘竟奇迹般地"火里逃生"，完好无损，这也为警方掌握安藤健三与木岛佳苗交往的事实提供了宝贵证据。从安藤健三的态度中可以看出，老人已将木岛佳苗当作自己晚年唯一的生活希望和乐趣源泉。而从发给妹妹的电邮中，警方也发现了木岛佳苗对老人的真实态度，"没想到，这次遇到的老人竟然活在垃圾堆里""老伴去世十年了，没洗过床单被罩，真是看一眼就想吐，更别说替他洗了""享受着比他小了快五十岁的我的照顾，他也不知道找个办法补偿我，这老头真是不开窍""虽然想着他怎么还不死，可也不甘心让他就这么死了，工钱还没付给我呢"……

二〇〇九年九月四日，警方以涉嫌诈骗罪为由对木岛佳苗在池袋的新家进行了强制搜查，将家中的炭炉、安眠药和笔记本电脑全部带走。妹妹曾担忧地问道："姐姐，你是不是牵扯进了什么不好的事？外面有很多对你不利的传闻。"木岛佳苗很不在意，甚至异常冷静，"放心，那不是我干的，你别担心"，说完便大大方方地与妹妹外出就餐。她不知道，自己其实早已成了警方重点监控的目标，在这座她刚刚租下的豪华公寓外面，警方已布置了全天监控，只要她搭电车外出，便衣警察就会与她并肩而坐。

二〇〇九年九月十五日，大出嘉之死后一个月，木岛佳苗在相亲网站上注册了新身份，很快便收到了四十三岁的矢部先生的点赞以及约会邀请。木岛佳苗迅速给矢部回了邮件："矢部先生，您好。我是一名在东京打拼的学生，目前在攻读蓝带厨艺学院甜品专业，因为在东京的公寓马上就要到期，所以我希望找到一位有房产的男性，可以尽快搬到一起住。我的梦想是毕业后开办一家小甜品店，如果您也有兴趣，我们见面详谈，您看可以吗？"

矢部家经营着两家运输公司。十几年前父亲过世，家族无力打理生意，矢部便跟母亲和姐姐商议，将父亲留下的公司卖给别人，换取大笔现金，从此过上靠收取利息生活的清闲日子。多年来，除了钓鱼和驾车兜风，矢部没有其他嗜好，再加上性格内向、缺乏社交，自然也从未交往过女朋友。一个月前，矢部的母亲去世，留下了大笔遗产和一所位于千叶县野田市的大房子。长期与母亲相依为命的矢部非常孤单，所以一接到木岛佳苗的回信便爽快地答应了见面邀请，时间也定得非常仓促，就在第二天——他已经暗暗下定决心，要"与她度过下半生"。

九月十六日，两人约在池袋名店服部咖啡舍见面。

木岛佳苗故技重施，"我从小在日本长大，高中毕业后去美国留学，目前还在那边攻读博士学位，自己是亚洲人，总觉得在那边的日子不如在日本宁静，所以我提出了休学一年的申请，回到日本并报名了代官山法国蓝带厨艺学院。因为跟家人关系不好，所以我的学费需要自己负担。如果您愿意支援我的话，我可以放弃在美国的学业，彻底搬回日本跟您在一起"。矢部对此深信不疑，当即提出可以为她支付学费。木岛佳苗乘胜追击，提出让矢部为她支付搬家费等费用，矢部自然一一答应。第二天，矢部便将两百四十五万日元（约合人民币十六万元）汇入木岛佳苗的账户。

九月十九日，木岛佳苗带着全部家当搬进矢部家。据矢部回忆，木岛佳苗的行李中大部分是厨具，仅法国品牌酷彩（Le Creuset）的珐琅锅就有五个。刚进家门，木岛佳苗便戴上手套开始收拾屋子，前前后后忙活了三小时。从这一天起，木岛佳苗用尽浑身解数，为矢部变着花样制作各种美食，让他每一餐都吃得津津有味。刚刚经历丧母之痛的矢部觉得自己无疑是遇到了来报恩的仙鹤姑娘，或是每天悄悄爬出水缸来给他制作美食的田螺小姐，心满意足地享受着这突如其来的幸福，而木岛佳苗的计划也在神不知鬼不觉地进行着。

最先觉察出异样的是矢部的姐姐。早已结婚的她在和矢部通话的时候，觉察到弟弟最近的情绪有了明显变化，于是在九月二十三日登门造访。为了避免与矢部的姐姐会面，木岛佳苗早早找了个借口外出，留下矢部一个人在家。

姐姐进屋后，发现屋中有明显的女人居住过的痕迹：桌椅和家具整整齐齐，一尘不染；桌上的花瓶插上了鲜花，而且刚刚换过水；母亲生前留下的略显老气的窗帘和桌布也被更换为明亮而时髦的新款；院子里的晾衣架上整齐地晾晒着洗过的衣服。最能说明问题的是原本摆放在客厅里的母亲遗像，早已不知道被收到什么地方去了。凭着女性的直觉，姐姐询问弟弟是不是有了女朋友。矢部也完全没有隐瞒，将两人相识的经过与已经同居的事实和盘托出。

"这个女人是图你获得的遗产吧？"姐姐直截了当地说。

"不可能。我从一开始就没有说过我很有钱。"矢部辩解。

"这还用说吗？你那么爽快就答应给她两百多万日元支援费，再看看你的家，谁都猜得出来吧？"

"姐姐，你这么说佳苗，我很生气啊。"

"你之前一个女朋友都没交过，不知道如何区分女人话里的真假，对方如此轻易就提出结婚，你绝不能答应。"

"那照你这么说，我必须得让女人多甩几次才有资格结婚了？"

"没错。以你的情感经历，初中生都能简简单单地骗走你的钱。"

"姐姐，凭什么我就不能得到幸福？凭什么我这样幸福，你却要拆散我们？"矢部当即暴怒，将姐姐赶出门。木岛佳苗回来后，矢部愤怒而委屈地向她坦白了上面的对话，木岛佳苗也勃然大怒，怪罪矢部为何不经她允许就将自己的事告诉姐姐。气愤至极的矢部当即独自开车来到姐姐家，要求姐姐登门向木岛佳苗道歉，两人当晚便大吵一架。姐姐要求他将母亲的一半遗产尽快划到她的名下，"反正总有一天你的遗产会被那女人霸占，在这之前我要将属于我的那部分拿走"。听到这句话，愤怒的矢部竟然大打出手，踹坏了姐姐家厕所的门，扬长而去。姐姐随即报警，跟警方说自己的弟弟可能会被新交的女朋友诈骗。

第二天，木岛佳苗对矢部说道："反正咱们结婚后家里的钱也要我来管，不如现在你就把钱交给我，我来给咱们的未来打算打算。"矢部爽快地将家中保险箱里的两百万日元现金交给了她。次日，正当矢部和木岛佳苗其乐融融共进早餐时，警察登门拜访，以涉嫌诈骗罪为由要逮捕木岛佳苗。为了保护木岛佳苗，矢部当场与警方发生冲突，甚至直到当晚警方询问他时，仍然破口大骂，要警方立即将她释放。负责办案的老警察将一沓与木岛佳苗有关的案件卷宗放在他面前，让他随意翻看。接下来的几小时，矢部时而皱眉，时而抱头痛哭，时而瘫坐在椅子上……最终，他选择配合警方，将木岛佳苗来到他家后的一切行踪——汇报。

九月二十七日，矢部再次拨通警局的电话，说有重要情况。警方随即赶往矢部家，发现卧室火灾报警器的护网螺丝有被拧动过的痕迹，马上通知了木岛佳苗案调查本部。刑警进一步勘查发现，矢部这间大房子共有七个火灾报警器，外壳都被人取下来过，而火灾报警器内的电线全部被剪断。警方调查了木岛佳苗的电商购物账户，发现她于被捕前两日曾下单买了两个炭炉和一箱木炭，收货地址正是矢部家。

如果姐姐晚一天报警，恐怕矢部此时已经躺在殡仪馆了。

有一点需要说明，矢部从未与木岛佳苗发生过肉体关系。据矢部说，他自己洁身自好，对出卖身体的女性有强烈的憎恶感。所以当木岛佳苗提出来他家住的时候，他首先说明在结婚前不愿发生关系，这是出于对她的信任。木岛佳苗搬入矢部家后，两人始终分房而眠。

五、困兽

木岛佳苗案的开庭次数多达八十三次，前前后后共涉及证人六十三名、预备陪审员四百余人。

二○一二年二月十七日，该案第二十三次开庭。从这天起，庭审进入第二阶段：辩护人对被告人木岛佳苗进行直接问询，辩方答辩。

木岛佳苗的律师团共有九名刑事律师，全部为男性，首席律师是著名的坂根真也。坂根真也是日本律师联合会东京刑事律师委员会副委员长、东京 Defender 律师事务所所长。截止到二○一二年，在八年律师生涯中，坂根真也总共承接了六百三十余件刑事案件的辩护工作，当事人中既有木岛佳苗这样杀人放火的"大恶人"，也有犯盗窃、猥亵等罪行的轻型犯。无一例外的是，找他辩护的人，都拒绝承认自己犯罪。

在辩护律师的引导下，木岛佳苗陈述了自己的成长环境和家庭情况，包括自杀的父亲、与父亲分居的母亲、几名弟弟和妹妹的情况，以及自己到东京后的生活。虽然来到东京后不久，她便从肯德基辞职开始卖身生涯，可她却对卖身一事只字不提，只是说自己在"约会俱乐部"工作。

"在那段时间，有很多非常优秀的男士给我以生活上的援助，为了报答他们，我会和他们约会。"

"那你是用什么样的感情对待他们呢？"辩方律师问道。

"就是像恋爱一样的感情。"

"你的意思是？"

"是的，我会跟他们发生关系，这没什么好隐瞒的，毕竟在恋爱中发生关系是人之常情。"

"那么，他们对你有什么评价吗？"

"他们说从没遇到过像我这样棒的女孩子……"

听到这里，旁听席上的狗仔队仿佛看到了肥肉一般，立刻议论纷纷。

"那些优秀的男客人基本都是通过一位叫竹内的人认识我的，每次约会我会收费十万日元。"

"这样的收入已经相当高，你为什么还要继续在约会俱乐部工作呢？"

"因为和那些地位很高的男性约会，我总是会受到很多称赞。这样一来，我也想试试和普通男性约会，看看和他们约会是什么感觉。十万日元一次虽然是很高的收入，但每一次约会前的准备都很耗费时间。在约会俱乐部里跟普通男性约会，虽然报酬每次只有三万五千日元，气氛却比较轻松。"

"在约会俱乐部里工作是什么感受？"

"仍然会有很多男性称赞我，我非常开心。"

"他们会怎么称赞你？"

"大多数都会说从未见过像我这样的女孩子，很多人会说我的身体发育比普通女性好很多。"

"你为什么要跟这些男性约会？是为了钱吗？"

"不，因为很有趣，我喜欢这样的生活。"

"可你是有男朋友的人，瞒着男友去和别人发生关系，你认为这是对男友的背叛吗？"

"我没有这样的价值观。"

"你提到过在东京曾与一位年长的男性长期交往，但不久后他去世了，可以讲讲这是怎么回事吗？"辩方律师将唯一一起没有被检方起诉为谋杀的死亡事件提出来，目的自然是希望木岛佳苗可以借此说明自己并未杀人。

"在二〇〇五年，我和中野先生相识。他那时接近七十岁，无儿无女，经营着一家二手商店。最初我只是给他当护工，几个月之后，中野先生拉着我的手说喜欢我，想要和我共度余生。因为一直受到他照顾，又见到他那副孤苦伶仃的样子，我就答应了。"

"所以说，你对他的感情其实是一种同情，对吗？"

"是的，我觉得很多老人都值得同情。他们辛苦工作了一生，老来却如此孤独，这也是我想要从事护理职业的原因。"

"那后来怎么样了？"

"两年后中野先生去世了。去世前，我遵照他的意愿，把他账户的钱都转到了我的名下。"

"在那之后，你又去约会俱乐部上班了，这是为什么呢？"

"因为在照顾中野先生的这几年里，我成长了很多，我想要在与男性的交往中找回自信。"

"所谓的'成长'是指性生活方面吗？"

"是的。"

"你已经得到了中野先生的遗产，完全不用从事性工作，为什么不想找个普通的工作呢？"

"没想过。"木岛佳苗几乎是笑着说出的这句话，"不光是我自己的感觉，连周围人都经常对我说，我不是普通的女人。所以，我觉得我无法像普通女人那样过平凡无奇的生活，从一开始我就没有过这种打算。"

木岛佳苗承认曾于二〇〇八年八月对四十九岁的森永和四十七岁的川口实施诈骗，金额共计三百七十万日元，但同时否认谋杀寺田隆夫、安藤健三、大出嘉之的指控，以及其他诈骗或诈骗未遂指控。

……

二○一二年二月二十四日，该案第二十七次开庭审理。这是辩护方对被告木岛佳苗进行问询的最后机会，能否让陪审团对木岛佳苗形成好印象，关乎最终的判决结果。

坂根真也走到木岛佳苗身边，一只手扶着栏杆，开始问询。

"木岛小姐，请你回忆一下与大出嘉之相识的过程。"

木岛佳苗不紧不慢地答道："我和大出嘉之相识于二○○九年七月中旬，那天我在婚恋网站上收到了大出先生的来信。"

"来信是怎么写的？"

"大出先生简单地介绍了自己，然后问我有没有兴趣交个朋友。"

"按照当时的情况，你每天要回很多信件，所以一般来说，当天收到的信息你是不会回复的，为什么那一天你会特意回复大出嘉之先生呢？"

"因为大出先生长相很普通。"

"普通？为什么普通的长相可以让你给他回信？"

"因为在那之前我交往过的男性普遍都很帅，所以我很难下定决心对着那样帅气的脸庞说出'我想跟你分手'，这实在很让人难受，尤其是看到那些男人被我甩掉后痛不欲生的样子，我更加心痛。所以在那之后，我决定找男朋友就要找些长相普通的。"

旁听席上无论男女都发出了难以置信的声音，彼此窃窃私语，"骗人的吧？""凭她那种长相怎么可能？""为什么就没有帅哥追我呢？"法官不得不要求庭内保持安静。坂根真也等庭内安静下来后，继续问道："你说'在那之后'，是指从哪位男性开始？"

"寺田隆夫先生、安藤健三先生、森永先生、川口先生和矢部先生。当然，大出嘉之先生也算在内。"

"可以请你评价下大出嘉之先生的外貌吗？"

"我们第一次见面约会的时候，他穿着运动裤和衬衫就来了，头发也乱糟糟的，是个不修边幅的人。"

"你对男人的外貌要求还是很明确的？"

"是的，虽然我不要求对方是个帅哥，但也一定要干净。"

"之后的发展如何？"

"他的身材就像个雪人，肚子圆滚滚的。虽然是第一次见面，但我很不爽。"

"怎么不爽？"

"他坐在咖啡店里，对周边来来往往的女孩子指指点点、说三道四，比如，女孩子不应该化浓妆啦，一定要经常露出笑脸啊，衣服要适合自己的年龄之类的，显得很失礼。"

"但是据大出嘉之的母亲回忆，他在第一次约会之后，曾经对母亲称赞你。"

"其实从一开始我就觉得大出先生不太对劲，他几乎什么事都可以扯到他的妈妈身上，每次他跟我约会结束之后，都会把细节跟他妈妈说得一清二楚，这很让我难堪。"

"那么，对于大出先生的死，你有什么看法？"

"大出先生并没有像他家人说的那样温顺，我跟他在一起的时候，他经常会动不动就生起气来，尽管不会使用暴力，但有时也会摔摔打打。起初我还会主动哄哄他，但这样的次数多了以后，我越发觉得他很孩子气，索性不理他了。"

"这听起来其实和普通的情侣吵架没有什么区别。在吵架中，你有没有发现什么异常？"

"有好几次我不理他，他会哭着来找我，说如果没有我，他就会去死。他这个人有自杀倾向，人格不健全。"

"在大出先生死亡当天，你和他外出的时候，提起过让他不高兴的事吗？"

"那天我们本来要去我妹妹家，我让他准备一些伴手礼，没想到他竟然买了一些只有御宅族才会喜欢的东西。我很不高兴，但还是在家里给他准备了炖牛肉。我们两个吃过晚饭后开车出去，在路上我跟他表达了我的不满。"

"那他是如何回应的？"

"他情绪很激动，一边哭一边开车。过了一会儿，我也不知道开到了什么地方，他把车子停住，自己生闷气。我看他这个样子，就提出要跟他分手。"

"大出先生答应了吗？"

"他答应了，然后从钱包里拿出一万日元现金，让我自己坐出租车回家，于是我就走了，之后才听说他在车里自杀了。"

"所以说你那时对大出先生的死是不知情的，对吗？"

"没错。但是像他那样不成熟的人，死了也没什么奇怪的。"

坂根真也见时机成熟，便转向法官，用清楚而平静的嗓音说道："法官大人，我认为我的当事人木岛佳苗确实有不检点的一面。她对感情关系的好奇与渴望，让她在追求男性时更希望将自己美好的一面展现出来，也因此导致了她会同时与多名男性交往，并用各种身份、化名掩饰缺乏自信这一事实。对一名年轻女性来说，这其实是再自然不过的事。在当今社会，像木岛佳苗这样靠男性供养来活着的女孩不在少数。我不想触痛社会伤疤，只是想说明，尽管当事人有过一些从男性手中诈骗钱财的经历——这是长期以来的不良作风所致，她会在不经意间形成一种将男人当作金矿的意识——但从对中野先生献身般的照料一事可以看出，木岛佳苗是一位具有良知和爱心的女性。就是因为她对这些男人付出了爱心，在情感上一而再，再而三地迁就对方，才使得他们当中的一些人对木岛佳苗产生了严重的情感依赖。作为一名年轻女性，木岛小姐不可能用自己全部的时间来陪伴他们，她也需要自己的生活。大出嘉之先生视自杀为挽回感情的手段，以此威胁当事人，是不明智的选择，同理，这也是寺田隆夫、安藤健三自杀的主因。也许从道义上讲，木岛小姐对这些男性的死的确负有一定的责任。她在感情上再三迁就，却并不知这样做的后果。然而在法律上，这三位男性都是有自主行为能力的人，应当对自己的行为负责，而不是让木岛小姐既在心理上承受恋人自杀的巨大痛苦，又面临舆论的指责和法律的惩罚。我的辩护结束。"

　　……

　　二〇一二年二月二十七日，该案第二十八次开庭审理。之前一直在公诉人席上静静看着木岛佳苗大打"温柔忍让女性牌"的检察官们披挂上场，准备开始质询。一名中年男性检察官走上堂前，开门见山问道："木岛小姐，请问你为何要跟大出嘉之先生分手？"

　　"因为吵架。"木岛佳苗没有看他，双目直视着法官身后的无穷远处。

　　"仅仅是因为他买的东西不合你的胃口？这可不像你之

前树立的那个宽容的形象啊。"

"其实也并非因为他买东西的品位，具体的我不能说，跟性有关。"说到后半句，木岛佳苗有意放慢了语速。

"之前你一直把这些词摆在嘴边，怎么今天倒说不出口了？这不会是你现场瞎编的吧？"检察官的声音突然放大，把在场记者和旁听群众都吓了一跳。

"因为大出嘉之他去按摩店嫖娼，我无法跟这种不干净的人结婚。"这一招显然没能吓到木岛佳苗，她依然用普通的口吻回答。然而，尽管语气很平和，她这个回答显然没有经过慎重考虑，检察官马上就发现了一个漏洞。

"你说他嫖娼所以不干净，那么在妓院里卖淫的你难道就干净？"他不等木岛佳苗作答，怒气冲冲地接着说道，"编故事也要编得用心一些吧？你难道忘了自己曾经卖淫的事？"

木岛佳苗的脸已经完全涨红，也许是谎言立即被识破的缘故，又或是因为自尊受到严重打击，她尽量克制住激动的情绪，平静地说道："我工作过的地方是约会俱乐部，不是妓院。"

"约会俱乐部只是个幌子，你在那里收了钱，然后跟客人去开房，本质上与卖淫有区别吗？"

"那是我和客人情投意合才发生的关系，并不是卖淫。"

"你管那种关系叫情投意合？你会在一周时间里与十几

个男人情投意合吗？你的情投意合也太廉价了吧？"

"那不一样！我跟大出嘉之先生的关系是以结婚为目的的交往，跟那些男人只是随便玩玩。结婚和随便玩玩，找的对象当然不同。"

"如果你把大出嘉之当作结婚对象，那怎么会在二〇〇九年七月十三日到八月初这短短三周时间里，在婚恋网站上给一百零三名男性发送邀请对方见面约会的信息？"检察官把一摞打印出来的文档摔在木岛佳苗面前的桌子上，里面是在与大出嘉之相识、约会、同居直到大出嘉之死亡的这段时间里，她和其他陌生男性往来信息的记录。

这一手也许是辩方从未想到过的，辩护席上很多律师的眉头都皱得紧紧的。但木岛佳苗似乎对此不以为意，轻描淡写地说："因为大出嘉之并不能满足我。找几个男人排解一下，这也无可厚非吧？之前也说过，我并没有贞操之类的观念，所以即使我想和大出嘉之结婚，这也不妨碍我跟其他男人往来。反倒是您的思想也许过于保守，让我吃了一惊。"

木岛佳苗俨然是在挑衅。

在这之后，木岛佳苗更加不把这位中年检察官放在眼里，但凡来自他的质询，基本都是以"没有"或者"不知道"作答。

接下来，检察官们从各种角度来质疑她"有爱心""能宽容别人"的形象，而木岛佳苗的态度也始终没有变化，依旧是高高在上、轻蔑消极地回应。

一天的质询接近尾声，那位中年男性检察官再次站了起来。

"木岛佳苗小姐，尽管中野先生并不在本案受害者范围之内，我还是想请问一下，根据你的证词，他在临终之前给你留下了七千六百多万日元遗产，对吧？"

"没错。"

"看到他垂死时的样子，你有什么感受？"

"没什么特别的感受，就是觉得这个老头子终于要死了啊。"

庭内安静得吓人。

旁听席上的听众无疑对这样冷血的回答表示震惊。

"在那两起诈骗案中，你用向受害者发信息的方式实施诈骗，请问你在给他们发信息时又是怎样的感受？"

"我没什么感受，不记得了。"

"能够给自己制定那么详细的行动时间表的人，是不可能记不住自己把钱骗到手时的感觉吧？"

"硬要说的话，应该是……想哄他们高兴吧。"

"随随便便就可以对别人撒谎，你这样扭曲的价值观是什么时候形成的？！"检察官愤怒地问道。

"不知道啊。"木岛佳苗幽幽地回道，说完，嘴边微微浮起了笑容。

"被告！你为什么笑？"

"因为你一直想要恫吓我。"

木岛佳苗脸上的笑意没有收起，反而更增加了几分轻蔑。

质询结束之前，中年检察官问道："木岛小姐，尽管今天我们在质询中用了一些比较尖锐的措辞，我们的本意其实并不是要贬损或者攻击你。你可以理解吗？"

木岛佳苗并没有马上作答，她眼皮低垂，稍微沉默了一会儿，之后缓慢地说了四个字——"不能理解。"

……

二○一二年三月五日，该案第三十二次开庭。

检方派出了一位年轻的女检察官。

女检察官首先出示了大出嘉之死前一周内与木岛佳苗的短信往来记录，以及他博客上的更新内容。在这些资料记录的内容里，他们俨然是一对马上就要结婚的新人——起码大出嘉之一直是这么想的。

"木岛小姐，几天前你在法庭上说过，你与大出嘉之相识后便常常吵架，对吧？在这些短信里为何没有一点争吵的迹象？"

"我不知道。"

"一般来说，情侣间吵架至少会在一段时间里生彼此的气。即便不在短信中流露出生气的意思，也不至于每条信息都浓情蜜意，这是人之常情。在你和大出嘉之先生的往来短信中，我们只能看出你对他其实相当满意，有很多条短信都是在直接称赞他。这与你之前受审中所谈到的从一开始就觉得他不对劲，似乎无法很好地吻合。"

"我也记不清了，可能当时真的不生气吧。"

"我们先放下这个问题不谈，再来说说大出嘉之先生死亡前的情况。照你所说，大出嘉之先生给了你钱，让你自己坐出租车回家，对吧？"

"是的。"

"那么，根据你乘坐的出租车司机的证言以及车辆运营记录，你坐上车的时间事实上与警方推断大出先生死亡的时间几乎重合，也就是说，在你走后没多久，大出先生就去世了。对此，你有什么要说的吗？"

"我没什么要说的。"

"有一个细节我想请教。根据尸检报告，大出先生体内含有大量安眠药成分。既然木岛小姐是最后一个见到大出嘉之先生的人，请问你看到他服用安眠药了吗？"

"我想起来了，那天晚上他停下车，威胁我要自杀时，确实拿出了一大把安眠药，放在嘴里嚼碎咽下去了。"

"但是根据处方单记录，我们只在你名下发现了几张安眠药处方，大出先生并未从医生那里领过类似的处方单，且在大出先生体内检查出的安眠药成分与你的处方单中的相同，对此你如何解释？"

"那是因为大出先生的性格比较内向，不喜欢去医院，所以都是我替他去的，我用自己的名义替他取得处方单。"

"那好，如果大出先生当着你的面大口嚼服了安眠药，我们还有几个疑问。如果他是嚼服的，那么在口腔里应该会有一些安眠药残留，然而我们并没有查到。"

"也许是他喝水漱口了，这个我也不知道。"

"这样一来，现场应该有盛水的容器或饮料罐之类。我们对现场四周五十米范围内进行了勘查，车中没有水瓶，周围空地上尽管有几个饮料瓶，但上面都没有大出嘉之先生的指纹。请问你在车上的时候，车里有任何饮料瓶吗？"

"我不记得了。"

"那么，大出先生的安眠药又是装在什么地方的呢？"

"我不知道，他只是突然拿出了一把药片，那药之前好像是装在什么袋子里的。"

检察官微微一笑，接着说道："木岛小姐，请允许我梳理一下你到目前为止的陈述，并将你的陈述与我们拿到的法医鉴定结果逐一比照。第一，大出先生的死亡时间与你乘出租车离去的时间前后相差约半小时。确切地说，你坐上出租车半小时后，大出先生死亡。第二，根据你提供的信息，大出先生吃下大量安眠药片后，给了你现金，你随后离开。但是，我们在车里并未发现水瓶和装药的袋子，大出先生的衣兜没有装过安眠药的痕迹，嘴里也没有药片残渣。因此可以推测，他早在你说的时间以前就吃下了安眠药。第三，大出先生死于一氧化碳中毒，车内放有一个炭炉，门窗紧闭，这是本案最大的疑点……"说到这里，检察官有意停顿了一下，木岛佳苗此时正歪着头，望向天花板，一副很不耐烦的样子。"车是用电子钥匙锁住的，但车里没有钥匙。而且我们都知道，拿过木炭的手会变黑，大出先生的手上可没有一点木炭粉末的痕迹。"

"他可能是戴着手套拿的木炭啊。"

"那么，还有一件事希望木岛小姐给我们解释一下。在车中我们发现了用来点燃木炭的火柴，当然，火柴上也没有指纹，但是，火柴盒却消失了。"

"那我就不知道了，可能被他扔了吧。"

检察官脸上的笑容更加坚定了："好的。如果木岛小姐所说全部属实，那么我们想象一下，大出嘉之先生死前都发生过什么。他先是嚼了一把安眠药，然后戴上手套喝水——若非如此，饮料瓶上一定会留下指纹。他在车里布置了炭炉和木炭，再用火柴点燃。然后，他需要找一个地方，将饮料瓶、药袋、手套和火柴盒全部处理掉，再回到车上。但是别忘了，他的车门是用钥匙锁住的，他坐进车里先用钥匙锁门，再昏昏睡去迎接死亡。且不说吃下的安眠药能否让他在十分钟左右便昏睡过去，单是车钥匙为何会下落不明这一点就无法解释，对吗？如果电子钥匙在车内，那么即便将车锁住，车里的人也可以在不开锁的情况下，将门打开或是发动引擎后将车窗降下。相反，如果电子钥匙在车外，那么一旦车被锁住，车内的人既不可能打开车门，也不能发动引擎、升降车窗。从现场情况来看，只有电子钥匙掉落在车外或是被什么人拿走，才可能出现大出先生被锁在车内静待死亡的情形……"

"反对！检方在用无根据的推测诱导陪审团！"辩方律师团大声说道。

"法官大人，这是根据现场勘查情况结合被告陈述进行的合理解释。"

"反对无效，控方请继续。"

"谢谢法官大人。大出先生的这部车在车门打开的情况下是无法上锁的。因此我们可以认定，当这部车子从外面被锁住的时候，车中的炭炉、木炭都已经准备好，并且木炭已经被点燃，大出先生也已经在后座坐好等待死亡。在车被锁住前，有人将水瓶、药袋、手套、火柴盒以及车钥匙都拿走了，这个人显然不能是大出嘉之本人，那会是谁呢？"

女检察官用一个疑问句结束了质询。

六、审判

二〇一二年三月十二日，上午九点，该案第三十四次开庭。

根据法庭程序，这一天将由主检察官对被告木岛佳苗提出所有指控及量刑建议。前文出现过的那位中年男性检察官起身宣布："被告木岛佳苗策划并实施了三起诈骗、谋杀案，一起盗窃案，三起诈骗未遂案。她因一己私利，编造谎言，捏造事实，利用并伤害多名男性，甚至夺去了三名受害者的生命……"在长达四小时的陈述中，检察官一一阐述了木岛佳苗涉案的经过及细节。最后，他总结道："被告实施以上犯罪行为完全出于自私和贪婪，她扭曲的价值观及对生命的漠视，使她在杀害三名受害者后，不但没有丝毫悔过，反而继续铤而走险。从警方调查结果及被告庭审表现来看，被告不具备任何反省之态度，也无改过自新之主观想法。因此，本案不存在任何从轻处罚的余地。作为公诉一方，我们建议法庭判处被告死刑。"

木岛佳苗站在被告席上，没有一丝表情。听到法官宣布闭庭后，她穿上外套，在法警的押送下，一言不发地离开了法庭。

第二天，辩护方提出最终辩护意见。比起检方前一天时长四小时的陈述，由九名律师所组成的辩方律师团显然做了"更充分"的准备。在长达七小时的辩护时间内，辩方律师团派出五名律师，对检方呈交的所有证据提出质疑，认为其中完全没有涉及能够证明木岛佳苗参与杀人的直接证据。换句话说，警方手中所有与杀人案有关的证据都是状况证据，即只能用推理与合理性判断论证木岛佳苗参与杀人可能性的证据。辩方律师提出，按照无罪推断原则，任何存疑论证都应以被告人无罪为前提。检方对于现场无法解释的现象以及证据消失等情况的推断，皆以木岛佳苗是真凶为前提，可见检方在此案中存在不公正行为。

坂根真也律师说道："经过近七十天的庭审，我们见到多达六十名的证人出庭，深知这起案件对于司法公正的意义。我们并未从检方提供的资料中看到任何能说明被告人木岛佳苗杀人的直接证据。因此，我的当事人与这些男性之死并不存在直接联系。我们承认被告确实存在一些浮夸的行为。被告在博客上发布各种美食制作心得，其中一些甚至是在那些男性死亡前后发布的，因而被检方用来说明其缺乏同情心。但如果你可以体谅被告人的心情，那么这一切也就很容易理解了。她被如此多的男性伤害过，失去过自我，找不到自身存在的价值。只有在自己的世界里，她才能感受到快乐和生活的意义。因此，我的当事人才会努力去厨艺学校学习，让自己变成一个内心丰富的人。指控这样一个热爱生活的女性蓄意杀人，是不可想象的。我们认为，本着无罪推断的原则，在检方无法提供直接证据之前，应当宣布我的当事人木岛佳苗小姐无罪。"

法官请木岛佳苗做最终陈述。

木岛佳苗缓缓走上证人席，低下头。全场一片肃静，所有人都屏气凝神。

过了一会儿，木岛佳苗抬起头，脸上挂着两行泪水，她用几乎哽咽的声音轻柔地说道："直到站在这里回顾过去的人生，我才意识到自己的价值观是完全错误的。我与异性的关系过于复杂，还编了那么多谎言来掩饰自己真实的生活，在此我表示深深的反省。在与律师朝夕相处的日子中我逐渐明白，过去的生活方式和思考事情的方法都是错误的。在这里我要向一直热心帮助我、支持我、替我辩护的律师们表达深深的谢意，也请你们继续支持我、守护我。这次的事件也给了我一个可以对自己的所作所为进行反思的机会，让我可以冷静地反省一下自己的过去，看清自己的错误。但是，我没有杀害寺田先生、安藤先生和大出先生。我要说的就是这些。"说完，木岛佳苗转过头走回被告席，之前的泪水已经完全消失，神情仍是一脸木然。

法官宣布休庭。

……

二〇一二年四月十三日，法庭宣判日。

距离第一次开庭，已经过去了整整一百天。

上午九点二十五分，法庭内全体起立，大熊一之法官宣布如下判决结果：

被告木岛佳苗利用婚恋网站发布不实信息，以此与多名男性取得联络，并以认真交往为借口诈骗大量钱财，此后不但没有偿还诈骗所得之意识，反而对受害者实施谋杀，实属重大凶恶之犯罪，影响恶劣。

本案之受害者皆对被告抱有结婚或保持长久恋爱关系之憧憬，在如此信任被告的情形下被被告以冷酷的方式夺走生命，其痛苦可想而知。被告亲手准备木炭和炭炉等杀人工具，可见其在谋杀方案的设计与执行过程中是何等冷酷。考虑到受害者家属的愤怒及丧失家中重要成员的悲痛，必须对被告严加论处。

为了让自己的计划可以顺利实施，被告每每将受害者置于无法反抗的境地，在受害者死亡前离开犯罪现场，伪装自己与犯罪行为并无关联，由此可以看出被告强烈的杀人动机及狡猾之个性。因为没有正式收入，也无任何正当工作，为了维持奢侈的生活方式，被告不惜铤而走险，通过婚恋网站榨取金钱，利欲熏心。

被告无情地践踏着那些对她抱有纯真想法之受害者的无辜生命，且在短短半年时间内以残忍恶劣之手段先后杀害三人，可见被告对他人无比宝贵的生命是何等轻视。

在法庭审理过程中，被告宣称自己具有独特的价值观，并进行了诸多不合理辩解，甚至出言不逊，依此判断，被告目前不具备任何真正的反省意识及改正错误之意愿。

作为夺取他人之生命、抹除他人之存在的手段，死刑自然是冷酷的，也是我们极力想要避免的。但是，对被告木岛佳苗来说，这是唯一的选择。

本庭判决：被告人木岛佳苗，死刑。

木岛佳苗在证人席上站了许久，没有任何动作。听完判决后，她轻轻地向法官鞠了一躬，转身走回被告席，拿起桌上自己带来的笔记本和资料袋，向旁听席微微点头致意，离席退庭。

当天下午，木岛佳苗提起上诉，理由是控方证据不足。

二〇一三年十月十七日，东京市高级法院再一次开庭。

辩方提出无罪辩护：检方所提出之全部证据皆为间接证

据，无法证明被告人有罪；三名死者的死亡原因皆无法排除自杀和失火之可能；被告是否能够被确定为罪犯还存在许多合理的质疑空间。

二〇一四年三月十二日，东京市高级法院做出裁判，维持原判。辩护律师团当天提出上诉。

二〇一七年四月十四日，最高法院做出最终裁判：维持原判。

长达十二年的审讯，至此终于画上了一个句号。

追记

其实，木岛佳苗犯案的对象不全是男性，也有女性。

二〇〇七年，通过交友网站，木岛佳苗认识了一位住在大阪的医师夫人，并向她发出了一封自我介绍信：

> 您好，我叫真条寺茜，出身北海道名门，毕业于札幌一所著名女子大学的音乐系，除了能弹奏一手专业级的钢琴，我还在兼职做美食节目的制作人。因为被家里强迫相亲结婚，我不得已才逃了出来。我理想中的对象应该是在医疗行业工作的，为了能给将来的丈夫提供一个舒适的生活环境，我目前也在一家名媛进修学校上学。
>
> 我给夫人您写这封信，是希望您能够允许我去您家做女佣，让我一边工作一边上学。如果您不需要女佣，也请让我在您家暂时先住下，如果您的先生可以为我介绍合适的对象，我将不胜感激。

就这样，木岛佳苗几乎是"强制性地"让这位医师夫人交下自己这个朋友。在她的要求下，医师夫人为她介绍了大阪当地知名的整容医生，对方还为她做了下颌部分的抽脂手术。为了打入名媛社交圈，木岛佳苗恳求医师夫人带她一起参加当地富婆的小茶会，得到了很多富婆的联系方式。在这段时间里，她密集地购买了大量爱马仕包。

通过茶会，木岛佳苗认识了一位正在学习油画的女性。在她的强烈要求下，该女性答应给她画一幅画像，而木岛佳苗则提出要求：一定要把她画得像正常人的身材一样瘦。一个月之后木岛佳苗看到了画像，可画中人还是偏胖，她非常不高兴，两人也闹得不欢而散。

当然，木岛佳苗自然不会放过在这个圈子里挣钱的好机会。她谎称自己的亲属都在国外，可以帮助大家投资海外证券和房地产。怀着试一试的想法，有几名富婆先后给她的账户汇入了总计一千万日元（约合人民币六十六万元）的资金。木岛佳苗拿出其中一部分发还给这些富婆，说是投资的收益，而其余大部分资金则被她挥霍一空。

大约三个月后，因为不健康的饮食习惯，木岛佳苗抽脂后的下颌再次恢复了原貌。她找到之前那位整容医生，要求做一次全身抽脂。医生说她的体脂率太高，全身抽脂可能会危及生命，要她先回去减肥，等体重降到一百公斤以下再来做手术。

就这样两个月过去了，木岛佳苗的体重不仅没有降低，反而继续增长。

从此，木岛佳苗便消失在这群富婆的社交圈里，留下了许多尚未兑现的借据。

群马少女失踪案

群馬少女失蹤事件
主犯：大久保清
事件の発生時間：１９７１年
事件現場：群馬県
死亡者名：津田美也子、老川美枝
川端成子、佐藤明美、川保和代、
犯行方法：殴り、パンティースト

熱別之章

保冷の死刑執行

殺人 最後まで反省みせず

、井田千恵子、
村礼子、鷹嘴直子
キングで絞め殺す

群马少女失踪案

主　　犯：大久保清

案发时间：1971 年

案发地点：群马县

死　　者：津田美也子、老川美枝子、井田千惠子、川端成子、
　　　　　　佐藤明美、川保和代、竹村礼子、鹰嘴直子

作案方法：殴打，用丝袜、毛巾等物勒死

在日本战后"三大连环杀人魔"里，大久保清可能是事端败露得最快的一位。他在短短两三个月里，连续在同一地区作案，性侵并杀害多名女性。这一事件反映出当时的日本年轻人普遍缺乏防范意识，同时也令人不得不琢磨：这个其貌不扬、前科累累的中年人，何以能在多次犯案后依然屡屡得手？

一

一九七一年三月到五月，群马县频频发生女性失踪事件，一时间人心惶惶。失踪女性多达十余人，且均是年龄在十六至二十一岁之间的妙龄女子。

仅警方记录在案的失踪女性就有八人：

津田美也子，十七岁，高中生，三月三十一日失踪于群马县高崎市；

老川美枝子，十七岁，服务生，四月六日失踪于群马县高崎市；

井田千惠子，十九岁，县政府临时职员，四月十七日失踪于群马县前桥市；

川端成子，十七岁，高中生，四月十八日失踪于群马县伊势崎市；

佐藤明美，十六岁，高中生，四月二十七日失踪于群马县前桥市；

川保和代，十八岁，日本电报电话公司职员，五月三日失踪于群马县伊势崎市；

竹村礼子，二十一岁，公司职员，五月八日失踪于群马县藤冈市；

鹰嘴直子，二十一岁，女佣，五月九日失踪于群马县前桥市。

案发地点全部集中在群马县前桥市周围。

一九七一年五月十日凌晨一点，群马县藤冈市一名叫作竹村光雄的男性向警察局报案，自己的妹妹竹村礼子五月八日十八点外出，至今未归。警方查阅记录后发现，市里并未发生交通事故，也没有相关报案记录。警察局值班人员将失踪信息传达给当地派出所，而派出所却认为，这就是一起简单的离家出走事件，仅仅派巡逻车在管片内巡查了两小时，一无所获。

竹村光雄放下电话后，心中隐隐有一种不祥的预感，于是带着家人在藤冈市内到处寻找，一夜未睡。凌晨六点半，就在找了一整夜准备回家时，在一家银行门口，竹村光雄看到了妹妹的自行车。他记得很清楚，昨日傍晚妹妹跟家人说有个美术教授想让她当模特，约她见面聊聊，尽管家人反对，但她还是骑着这辆自行车出了家门。竹村光雄没有声张，在一旁悄悄藏了起来。直觉告诉他，在这里静静等着，就能发现妹妹的行踪。

上午九点半，一辆马自达汽车停在了银行门口，一名男子从车里走出，戴上手套，开始仔细擦拭妹妹的自行车车把。"不好，这个人要抹掉指纹！"想到这里，竹村光雄直接走上前去，用尽量平静的口吻问道："不好意思，请问这辆车是您的吗？"男子见竹村光雄外套上有"竹村制作所"的字样（这是竹村光雄家开办的工厂，以自家姓氏命名），慌忙说了句"不好意思，我还有事"，回到车上加足马力离开了。

"群马55な285""马自达Familia Rotary Coupe M10A"，竹村光雄牢牢记住了车牌号与车辆型号，并拨通了报警电话。县警交通大队马上查阅资料，证实这辆马自达汽车的主人名叫大久保清。十点二十分，群马县警方出动搜查队，搜查大久保清的户籍登记住址，并未发现其行踪。大久保清的双亲告诉警方，他们并不知道儿子最近几天的情况。警方联系到大久保清的妻子大久保浩子，她正准备与大久保清离婚，已经回到了涉川市的娘家。大久保浩子说，在提出离婚后大久保清依然缠着她不放，多次登门要带她回去。两人最后一次见面是五月三日，那之后就没了他的消息。

竹村光雄回到家中，立即组织起工厂的工人、朋友、邻居甚至同行，到下午便凑齐了五十来个人和十几辆车。众人穿梭于藤冈市附近的各条街道，当天二十三点，终于在群马县西部安中市的一处加油站外发现了大久保清和他的汽车。可惜，众人穷追不舍了十分钟，还是被大久保清甩掉了。

二

大久保清，一九三五年一月十七日生于群马县高崎市，祖父是学校工作人员，父亲大久保市次郎是日本铁路火车司机，生有三儿五女，大久保清是第三子。他的祖母是俄国人，在日本做艺人。母亲阿信十岁时便到大久保家当童养媳，二十岁时正式嫁给父亲。大久保市次郎行为不端，经常跟邻家女性纠缠不清。曾经也有怀了孕的女性找上门来，但都被阿信赶走。受不了丈夫常常出轨，阿信曾多次尝试自杀。在这样的环境里，儿女似乎成了大久保夫妇维系关系的唯一纽带。

大久保清的大哥在一九三五年因传染病去世，二哥口齿不清，脑子也不太好用，所以大久保夫妇自然对三子宠爱有加，以至于直到大久保清三十六岁被逮捕时，父母还在用"宝宝"呼唤他。

一九四一年，大久保清进入小学。同年十二月，日本偷袭珍珠港，长达四十四个月的太平洋战争爆发。具有一部分俄国血统的大久保家因为长相与日本人不同，开始受到旁人歧视，大久保清在学校也无心学习，成绩始终处在中下游。他的小学操行记录上写道：大久保清，活泼，爱说话，不爱学习，不善思考，全部科目都很糟糕。一九四五年，二哥被征召到朝鲜。其间，父亲大久保市次郎与二儿媳有染，以致父子决裂。复员回家后，二哥与妻子分居，并逐渐与妻子的闺密熟识。一九四六年，二哥与妻子离婚，并与妻子的闺密再婚。同年，大久保清升入六年级。在一个下午，他带着邻居家七岁的小女孩来到附近的麦田，扒掉小女孩的裤子，向其下身塞石子。女孩家长当晚来到大久保家评理，但母亲阿信撒谎说整个下午大久保清都跟自己在一起，这事不是他干的。小女孩拿出大久保清的手帕继续指认，阿信连忙改口说道："这是小孩子过家家呢，别太认真啦。"事后也并未责备大久保清。

升入中学后，大久保清旧习不改，不爱学习，油嘴滑舌，性格越来越古怪。

他的中学操行评语这样记载：

社会性：善于言谈，哄骗低年级学生很在行，在同年级学生中没有信用；

明朗性：看起来很活泼，但性格中隐藏着阴暗的一面；

成功性：聪明，做事容易上手，但无法得到他人支持；

判断力：经常意气用事，缺乏判断力；

情绪安定度：不安定，经常无法控制情绪；

自信感：无法表达出正常的思绪，缺乏自信；

利他性：只有当对自己有利时，才会对他人施以援手；

群体协调性：很少能完成别人拜托的事；

领导能力：不听指挥，同时自己对周围人又没有信服力；

责任感：经常无法完成自己分内的任务；

宽容度：脾气急躁，对他人不宽容；

独立性：对自己的事情也不加思考；

业余爱好：看漫画、杂志；

创造性：喜欢摆弄机械制品。

一九四九年，日本国有铁道大改革，铁路系统大减员，父亲和二哥被裁。一家人为了谋生，回到农村种地，同时开始在黑市做小买卖。次年，大久保市次郎又打起了二哥新媳妇的主意，以致二哥与第二任妻子分居。

一九五二年，大久保清来到东京市板桥区，在一家电器商店打工，不久因在女澡堂偷看被抓，随后被解雇。

一九五三年，回到故乡的大久保清在自家开了个小店铺，专修收音机。但好景不长，因为缺乏资金购买零件，他去同行店里偷材料，被抓后进了警察局，由大久保市次郎出面赔偿店家损失后才被保释出来。

这是大久保清人生中的第一个犯罪案底，这一年他十八岁。

一九五五年七月十二日，大久保清穿着黑制服裤子、白衬衫、戴学生帽，打扮成大学生的样子，在前桥市跟一位从伊势崎市来的十七岁少女搭讪。两人聊了很多与音乐、电影和登山相关的话题，十分投机。随后，两人一起来到前桥公园，坐在长凳上继续聊天。突然，大久保清一把将少女摁倒在长凳上，打得她满脸是血，并拉扯她的头发，将她强奸。很快，他被警方逮捕。念在是初犯，法庭从轻发落，判处了他十八个月有期徒刑，缓刑三年。回到家后，阿信还安慰他："女人都不是好东西，全是狐狸精。我家宝宝一定是被那些坏女人给骗了，没关系，以后小心点就是啦。"

同年十二月二十六日，距上一起强奸案宣判还不到一个月，大久保清再次犯案。当天下午两点四十五分，他在前桥市的一个公交车站跟一名十七岁的高中生搭讪，"我骑摩托送你回去吧？"随后将少女带到一片松树林，同样先是一阵猛打，再准备强奸。幸运的是这名少女拼死抵抗，最终侥幸逃脱。

法庭判处他加刑两年。

一九五七年二月，大久保清进入松本监狱服刑。两年后，因服刑表现尚可，得以提前出狱。

一九六〇年，正值日本轰轰烈烈的学生运动的高潮阶段。以革命家形象出现的左翼大学生领袖尤为受年轻女生的景仰。大久保清利用这一机会，也开始穿着军靴、牛仔裤和美军M65外套，戴着白手套，打扮成左翼学生运动家的模样，在前桥市的咖啡店里专门寻找女大学生下手。没过几天，他便与一名二十岁的女大学生搭上了话，两人聊着"打倒帝国主义""还民众自由"等话题，不知不觉到了晚上，大久保清邀请这位姑娘回自己家接着聊，一进房间便不由分说地压到她身上。女生被吓得大声尖叫，趁闻声赶来的大久保父母闯进来的空当成功逃跑。之后女生和父母一起来到大久保家，大久保夫妇愿意提供赔偿，女方同意不提起诉讼，大久保清逃过一劫。

一九六一年一月，自称"大四学生佐藤清司"的大久保清偶然在书店遇到时年二十岁的女大学生柴田浩子。柴田浩子是一位文艺女青年，每天都会在书店待上一阵子。大久保清投其所好，不时来书店制造偶遇，之后更是不断邀请她去咖啡厅坐一坐。但因为柴田浩子此前没有与男性交往过，所以一直拒绝他的邀请。

三月十九日，大久保清死说活说终于把柴田浩子请到了咖啡馆，两人聊诗歌、聊登山，突然，大久保清提出要与她进行以结婚为前提的交往。柴田浩子答应了，但提出一个要求：两人必须在柴田家见面，不能在外面。之后，大久保清常常来到柴田浩子家，在她家人的陪同下谈天说地。即便偶尔有外出，柴田浩子也会叫上朋友一起去。大久保清从未向柴田浩子提过自己有前科，即使不久之后柴田浩子偶然发现了大久保清的真名，他也想办法糊弄了过去。

一九六二年五月，大久保清和柴田浩子结婚，柴田浩子更名为大久保浩子。在一年的交往时间中，两人连手都没有牵过。

第二年，大久保清的长子诞生。

这一年，大久保清用"谷川伊风"的笔名，自费出版了诗集《颂歌》。诗集共收录诗歌二十二篇，其中有一篇是这样写的：

　　　　继续燃烧吧

　　　　火红的太阳照耀着那片古老的国土

　　　　他乘着被称为忧郁的雪橇

　　　　奔驰在永远的旅途上……

　　　　大自然给他指了一条阴暗的路

　　　　他燃烧的心也变得阴沉……

　　　　他的旅伴是那惨死的女孩

　　　　他向她索吻

　　　　她却对他冷若冰霜

　　　　但即便是这样孤独而漂泊的旅途

　　　　他还是继续寻找着自己的生活

　　　　继续着永远的旅途

　　　　和深爱着大山的你一样

　　　　我开始步行

　　　　这是我的路！

　　　　一边这样想着

　　　　我一边不断前行

两个人的邂逅是那么短暂、那么梦幻

即使依依不舍

但我还是把那回忆装进了代表逝去的箱子中

我亲爱的你

永别了

　　一九六四年，二十九岁的大久保清将夫妻二人的房子改成一家店铺，做起了配送牛奶的生意。大久保清经常谎称"给日本共产党做地下工作"或者"支援成田斗争"，连续外出几天，其实是去搞外遇。在这段时间里，虽然夫妻间的争吵多了起来，但大久保浩子还是在第二年为大久保清生下了一个女儿。

　　一九六四年六月三日，大久保清抓住了一个偷空牛奶瓶的小孩，随后把小孩家长叫来，要求对方赔偿两万日元（约合人民币一千三百元）。在小孩家长进行了赔偿之后，他改口说还需要七万五千日元的封口费。小孩家长不愿被敲诈便向警方报案。警方以涉嫌"敲诈勒索未遂"的罪名将他逮捕，之后他被判处了有期徒刑一年，缓刑三年。大久保浩子这才发现大久保清有如此多的前科。同时，小孩家长开始在邻里散布大久保清的敲诈行为，以致牛奶店生意骤减，濒临倒闭。生意惨淡的大久保清，此时却贷款买了一辆贝雷特汽车，并在车里放上贝雷帽、稿纸和诗集。

不用多说，这次他又打算以诗人的身份去作案了。

一九六六年十二月二十三日傍晚，他在安中市与一名十六岁少女搭讪，得知对方住在高崎市，要开车送她回去。之后他在河堤上忽然停车，在车内将其强奸。

一九六七年二月二十四日晚，他在高崎市碰上了一位以前就相识的二十岁的女学生，同样提出送她回家，还是在同样的河堤上，一边掐着女孩的脖子一边强奸了她。女孩很快报案，由于他仍在有罪判决的缓刑期内，所以法庭这次取消了缓刑，直接判处他入狱四年零六个月。一九六七年七月七日，大久保清被关进东京府中监狱。

一九七一年三月二日，大久保清刑满出狱，时年三十六岁。他回到家，妻子大久保浩子不在家中，只留下了一张离婚协议书和寥寥几言的信。妻子对他一直以来隐瞒自己前科的事感到愤怒至极，无法忍受他长期以来的外遇及恶劣强奸行为，因此提出离婚，这段时间先搬回父母家去住。

三月五日，大久保清以要开一家卖室内装潢用品的店铺为由，向父母要来一笔钱，购买了马自达新款高档车Familia Rotary Coupe M10A，并让店家配了三个备用轮胎、一个汽油桶和适量汽油。随后他开车来到美术用具店，买了贝雷帽、调色板、画笔，又在书店买了《死魂灵》和《电子二极管电路设计指南》两本书，放在副驾驶座上。

　　从这一天起，大久保清便不断去妻子父母家，劝妻子回心转意。

　　他对大久保浩子的感情颇为耐人寻味。一方面，他是在街头撩拨女性、油嘴滑舌的花花公子；另一方面，他又在妻子面前竭力伪装成一个上进青年。也许最初和大久保浩子接近时，他还是想借机下手的，但一年交往下来，他甚至连手都没敢牵过，大概他是真的在大久保浩子身上看到了"重塑自我"的可能性吧。

　　大久保清从小娇生惯养，经常意气用事，无法控制情绪，结合自私而又口蜜腹剑的性格不难推断出，他对喜欢的事物应当有着异乎寻常的占有欲，想要的就一定要得到——不计后果。也许是父亲的遗传或受父亲行为的影响，他的情欲十分强烈。又或者他有的并不是情欲，而是占有欲和控制欲。在一次次强奸女孩的过程中，他的心理得到了满足，同时又为下一次犯罪增添了动力。从医学角度看，已经结婚生子的男人还能频繁实行强奸犯罪，这种情况并不常见。科学研究表明，男性在有了小孩后雄性激素会骤减，性兴奋频度和攻击性显著下降，最直接的表现就是性欲下降，违法犯罪行为减少，责任感上升。如果不考虑大久保清有着令人难以置信的亢奋性欲的话，他实施这些强奸行为的心理需求很可能是远远大于生理需求的。

　　也就在此时，大久保清渐渐露出了自己最真实的一面——杀人狂魔。

他开始"狩猎"。

一九七一年三月三十一日，大久保清出狱。他开始往自己的新车里放入画笔、颜料、稿纸、调色板、小说甚至电子电路专业书籍，伪装成一位集诗人、画家、文艺爱好者等身份于一身的电子工程师。几周后，他开车来到群马县高崎市车站前，约一名十七岁的女高中生见面。没想到对方还带了三名同学，人多不便下手，他只好找个借口说改天再约。俗话说，贼不走空。大久保清顺势在火车站附近和路过的女性搭话，"您好，我是一名画家，您有兴趣当我的人体模特吗？"但并没有人理他，他只好作罢，停下车走进火车站候车室休息。

忽然，他看到了一名年轻女生。

女生名叫津田美也子，刚刚从多野郡过来。多野郡是个仅有两千人口的小镇，坐落于山中。十七岁的津田美也子也没见过什么大世面，天真纯朴，听说这位大叔要开车带她兜风，还给她画像，便愉快地答应了。车奔驰在国道上，大久保清温情脉脉地跟少女聊凡·高，聊马蒂斯。他自称渡边哉一，二十六岁，刚从瑞士留学回来，是名画家，在前面榛名山顶的榛名湖畔有间画室。津田美也子立刻被眼前这位"高富帅"迷住了，抑制不住兴奋，求他带自己去玩。大久保清加大油门，车子向榛名湖畔驶去，此时是三月三十一日二十一点三十分。

榛名湖位于榛名火山口，是五万年前火山喷发后形成的火山湖，类似长白山天池。这里秋天的景色确实很棒，不过并没有什么画室。大久保清一边开车驶向山顶，一边物色作案地点。不久，车子停在了山顶附近的一处休息点，他从自动贩卖机里买了三瓶可乐、三瓶芬达，跟津田美也子说先喝点饮料休息休息。待她喝完可乐，大久保清忽然把副驾驶座位放倒，津田美也子半推半就地跟他发生了关系。过了一会儿，津田美也子似乎突然想到了什么，说道："给我看看你的驾照。"大久保清没办法，只好把驾照拿了出来，上面的姓名、年龄当然和他所说的完全不同，津田美也子继续逼问："你真的要带我去画室吗？"大久保清不得不坦白，一切都是编出来的，他不是什么画家，更没有什么画室……"你以为我是乡下来的就好骗，是吗？想得美！我哥哥是检察官！跟我去警察局！"津田美也子愤怒地吼着。大久保清刚刚刑满释放，可不想这么快就回到牢里，二话不说，抡起拳头便将津田美也子的鼻子打出了血。津田美也子连忙打开车门，一边大喊救命一边跌跌撞撞地逃跑，可还没跑出一百米就被撂倒，脸朝下摔到了地上。大久保清将她翻过来压在身下，津田美也子连忙求饶："对不起，我说哥哥是检察官是骗你的，我不会报案的，求求你饶了我吧！""一般人吹牛都会说家人是警察，谁会说家人是检察官？去死吧，臭女人！"大久保清恶狠狠地说着，照着津田美也子的胸口一阵猛捶，随后用双手死死掐住她的脖子，等到他回过神来，津田美也子已经死了。这是他第一次杀人——他完全没有想到会这样。匆忙之间，他用车上的工具挖了一个深约六十厘米的坑，把自己的外衣、鞋袜和津田美也子的尸体一起放了进去，匆匆掩埋。自此，他的车上常备着一双长筒靴和一把军用折叠铲。

事后警方调查发现，津田美也子根本没有哥哥。

第二位受害者的遇害时间是在津田美也子遇害一周后的四月六日。

这天十八点十分，大久保清把车开到高崎市北的高崎站，他约了一位女服务生在这里见面。说来也巧，在杀死津田美也子后的第二天，四月一日十九点左右，大久保清在从前桥市开车返回高崎市的路上，遇到一名招手想要搭车的年轻女性。女孩名叫唐泽富子，二十二岁，上车后跟大久保清聊了没几句，竟主动提出要去开房，事后还给他留了电话号码。四月六日，大久保清打电话给唐泽富子，想要见面，她爽快地答应了。两人在北高崎站见面后，直接奔赴一家汽车旅馆。

两小时后，大久保清问她："下次什么时候约你出来？"

没想到唐泽富子冷冷地回答说："不知道。我还得陪别人呢。"

"你这是什么意思？"

"因为我已经有老公了啊。"

"骗人的吧？你老公是货车司机吗？"

"是警察。"

听了这话，大久保清面色铁青，一言不发启动了车子，带她来到一处建筑工地。在一片黑暗中，他扭过头问："你老公真的是警察？"唐泽富子看不到他的表情，依然轻蔑地笑道："你怕了……"还没说完，衣领便被大久保清抓住，挨了四记狠狠的耳光。"你他妈干什么？"唐泽富子吼了一句，打开车门就要走。大久保清紧跟着又是一拳，将她打倒在地，从后面揪住她的头发往地面上猛砸，再用右臂勒住她的脖子……之后，他把尸体推到了路边工地里的沟渠中，藏在已经铺设好了的下水管道里。

事后调查，女孩其实名叫老川美枝子，年仅十七岁，并未结婚。

五天后，四月十一日十六点三十分左右，大久保清在路上截住一名十九岁的少女，"我对你一见钟情，有时间的话请上车，我带你去兜风，想跟你好好聊聊"。女孩同意了，两人在群马县来回转了四小时。获得女孩信任后，大久保清把车开到榛名山的山路，找了个机会突然扑到女孩身上要强吻。女孩想反抗，但双手被抓住了。大久保清威胁说："我可是柔道四段，不听话的话，我就给你些颜色瞧瞧。"女孩被吓得完全不敢反抗。晚上，他把车开到了安中市的一家情人旅馆，强行拉着女孩进屋发生了关系。事后，他威胁女孩不许报警，放她走了。

又过了一周，四月十七日十八点，大久保清来到前桥市的群马县县厅办公楼前，接在县政府当临时雇员的井田千惠子下班，这已经是他们第五次见面。之前四次，两人是在美术馆、书店和咖啡馆度过的。他跟井田千惠子说，自己叫渡边哉一，二十九岁，毕业于武藏野美术大学，是一名中学美术教师。两人当天的计划是去轻井泽兜风。路上，大久保清一边开着车，一边跟井田千惠子聊散文诗和自己已出版的诗集，十分得意。二十点三十分，他们到达轻井泽，在车站附近草草吃过晚饭，回到车上发生了关系。就在大久保清暗自得意时，穿好衣服的井田千惠子突然说道："你是不是大久保清？"大久保清一时被吓得说不出话。"你有前科，刚刚出狱，有妻室，有孩子，你不是中学老师，对不对？"井田千惠子一脸得意，"在办公室我已经把你的底细调查清楚了，说实话，我很吃惊，但我其实还是想跟你在一起。不如你带我去你家，跟你家人和妻子讲清楚。"大久保清心里万分矛盾，完全不知如何是好，只好一边假意答应，一边思考对策。他确实想要有一种长期的亲密关系，但又无法接受这个女人知道他如此之多不为人知的秘密，他极力想装成一个"好人"，可井田千惠子又实在太聪明……不知不觉，车子来到了之前提到过的那个工地。二十三点，他突然停下车，一把掐住井田千惠子的脖子。井田千惠子拼命挣扎，跑出车外，很快又被追上。大久保清故技重施，将她勒死，并将尸体藏到了下水管道。

奇怪的是，他在井田千惠子的尸体上放了一张稿纸。

阿尔卑斯的溪谷

盛开着石楠花

回忆起来吧

我们说过的那些话

在曲折的山谷中

藏着你的墓碑

树梢上传来的歌声

是令人心碎的葬礼

——曾经的谷川伊风

十二小时后，四月十八日十一时许，大久保清来到伊势崎车站，他约了一名高二女生在那儿见面。女生名叫川端成子，十七岁，就读于伊势崎市的一所高中。

三天前，四月十五日，大久保清在街上与她偶遇，邀她去喝咖啡。他自己也没想到，两人的关系进展得出乎意料地顺利。川端成子答应跟他去兜风，之后一起去了情人旅馆。大久保清有些"受宠若惊",所以事后买了三双丝袜送给川端成子,还把她送回家。在车上,大久保清说自己是邻镇太田中学的英语老师渡边哉一。

十八日这天,接到川端成子后,两人先去了伊势崎市东边的桐生市,一边喝咖啡一边听音乐,之后又横穿群马县来到轻井泽。路上两人聊起日本音乐和欧美音乐的对比,还有民谣的演变等话题。大久保清顺便打听了川端成子家人的职业,川端成子说:"我爸在派出所工作,之前你带我去开房的事,我可是随时可以告你强奸哦……"

二十一点二十分左右,车子停在了河边的采砂场。

"你真的要告我强奸?那把我送你的丝袜还给我!"大久保清气恼地说。

"还你就是了!"川端成子也毫不示弱,说完便直接脱掉袜子丢到他脸上,大久保清气得直接扇了她一个耳光。川端成子开门就跑,但车外是采砂场,地面凹凸不平而且松软,所以很快就被大久保清追上,并被刚刚脱下的丝袜勒死。大久保清在河岸挖了个将近一米深的坑,将尸体埋了进去。就这样,二十四小时里,大久保清亲手结束了两条人命。

事后调查显示,川端成子的父亲是公司职员,并非警察。

警方调查到的第五名受害者,名叫佐藤明美,十六岁,高一学生。

　　两人第一次见面是在四月十一日下午。大久保清对在公交车站等车的佐藤明美说:"我是一名刚刚转行来的中学老师,咱们交个朋友吧,以后常联系。"但佐藤明美只给他留了电话,并没有跟他走。第二次见面是在四月十四日,大久保清带她去兜风,去旅馆开了房,事后拿出一千日元,说:"给你的零花钱,拿去买丝袜什么的吧。"四月二十七日,两人再次去了情人旅馆。晚上在回家路上,佐藤明美说:"我用之前你给的一千块钱买了三双丝袜,白色和肉色的还没穿,但是黑色的破掉了。"大久保清又拿出了一千日元,"多买几双也没事。"佐藤明美接过钱,说道:"那就(でも Demo)不好意思了啊。"大久保清错将"でも Demo"听成了"デモ Demo",这两个词发音相同,但意思完全不同,后面这个词的意思是"demonstration",即游行示威,于是对佐藤明美说:"可别参加游行啊,会被警察抓走的。"未承想佐藤明美回答说:"没关系,我爸爸就是警察,专门负责取缔游行活动……"

　　车子再次来到了高崎市的建筑工地……

　　大久保清颠三倒四、结结巴巴地对佐藤明美说:"我那个啥……我吧……最最讨厌的就是警察,你知道为什么吗?因为我一直……一直在骗你,吓死了吧?我骗你什么呢?我是有前科的人。前科懂吗?我强奸!我还杀人!我不能被警察抓住！对，不能被抓住。所以呢，你跟我下车。"说完，他便走下车，拉开副驾驶一侧的车门，连拖带拽地把她弄了出来。佐藤明美被吓得边哭边发抖，大久保清说道："你可别怪我心太狠啊，好吗？别怪我啊。实话跟你说，我现在准备弄死你，听懂了吗？我要弄死你，就现在，你别怪我啊，真的别怪我啊。"

佐藤明美大哭道："对不起，对不起，我撒谎了，我爸爸不是警察。你别多想，真的，真的对不起……"大久保清不管那一套，挥起拳头将她打晕，随后用车上准备好的毛巾将她勒死，把尸体拖到准备填埋水泥的沟里，并用土盖住。

三位生前互不相识的妙龄女子就这样被同一个杀人狂埋在了一起。

大久保清那近乎偏执的性格，会将别人随意的一句话在内心无限放大，进而让自己陷入"杀人—抛尸—寻找新目标"的死循环。而在寻求性伙伴的过程中，他也逐渐摸出了门道：从最初的强奸到后来的你情我愿，他的控制欲慢慢从"在身体上征服对方"过渡到"让对方在行为和语言上服从自己"，一旦女孩子在言语上稍有冒犯，他便无法控制怒气。从他选择的假身份来看，无论是革命家、美术教授还是中学老师，其实都反映了他潜意识里"希望处于统治地位"的信号。井田千惠子的悲剧也能说明这点，即便她已经完全服从，但她同时也戳穿了大久保清营造的假象。大久保清的戏演不下去了，只好将她杀害。井田千惠子不明智的选择最终招致了杀身之祸。其实，他的骗术并不怎么高明，外形也不出众，但"胜在"巧舌如簧，善于把握女性心理。他是一个"成功"的骗子，从一九七一年三月三十一日到四月二十七日，短短四周时间，便有五名花季少女被他骗去了性命。

一周后，五月三日十六时许，大久保清驱车来到伊势崎市日本电报电话公司（NTT）门前，今年刚刚被NTT录用的新职员川保和代已经在门口等着他。

川保和代生于伊势崎市的一个普通家庭，高中毕业后直接进NTT当了业务员，时年十八岁。这是他们第二次见面。第一次是在咖啡馆，大久保清和她搭讪，谎称自己是桐生中学英语老师渡边哉一，两人聊了聊西方文学和音乐，随后一起驾车兜风，并在前桥市的一家情人旅馆里发生了关系。这一次大久保清带着川保和代去轻井泽兜风，十九点左右，两人到达了山顶附近一家名叫"日出"的情人旅馆。在回来的路上，川保和代突然问道："其实桐生中学根本没有渡边老师这个人，对吧？"大久保清没有答话，川保和代又问，"好像你刚被释放没多久吧？"大久保清的手心不禁微微出汗。川保和代一边说着，一边开始摆弄起大久保清车里的东西。突然，井田千惠子的照片从副驾驶的储物箱中掉了出来。

"喂，这是谁啊？好漂亮啊！告诉我她住哪儿，好不好？"

大久保清有一搭没一搭地搪塞着。二十二点四十五分，车子再次来到了高崎市内的那处建筑工地，而川保和代也没能逃出生天，尸体被藏进了下水管道。

五天后，五月八日十七时三十分，大久保清来到藤冈市，本文开篇谈到的竹村礼子登场了。大久保清谎称自己是名画家，需要人体模特，约竹村礼子在那天来谈谈具体的报酬和时间。两人原本计划去高崎市的翌桧咖啡馆，但由于停车场车位已满，只得换到前桥市的田园咖啡馆，可这里又没有空位，几经辗转，最后选择了伊势崎市的小恋人咖啡馆，此时已经是十九时。两个人在咖啡店吃了几块蛋糕，一边喝着咖啡一边聊着绘画、登山、音乐这些让文艺女青年兴趣盎然的话题。二十一点左右，竹村礼子提出该回家了，但大久保清执意挽留："再陪我去兜兜风嘛。"

心肠软的竹村礼子坐上了大久保清的车。

噩梦开始了。

二十二点，大久保清把车停到了安中市郊区的一片桑树林，熄火关灯，把手搭到竹村礼子肩上想要强吻。竹村礼子拼命抵抗，大久保清大怒，抬手给了她一巴掌，而竹村礼子也毫不退缩，大喊："我爸爸可是刑警！你要敢图谋不轨，我就告诉他！"这话显然再次激怒了大久保清。最终，竹村礼子被大久保清用从她身上扒下的内裤勒死，尸体被埋在桑树下。

竹村光雄虽然智勇过人，顺利帮警方将犯罪嫌疑人锁定为大久保清，却再也无法挽救妹妹的生命。

第二天，五月九日十九点左右，大久保清又约了鹰嘴直子在前桥车站见面。也许是前一天竹村礼子以死相抗，最终没能让他发泄兽性的缘故，这次约会安排得十分仓促。鹰嘴直子，二十一岁，在前桥市的一户富裕人家当女佣。这已经是她和大久保清的第七次约会了。两人相处时间比较长，鹰嘴直子为人又直爽，因此大久保清并没有使用假名，也没有编造假身份，唯一隐瞒的是自己强奸和杀人的前科。两人驱车赶往群马县西部的安中市。鹰嘴直子抽着"Hi-lite"香烟，不断轻佻地把烟吹到大久保清脸上，半开玩笑地问："我说，你最近才从监狱里放出来吧？"大久保清也不说话，照着她脸上就是一拳，继续向妙义山的方向开去。途中恰逢经过一处林中的停车带，鹰嘴直子让大久保清停车，自己开始宽衣解带，向大久保清道歉，提出跟他做爱以示和好，随后两人在车上发生关系。事后，鹰嘴直子再次点上一支烟，追问大久保清前科的事，大久保清没有回答。

车子全速冲过妙义山山头，向山下奔去。

二十一点三十分，大久保清把车停在一处荒废的农田旁。感觉气氛有些不对的鹰嘴直子说道："你可别乱来啊，刚才有人看到我上了你的车哦。"大久保清忽然破口大骂："臭娘儿们，你敢威胁老子！"左手按住尚未起身的鹰嘴直子，右拳雨点般落了下来，一直打到她昏死过去，随后用裤袜将她勒死。在这几个受害女性中，鹰嘴直子可以说是与大久保清最为熟悉的，却也仅仅因为一句话，就给自己招来了杀身之祸。次日凌晨一点，大久保清在田里挖了个大坑，将鹰嘴直子的尸体掩埋。与此同时，竹村光雄向警方报告了妹妹失踪的消息。

八小时后，大久保清前往竹村礼子失踪的现场销毁指纹证据，被竹村光雄撞个正着，随即驾车逃走。竹村光雄组织朋友和亲戚追踪。到五月十二日，加入竹村光雄"民间搜索队"的车辆达到了七十辆。五月十三日十八时三十分左右，他们终于把大久保清的车围困在了县厅前桥市的一个路口。大久保清企图逃脱，先后撞毁了前后四辆车，又尝试弃车，但最终还是被愤怒的搜索队俘获。随后，藤冈市警察局以涉嫌猥亵罪为由，于一九七一年五月十四日凌晨两点十五分正式拘捕大久保清。

警方用吸尘器对大久保清的车辆进行了彻底的搜查，并从垃圾中发现大约两百根人类毛发，分属头发和阴毛；之后挨家挨户地拜访报案说家人失踪的居民，收集失踪者穿过的内裤和用过的梳子，采集到两千多根毛发，在显微镜下一一比对。从毛鳞片、截面形状、染发烫发痕迹、发质受损程度等方面分析后，最终确定大久保清车中的两百多根毛发分属八名女性，又参照那两千多根毛发样本，确定了八名女性的身份。

被捕之初，面对警方的质询，大久保清始终只用一句"我不是人类，是没心没肺的冷血动物，别浪费时间了"来搪塞，但经过八十天如此纤毫必争的调查，他的心理防线逐渐崩溃。一九七一年七月初，在被关押了近三月之后，他终于交代了杀人的犯罪事实，指认了多处杀人现场。警方先前从他的外套缝隙里发现了一根五厘米左右的头发，经过显微镜观察，这根头发没有毛鳞片，应该是假发。七月二十五日这天，警方带着大久保清找到了这具戴着假发的高度腐烂的女尸。包括这具女尸在内，在各处抛尸现场发现的女尸基本都是全裸状态，大久保清交代，这是因为害怕尸体被金属探测仪找到，所以在抛尸前脱去了受害者的全部衣服，当作普通垃圾丢弃到了其他地方的垃圾桶里。大部分受害人都是被勒死的，没有大量出血，因此这些衣服也没有引起垃圾回收人员或拾荒者的注意。

一九七二年四月一日，东京医科齿科大学的中田修教授、帝冢山大学的小田晋教授、上智大学的福岛章教授以及一桥大学的稻村博教授，一起对大久保清进行了反社会型人格障碍和精神鉴定。半年后，鉴定结果显示：大久保清在作案时有明确的杀人动机，完全了解采取暴力手段伤人致死的后果，所选择的杀人手段也充分反映了他有着十分清晰的杀人抛尸思路，因此具有完全行为能力，应承担完全刑事责任。

在监狱里等待审判的这段时间，大久保清开始阅读尼采、叔本华的著作，写下了一些长诗和批判政府的文章。一九七二年十月，他的狱中日记《诀别之章》出版发行，书中包含了他与记者大岛英三郎的往来书信及写给父母的信件。看过本书的评论家下川耿史认为，他在文章中大量使用了复杂、晦涩的词语，诗作冗长，情感过于敏感。虽然是接近四十岁的人写的东西，看起来却颇有中学生写作的感觉，比如下面这一段：

> 我恨女人，我也恨警察。我恨警察的原因是他们永远只听原告的，从来不理会我的解释。我恨女人是因为其实都是你情我愿的通奸，最后她们却诬告我强奸。就因为这个，我两次被冤枉，关进了监狱。
>
> ……
>
> 我其实本来是不会说谎的人，但是因为总是被别人背叛，总是被警察调查，还进过几次监狱，结果就慢慢学会了说瞎话。

我被父母厌恶，被女人欺骗，被社会抛弃，
所以才堕落到了绝望的谷底。所以，我决心抛弃
我人类的血液，我要成为冷血动物，然后对这个
冰冷的社会复仇。我要杀很多很多的人，让我的
父母和这个社会看看，绝望的人到底是何等痛苦。

根据大久保清的口供，一九七一年三月二日至五月
十四日，他总共搭讪女性一百二十七人（车辆里程表显示，
这段时间他每天都要开车行驶至少一百七十千米），全部是
外表看上去在十六到二十二岁间的年轻女子，其中被骗上
车的有三十五人，发生关系的有十八人，死亡的有八人。
他的搭讪手法十分简单，无外乎先谎称自己是美术教师或
小有名气的画家，再开出诱人的条件，告诉对方给他当模
特可以获得五万日元（约合人民币三千三百元）报酬，若
画作卖掉，还会再给对方十万日元作为谢礼。这个数目已
经相当于东京白领一个月的工资，为此心动的人不在少数。

一九七三年二月二十二日，前桥市检察院提起公诉，
建议判处大久保清死刑。他本人对全部杀人指控供认不讳，
放弃上诉，法庭当庭宣判大久保清死刑。一九七六年一月
二十二日，大久保清在东京府中监狱被执行绞刑。死刑宣
判后仅仅三年便执行是相当少见的，与他几乎同期作案的
另一位连环杀人魔胜田清孝，一九八三年被捕，一九八六

年被宣判死刑，直到二〇〇〇年才执行。

死刑执行当天，东京正值冬天，气温零下四摄氏度。

一般来说，在死刑执行前一天监狱会通知犯人，并照例在当晚准备一餐"断头饭"——在中国也有同样习俗。然而由于东京府中监狱与群马县检察院的交接失误，府中监狱在执行前一天并未通知大久保清，所以这天清晨狱警和检察官走进牢房对他说了一句"报出你的犯人编号、姓名和出生日期"之后，床边的大久保清立马全身瘫软，一点一点滑向地面，嘴里喃喃地说不出一句整话。两名狱警只好进来将他架到绞刑室，在这短短的几分钟路程中，大久保清脸颊涨红，两眼充血，双腿不住地哆嗦，失禁的小便顺着裤腿流了一地，最后竟瘫在绞刑架上。典狱长对他说："还有什么要留下的话吗？有就请赶快说吧。"他只是不停地摇头，而当一名狱警用布蒙住他的眼睛后，他又突然开始大喊"南无阿弥陀佛"……

一九七一年在群马发生的这起连环杀人案，以及一九七二年同样在群马发生的极左翼"日本联合赤军"集团杀人案，凶手处理尸体的方法都是埋尸，以致群马警方在破获案件时需要不停地到处挖坑。仅大久保清案，参加尸体搜索和户籍调查的警员便超过三千名，挖掘现场五千多处，从此群马警方就有了"挖坑警察""鼹鼠警察"等外号。受大久保清案件的影响，从这一年开始，马自达汽车在群马县的销量急剧滑坡，直至现在，群马县马自达汽车购买率在全日本仍是最低的。而在群马县各大交通枢纽和娱乐场所，一段时间也出现了很多以"要不要给我当美术模特"为理由跟年轻女性搭讪的男子……

大久保清的双亲因为不堪舆论攻击，在事后搬离并拆毁旧宅，那里至今仍是一片荒地。

无论看到什么

我也不会有所感觉

无论听到什么

我的心也不会为之震颤

无论被别人怎么谈论

我听到了也觉得那与我无关

啊！

我的心空空如也

哦！

这里只有一个孤独的人

歪坐着

脸上露出扭曲的笑容

——谷川伊风（大久保清）《诀别之章》

关光彦

市川灭门始末

関光彦市川一家殺害の始末
主犯：関光彦
事件の発生時間：１９９２年３月５
年３月６日
事件現場：千葉県市川市柳沢宅
死亡者名：柳沢順子、柳沢照夜、
柳沢宇海
犯行方法：電線で首を絞める、ス

十少ヵ少的

1992

沢功二、

关光彦市川灭门始末

主　　犯: 关光彦
案发时间: 1992 年 3 月 5 日—1992 年 3 月 6 日
案发现场: 千叶县巿川巿柳泽家
死　　者: 柳泽顺子、柳泽照夜、柳泽功二、柳泽宇海
作案方法: 用电线勒死、刀杀

　　一九九二年三月六日上午九点十分，千叶县葛南警察局行德派出所接到一通从船桥市的一家杂志社打来的电话，报警人说："社长今天没来上班，从昨天晚上开始，情况就很奇怪，请问能不能去他家里看看？"

　　放下电话，警员随即赶往社长家，刚到房屋门口，便听到里面传来一个男人的喊叫声："臭娘们，你想死啊？！想死我就宰了你！"为了不惊动屋中人，警察取道邻家阳台，从外侧翻进社长家的阳台。眼前的场景触目惊心：客厅地板上摆放着几具早已断气的尸体，一名身材高大的男子正抓着一个女孩的脑袋往墙上撞，另一只手紧握着一把沾满鲜血的菜刀……

　　四名警察迅速冲进屋里，控制住持刀男子，救下已经精神恍惚、身负重伤的女孩。现场共有四具尸体，分别是被救少女八十三岁的奶奶、三十六岁的母亲、四十二岁的父亲以及四岁的妹妹。

被救少女年仅十五岁。

行凶男子也不过十九岁。

他的名字叫关光彦。

一九七三年，关光彦出生于千叶县松户市的一个工薪家庭，从小喜欢体育，刚刚学会走路便到游泳学校练习游泳。一九八〇年，关光彦的外公患上重病，为继承外公的家业，关光彦的父亲带着全家从相邻的松户市搬到东京市江东区，用外公的资产买下一所公寓，开始了新生活。

有了这笔横财，关光彦一家的生活瞬间奢侈起来。关光彦的父亲购入了豪车，又买了很多奢侈品，染上了赌马的嗜好，对家族企业毫不上心，导致经营每况愈下。看着老父亲一手打造起来的事业被丈夫如此漫不经心地经营着，关光彦的母亲又气又急，然而却又没办法。按日本的规矩，女人接手家业是很罕见的，若非家中无男丁，女人很难成为家族领袖。父亲也因母亲碍手碍脚的管束很不自在，夫妻关系急剧恶化。据关光彦回忆，有很多次父亲都把母亲的脑袋按进装满水的浴缸。不仅如此，父母还会迁怒于家中的孩子，父亲经常让他们到楼道里罚站，或是不由分说地把他们暴打一通；母亲在遭受家暴后也会时不时地把委屈发泄到孩子身上，一言不合便会扇一个耳光。

　　孩子们唯一的快乐时光，便是周末可以去外公外婆家玩上两天。

　　外公以经营鳗鱼饭馆为生，那原本只是一家小馆，经过外公几十年的打拼，如今已经在东京各地有了多家分店，年销售额十亿日元（约合人民币六千六百万元）。最初，外公十分信任女婿，但看到女婿的所作所为后，再也无法安心让他接班。外公外婆虽然很喜欢关光彦，却已与他父亲极少往来。这样的日子大约持续了一年，母亲终于无法忍受父亲的暴力虐待，带着两个儿子回了娘家。原以为丈夫会就此回心转意，可一个月过去了，丈夫根本没有到老丈人家道歉的意思。坐不住的母亲向家中邻居探听父亲的动向，却得知他早已在外面跟一名陪酒女同居，从不回家。这下母亲心灰意冷，搬出娘家，在附近的葛饰区租了一所简陋的公寓，与两个儿子相依为命。

　　为了满足年轻陪酒女的种种要求，换取欢心，父亲卖掉豪车，从饭馆支取了大量现金，同时向高利贷公司借钱。可公司的经营状况不佳，即便从公司偷钱，也偷不出多少。很快，父亲就断了财路，根本无力偿还数额高达一亿多日元的高利贷。不久之后，家中便常有黑社会来讨债，陪酒女也跟父亲断绝了联系。百般无奈之下，父亲只好将外公分给他的一家分公司抵押给高利贷公司，并恳求债主去自己妻子和岳父那里清算其余债务。外公没办法，只得赔上苦心经营一生的事业，才勉强让女儿和外孙躲过黑社会的骚扰。

这件事之后，父母选择离婚。而关光彦也开始过上家徒四壁的生活，到小学四年级，家里甚至还没有写字台，只能把纸箱堆起来写作业。他的朋友也越来越少。从这时起他明白了一个道理，都是因为父亲，原本和睦的一家人才变得如此狼狈，一颗憎恨父亲的种子就此埋了下来。

小学五年级，父亲想要复婚，变本加厉地跟踪、威胁母亲，母亲只好带着兄弟二人连夜逃到千叶县，隐姓埋名，关光彦随之转学。新学校要填写"家庭联络表"，每位学生要写下自家电话，关光彦只能说家里没有电话，引得全班哄堂大笑。不久，关光彦成了同学口中"又脏又臭，从贫民窟来的小孩"，被大家孤立，甚至被欺负。一般人会认为，在学校里霸凌他人的学生身体应该十分强壮才对，可事实偏偏相反。小孩子间的欺凌靠的往往并非肢体暴力，而是群体性的孤立。这种软暴力并非"谁打你，你就去拼命"那么简单，往往极难摆脱。关光彦从小擅长游泳，是班里最高的学生，身体十分强壮，却偏偏被大家孤立。据他自己讲，在看到一个被同学欺凌的小学生跳楼的新闻后，自己也想过自杀。

升入初中，运动神经发达、身体发育格外良好的关光彦同时加入游泳、棒球、空手道等课外活动小组，取得了不错的体育成绩，在同学中小有人气，到初三还担任了班长。而他身边的朋友却开始带他一起抽烟喝酒，交往社会青年。这时家里的经济状况已逐渐好转，母亲觉得要想儿子顺利成长，还是需要一个真正的父亲的，于是开始和前夫见面，邀他常来家中做客。她并不知道，关光彦对父亲的憎恨从未消失。

临近毕业，关光彦在街上被一辆失控汽车撞伤，右腿和肋骨骨折，因为手术没能参加毕业考试，也就丧失了申请公立高中的资格。一直擅长运动尤其是棒球的他，将目光转向了一些棒球成绩突出的私立高中，希望凭借努力在高中棒球队一展拳脚，成为职业棒球选手。然而现实是严酷的，因为伤病影响，他在入学技术测验中落选，只得转投垒球部。可他又时常透露出对没能加入棒球队的遗憾，发表一些嫌弃垒球部的言论，结果被前辈们用衣服罩住头狠狠地揍了一顿。从此他心灰意冷，彻底远离了运动，在社会青年的影响下，经常跟"朋友"一起"截钱"——在街上盯住落单的学生，打劫他们的零花钱。对方若是叫人来复仇，便会应约去打群架。他开始旷课、逃学，夜不归宿，混迹街头。偶尔回家，母亲稍有说教，关光彦便会对她拳脚相向。

暴力人格的形成与青少年时期家庭的影响是分不开的，这一点在关光彦身上体现得很明显。自己明明是家庭暴力受害者，却逐渐形成了残暴的性格。

当然，此时的关光彦还有着纯真的一面。有一天他在街上闲逛，见到几个不良少年正纠缠一名女孩，强拉着她去"玩一玩"，便冲上去将他们打跑。仔细一问，原来女孩比他大一岁，正在上高三。不久，两人开始交往。每天下课，关光彦都会准时出现在高中，陪她一起步行回家。女孩也一直以为关光彦是一位为人正直的好青年。可惜好景不长，关光彦在街头的名气越来越大，很快传到女孩所在的学校。女孩父母知道女儿正在跟不良青年交往，于是趁放暑假的机会将女儿安置在农村老家，阻止两人见面。年轻气盛的关光彦在一天早晨拿着菜刀冲进女孩家中，威胁她父母说出女孩的下落，否则便杀了他们全家。接到报案后，警方迅速逮捕了关光彦，以"非法持有管制刀具"的罪名对他进行起诉。在法庭上，法官念他是初犯，判处他在家禁闭两月。因为这件事，关光彦被私立高中正式开除了学籍。

为了离开家独立生活，关光彦开始去搬家公司打工，学骑摩托和开车，去外公的鳗鱼饭馆送外卖，学烤鳗鱼。晚上他便到夜总会当服务生，结识一些混迹风月场的女孩，慢慢地自己也开始向往那种纸醉金迷的生活。在外公店铺里当学徒看似有一种"少掌柜体验生活"的感觉，实则却并非如此。因为身份仍然是学徒，所以每月工资仅有几万日元，这显然不能支持他过上想要的生活。一天晚上，趁店铺打烊的当口，关光彦去收银台偷走了当天的全部营业收入一百二十万日元。发现账目不对的外公调出监控录像，发现偷钱的竟是亲外孙，大发雷霆，当即叫关光彦来家里训话。可他毕竟年事已高，一气之下高血压发作，吃了药便早早躺下休息了。关光彦来了之后见外公正躺在屋里静养，恶向胆边生，"我踢死你这个老不死的"，一脚下去，外公的左眼被踢瞎，面部严重骨折。

十八岁的关光彦正式被扫地出门，成了街头的一名混混。

此时距他犯下灭门血案还有大约一年的时间。

虽然正式成了一名社会青年，但"关光彦是大少爷"的传闻早已传遍周遭。为了讲究排场，他贷款买了辆丰田"皇冠 Majesta"——这在当时也是豪华轿车的代表，仅次于同属丰田旗下的"雷克萨斯"。这时母亲与父亲正在积极准备再婚，关光彦决定在千叶县船桥市租一所公寓独居，租金大部分来自母亲的资助。从这时起，他的残暴性格逐渐显露出来。尽管之前他也曾在家中殴打过母亲、弟弟和外公，但暴力伤害外人的行径还要从接下来这段日子开始。

一九九一年九月七日，关光彦在街上开车，被并线后突然减速的前车别了一下，立刻怒气冲天，加速超到那辆车前，将其逼停在左侧路边，拿出车上的金属棒球棍砸碎了对方驾驶座侧玻璃，将驾驶员从车内拖出来，照其后背猛击了数棍。随后他被警方以涉嫌故意伤害罪为由逮捕，因为没有造成严重伤害，在缴纳了罚款和赔偿金后被直接释放。十一月三十日夜间，心不在焉的关光彦在街上开车，因为开得太慢，被后车用大灯晃了几下。他一脚急刹车，后车便撞了上来。对方驾驶员下车来查看损伤，没想到他却突然冲了上来，一阵拳打脚踢，又用金属棒球棍一番乱击，打到驾驶员昏迷后，抢走其驾照，开车逃逸。这件事直到事后警方对照口供和报案记录时才被发现。十二月二十三日，前车并线时不慎剐蹭到他的前车灯，关光彦示意对方停车，强行坐进对方的副驾驶室，掏出小刀一阵乱捅，致车主重伤，随后抢走其驾照逃逸。一九九二年二月十一日夜间，关光彦开车经过城区，看到路边一名正在步行的女孩，停下车搭讪，遭到对方轻蔑的回应。他抓起那女孩的头发，用拳头猛捶其面部，将其鼻梁骨打折，随后又把她塞到车里带回公寓强奸，最后丢到郊外。女孩随即报警，但由于惊吓过度及脸部出血影响了视力，并没有看清车牌号，这起案子也就不了了之。

杀人被捕后的关光彦曾对这一时期的一系列暴行做出解释，"因为他们做了错事，我要好好教育他们"。警方问到那起强奸案，他说："半夜还穿那么骚在街上走，本就不是什么好货色，光是那种看不起人的眼神和态度，就让人气不打一处来，所以我就好好教训她一顿，让她以后别那么狗眼看人低！"

那么，关光彦又是如何犯下灭门血案的呢？

一九九一年八月的一天，关光彦在船桥市的一家菲律宾酒吧（Philippine Pub）认识了一名菲律宾陪酒小姐，不久两人同居。

菲律宾酒吧是一种专由菲律宾女孩提供陪酒服务的酒吧，与普通日式酒廊（Cabaret Club/キャバクラ）相比，费用低廉很多，菲律宾女孩独有的异国气质与奔放性格也很受日本男性青睐。在这样的酒吧消费，一小时的费用从一千到五千日元不等，即便加上给女孩的小费，也要比动辄挥霍几万日元的日式酒廊实惠得多。二十世纪八十年代中期，日本出现了严重的泡沫经济，大量酒吧、宾馆开设了夜总会、歌舞秀，为招徕足够的演出人员，日本政府给大量菲律宾女性颁发了"艺术交流"签证，拥有签证的菲律宾女孩可在日本工作一年，不用上税。在峰值期，菲律宾每年都会向日本输送七万名左右的"演艺从业者"。大部分菲律宾女孩在一年期满后会回到菲律宾，再次寻找出国打工的机会，少部分外形条件较好的也会在日本找个丈夫，就此定居。因为有"大概"合法的工作签证（二〇〇五年日本政府开始严控"艺术交流"或"表演"签证，大部分菲律宾女孩的签证类型已被改为"短期访问"，但警方很少过问），所以来日本打一年工挣钱已经变成很多菲律宾女孩的"必经之路"，这股风潮至今仍在继续。

这名陪酒女孩在一九九一年十月签证到期后返回了菲律宾，不死心的关光彦很快追到菲律宾，与她在当地登记结婚。因为日本不承认本国人在菲律宾的结婚登记，关光彦便要求女孩跟他回日本登记，女孩也同意了。次年一月，两人在千叶县船桥市登记完婚，不久女孩怀孕，只身回国待产。她没想到的是，刚刚跟她完成登记的关光彦，此时又勾搭上了另外两名菲律宾女孩。一九九二年二月六日，关光彦在同一家菲律宾酒吧里跟两名初来乍到的女孩聊得起劲儿，便带她们出去兜风，之后又想将她们带回公寓。两名女孩说想要回酒吧，关光彦当即怒不可遏，将其殴打一番。随后两天里，关光彦将她们拘禁，再次殴打并强奸了她们。两天后，女孩们从关光彦家里逃出，回到菲律宾酒吧，跟经理说明了情况。二月十日，两名黑社会成员去砸关光彦公寓的门，吓得他躲在里面不敢露面，停在楼下的"皇冠 Majesta"的车窗玻璃被砸了个稀碎。二月十一日二十时，趁着夜色，关光彦开着破损的轿车来到一家维修店更换玻璃。回家路上，他恰巧又遇到了前面那起强奸案的受害人，为发泄心中怒火，他再次殴打了那名女性，并把她带回家强奸。二月十二日凌晨，关光彦将受害者丢在船桥市郊外后开车回到公寓。就在走出车门的一瞬间，早已蹲守在此的黑社会成员一拥而上，将他扑倒在地，一顿拳打脚踢后，把他塞进面包车，带回办公室面见老大。老大只是慢悠悠地撂下一句话："你给店里造成了损失，拿出三百万日元（约合人民币二十万元），否则我就砍下你的右手。限期一个月，你自己看着办。"

当晚，关光彦开车出来散心，看到车左侧便道上有一名骑自行车的少女，当即生出邪恶的想法，于是假装在拐弯时没有控制住车速，趁少女骑车经过路口时将她撞翻。被撞少女名叫柳泽翼，时年十五岁，当晚她在家写作业时发现自动铅笔笔芯用完了，便骑车去便利店买新的。未承想，这一再平常不过的行为却给全家带来了灭顶之灾。

"怎么样，受伤了吗？"关光彦走下车看着地上的柳泽翼，以及被撞变形并翻倒在一边的自行车，假意关心，见她手掌和膝盖都已摔破流血，顺理成章地将她带上车，送往船桥市医院医治。在从医院出来后的路上，关光彦掏出了早已藏在兜中的匕首，架到她脖子上，"要是不想死，就乖乖听我的话"。柳泽翼开始还想反抗，但马上就被匕首划伤了面颊和手背，只好听任摆布。回到公寓后，关光彦强奸了柳泽翼，并威胁她写下姓名和住址，还警告她："如果你敢报警，我就杀你全家。"

之后三周，公寓门前总有几名黑社会成员徘徊。眼看一个月的期限就要到了，黑社会越逼越紧，有家也不能回，走投无路的关光彦翻看着笔记本，突然看到了两行字：

　　柳泽翼

　　　千叶县市川市幸二丁目五番一号C幢

八〇四室

三月五日十七时许，关光彦来到柳泽家，按下门铃。

"请问是哪位？"应门的是柳泽翼八十三岁的奶奶柳泽
顺子。

"我是大楼物业的，来检查煤气管道。"

柳泽顺子打开门锁，突然就被一股力道撞翻。关光彦
用刀抵住柳泽顺子胸口，逼她说出家中存折在哪里。柳泽
顺子不仅不说，还大声呼喊救命。关光彦一把拉过边上的
电线，生生将她勒死，又把尸体拖进里屋，隐藏起来，静
静等待其他人回来。

十九点，柳泽翼和母亲柳泽照夜有说有笑地回到家中。
柳泽翼回到自己的房间，柳泽照夜则准备去厨房做饭，未
承想却被从厨房里冲出来的关光彦一把捂住嘴巴。

"乖乖趴下，不然就宰了你！"

柳泽照夜只得在厨房门前用膝盖和手支撑着趴在地上。

关光彦手起刀落，刀自背后刺穿她的心脏。柳泽翼听
到响动，刚从屋中走出来，就看到那个强奸过自己的男人

手握尖刀，一脸鲜血地站在厨房，而妈妈趴在地上，身体不断颤动，鲜血不停地涌出。柳泽翼当即吓得晕了过去。关光彦一耳光将她打醒，命令她把尸体抬到阳台，再把地板上的血迹擦干。柳泽翼只得一边默默流着眼泪，一边静静擦拭着母亲留在地板上的一大摊血迹。

半小时后，保姆把还在上幼儿园的妹妹柳泽宇海送到家门口。柳泽宇海一个人走进家门，看到了满脸泪痕的姐姐，以及一个不认识的大哥哥，丝毫没有察觉到危险，反而吵着肚子饿，在客厅桌子旁坐下。为了不让她吵闹，关光彦命令柳泽翼去厨房做咖喱饭，三个人围在桌前吃了顿匪夷所思的晚餐。没过多久，柳泽宇海看到了躺在里屋地板上的柳泽顺子，以为奶奶睡着了，自顾自地说道："奶奶都睡觉了啊，那宇海也去睡觉了。"之后走进屋，在地上铺好被子，躺在早已被害的奶奶身边睡去了。

关光彦又开始逼问存折和印章存放在哪里，柳泽翼以为他拿了钱就会离开，所以没有抵抗，便实话实说："存折和印章只有爸爸妈妈知道放在哪里，爸爸过一会儿就会回家了。"关光彦当然并未就此罢休，反而要再次强奸她。

就在这时，爸爸柳泽功二回来了。

刚走进客厅，爸爸就看到女儿被一个陌生男子侵犯，还没来得及做出反应，左肩已被一把尖刀刺穿。关光彦一边踢他一边疯狂大喊道："我是黑社会的！你惹到我们了！

拿三百万出来，现金也好，存折也好，不然杀了你全家！"

柳泽功二害怕家人受伤，便拿出家中的现金和存折，总共大约一百三十万日元。

"别耍滑头！你家里肯定还有钱，都拿出来！"

"家里的钱就这么多，我公司那边还有一些存款，但是存折和印章都在公司。""那我去取！你别想玩花样！"已经陷入疯狂的关光彦一边让柳泽翼给她父亲的公司打电话，说有急事要去拿存折和印章，一边把受伤倒地的柳泽功二捆在椅子上，之后拿刀威胁柳泽翼跟自己一起出门，并对柳泽功二说："看好了，你女儿在我手上，如果你敢报警，别怪我不客气！"

两人来到父亲的公司楼下，关光彦对柳泽翼说道："上去不要废话，拿了存折和印章就给我乖乖下来，如果超过十分钟，我就回家杀了你爸爸和你妹妹，听懂了吗？"

柳泽翼头脑一片空白，坐上电梯，来到父亲的办公室，从还在加班的员工手中拿到了存折和印章。几名员工见柳泽翼脸色异常，关切地问道："出什么事了吗？"柳泽翼担心家里父亲和妹妹的安危，不敢逗留太久，解释道："我爸爸写文章，招惹到了黑社会，他们来家里索要赔偿金。"之后便匆匆回到关光彦的车上。

关光彦开车来到一处旅馆，把柳泽翼带到房间，细细查了一遍几本存折的存款余额，大约有三千万日元，之后在旅馆里再次强奸了柳泽翼。

"我先回你家等你,你从这里走回家去。如果你敢报警,你爸爸的命就不保了,知道吗?"关光彦把所有存折和印章拿在手里,对完全处于木然状态的柳泽翼说道。

此时已是三月六日清晨,在早春的一片迷雾里,一名少女眼神空空地走在街上,她心中的感受究竟如何,是充满了对刚刚失去奶奶和妈妈的悲痛,还是对尚在家中生死未卜的父亲及妹妹的挂念,或是对这名毫无人性的凶手兼强奸犯的憎恨,我们不得而知。但有一件事是确定的,这场惨剧还远远没有结束。

天已经大亮,柳泽翼打开家门。父亲仍然坐在椅子上,头歪在一边。她走近前来想叫醒父亲,却发现父亲背后有两个大窟窿,血迹早已变暗……柳泽翼惨叫起来,尚在屋中睡觉的柳泽宇海也被惊醒,坐起来闹着要找妈妈,哭声越来越大。失去耐心的关光彦提着尖刀走向柳泽宇海。看到妹妹有危险,柳泽翼最后残存的一点勇气终于迸发出来,她冲向关光彦,一口咬住他的肩头,却被身强力壮的关光彦一把推开,撞到墙上。关光彦用左手从后脖处拎起柳泽宇海,将她的脸按在墙上,右手噗噗几刀,之后将她扔到一旁……

关光彦走向歪在墙边的柳泽翼,大喊道:"臭丫头,你想死啊?想死我就宰了你!"说罢连续刺出几刀,幸好她已经瘫倒在地，这几刀都没扎到要害。这几小时对柳泽翼来说，完全是地狱般的煎熬，漫长得仿佛像是几个世纪。她生命中那些最重要的亲人，前两天还其乐融融地坐在一起，短时间内先后惨死在眼前。而那把杀死亲人的尖刀，此刻正不停地刺在她的身上。

就在她心中想着"我也快死了吧"的时候，警察从阳台破窗而入。

关光彦完全被这突然的变化惊呆了，他忘记了自己手中还紧紧握着尖刀，也忘记了自己全身早已满是受害者的血迹，鲜血正顺着手指不断滴落……

"不，不是我干的！我早上来女朋友家，结果就看到这一地血迹和死尸！还有，这把刀是她的，真的是她杀的，不是我！"

这是关光彦最后的谎言，却愚蠢得让人笑不出来。

一九九二年三月六日九时三十六分，关光彦被警方以涉嫌故意杀人罪为由正式逮捕。

关光彦案受害者如下：

柳泽顺子，八十三岁；

柳泽照夜，三十六岁；

柳泽功二，四十二岁；

柳泽宇海，四岁。

一九九二年十月二十七日，在经过七个多月的缜密调查取证后，检方对关光彦提起公诉。因为关光彦犯罪时仍属未成年人（日本法律规定，年满二十周岁方为成年人），本案初审由千叶县民事法庭审理。千叶县民事法庭法官认为，本案虽为未成年人所犯，但犯罪性质极其恶劣，于是将本案重新发回给千叶县检察院，要求呈送千叶县地方法院刑事庭审理。

在此之前，一九九一年七月十二日，另一件震惊全日本的恶性杀人案——"绫濑女高中生水泥杀人事件"得到最终审判。尽管几名罪犯用各种令人发指的方法虐待并杀害了一名无辜的女高中生，但由于罪犯都是未成年人，最重的量刑也仅仅是二十年有期徒刑，无一人被判决死刑。受此案影响，关光彦对自己所犯罪行毫不在乎，在看守所里他还放出这样的言论：

"（那群家伙都没被判死刑）我更不用担心了啊。"

"日本的法律怎么会给未成年人判死刑呢？"

"反正也没多大的事，顶多蹲几年少年院呗。"

"快点把我放了吧，反正你们也不能把我怎么样啊。"

想到儿子几年后就要被释放，关光彦的母亲还把大学函授教材、吉他演奏指南等书籍送到看守所，让关光彦自学。

一九九四年八月八日，千叶县地方法院刑事庭开庭，法官神作良治宣读宣判书：

　　被告关光彦，本案之前已经因多起伤害案件
受到指控。在本案中，被告所犯罪行极其残暴冷
酷，以抢劫为目的，却亲手杀害了一家四人，并
在无视被害人情绪的情况下，多次用极其残忍的
手段将其强奸，泯灭人性，实属我国迄今为止闻
所未闻的恶性犯罪。证据确凿，犯罪过程及动机
清晰，本庭支持检方提出的量刑建议，宣判被告
关光彦死刑。

　　宣判未成年犯人死刑，这是日本自一九七九年的"永
山则夫枪击案"以来，十五年间未曾有过的判例。

　　关光彦认为死刑量刑过重，当庭提出上诉。

　　一九九六年七月二日，东京市高级法院宣判，驳回关
光彦的上诉请求，维持死刑判决。关光彦坚持认为量刑过
重，自己所犯罪行还没有严重到要判死刑的地步，便向日
本最高法院提出上诉。

　　二〇〇一年十二月三日，日本最高法院宣判，驳回上
诉请求，维持原判。

　　二〇一七年十二月十九日，关光彦在东京看守所内接
受绞刑。自一九九二年三月六日被捕以来，他总共在看守
所中度过了二十五年零九个月。

对这个世界来说，他的生命早在二十五年前就已经停止了。二十五年间，他所能活动的范围只是那个不足十平方米的牢房，没有网络，没有电视，没有报纸，没有杂志。他所能接触到的，唯有那些像他的人生一样早已成为尘封历史的书籍。

从十九岁那年开始，他的生死便对任何人都失去了意义。

如果说从入狱起，一个人便被强行从社会生活中剥离出来，那么在牢房中度过的这二十五年，足以让关光彦生不如死，感受到无尽的寂静与煎熬。尤其是当他想到自己死后留不下墓碑，也没有任何人会挂念，就这样无声无息地湮没在空气里，这对于一个令人不齿的杀人魔鬼来说，真的是一种噬人灵魂的恐怖刑罚。

追记

一

柳泽翼，在短短十六小时里失去全部亲人的不幸少女，事后前往美国接受短期心理治疗，之后回到母亲的老家熊本市，读完高中后考入东京大学，毕业后赴欧洲留学。二〇〇四年，二十八岁的柳泽翼与一名芬兰籍男子在欧洲结婚生子，并定居芬兰。

目前没有人知道她的确切下落。

二

怀上关光彦孩子的菲律宾女性，在一九九二年八月生下一名男婴。目前母子二人住在东京市江东区，靠关光彦的母亲供养。

三

千叶县市川市幸二丁目五番一号 C 幢八〇四室，在事件后三年内处于空置状态。目前已有新住户搬入，但租金仅为同楼同样户型房屋的一半。

在公寓大楼的外面，常年有人供奉鲜花。

四

二〇〇四年，死刑确定后的第三年，关光彦接受东京新闻采访。事后，他给报社写了一封信："我真的想赶快死了算了，既然受害者家属也想让我死，干吗还留着我不杀？"

二〇〇七年，在一次报纸采访中，关光彦再次谈到死刑："只有活着，我才能感受到那些我带给别人的痛苦，所以我要坚持活到最后一刻。也许这样，受害者家属才会觉得我遭到了报复。"

二〇一二年，案发后二十年，三十九岁的关光彦再次通过信件，向公众表达了自己的悔过之心："为了不让那些像我一样感到烦恼、混乱、彷徨的少年再次走上我的老路，我情愿当一个反面例子，这也许就是我活着的微小意义吧。"在监狱中度过了整个成年时期的关光彦，在这一年之后，萌生了强烈的"活下去""出去看一看"的想法。

自二〇一三年开始，关光彦积极配合狱外废除死刑组织和一部分律师，向最高法院申请对本案进行重审。

然而，就在他认为重审申请已被接受，有望恢复自由的时候，二〇一七年十二月十九日上午八点四十分，东京小菅看守所内，执行死刑。

这一年，他已经四十四岁。

佐川一政食人录

佐川一政食人録
主犯：佐川一政
事件の発生時間：1981年6月1
事件現場：フランスパリ
死亡者名：レニー・ハートヴィル
犯行方法：銃殺、遺体を切り取

无野恶魔

З

食べる

佐川一政食人录

主　　犯：佐川一政

案发时间：1981 年 6 月 11 日

案发地点：法国巴黎 Rue Erlanger 大街十号佐川一政租住的公寓

死　　者：蕾妮·哈特维尔特（Renee Hartevelt）

作案方法：枪杀、食尸

　　一九八一年六月十三日清晨，夏日的阳光透过层层树荫和清晨的薄雾，照射到巴黎塞纳河畔布洛涅森林公园(Bois de Boulogne Park) 的草坪上。布洛涅森林位于巴黎西南部，西侧是淌过巴黎市中心的塞纳河，东侧是巴黎的富人区——第十六区。这片森林环境优美，空气新鲜，有"巴黎绿肺"的美称。每逢晴朗天气，大批巴黎市民便会来此野餐、晒太阳。而到了深夜，这片森林附近的街道又会被站街女郎占领，风貌截然不同。

　　这天，一对老夫妇正手挽手走在林荫道上享受清晨的宁静，忽然看见一个身材矮小的男人费力地拖着两只行李箱向树丛深处走去。

　　"先生，需要帮忙吗？"老先生喊了一声。

　　未承想那男人听到喊声后，向老夫妇这边张望了一下，丢下行李箱拔腿便跑，穿过草地到公园外的街道上拦了辆出租车逃走了。老夫妇始料未及，走上前去，看了看男人丢下的两只行李箱。按说此处距巴黎几个大火车站不算近，跟机场也不在一个方向，一般人是不会拖着行李箱来这儿的。老先生拉开其中一只行李箱的拉链，打开箱盖，站在一旁的老太太立刻大叫了一声捂住双眼，而老先生也几欲呕吐。

箱中是一具女尸的上半身。

惊魂未定的两人急忙到公园外街道上的电话亭打电话报警。

很快，警方来到现场。这只行李箱中的女尸面部完好，但尸身被拦腰切断，另一只行李箱装着的正是尸体的下半身，但大腿肌肉有缺失。女尸赤身裸体，有一定程度的肿胀，经法医初步鉴定，死者的死亡时间已有三十六到四十八小时。警方随即封锁了布洛涅森林公园周边的出入口和街道，盘查往来行人。老夫妇回忆，那名匆匆逃跑的男子身高较矮，身体瘦弱，是亚洲面孔。而死者为白种人，身高一百七十厘米左右，年龄在二十到二十五岁。两只行李箱皆为皮制，拉锁处有血水渗出。

当时，巴黎内城有两处亚洲人聚集区，其一是市中心歌剧院附近的日本人区，另一处是城南第十三区的华人区。两地距此都有些距离，警方判断嫌犯应当不会冒险拖着两只渗血的行李箱走如此远的距离，他很可能是坐出租车来的，于是通过广播发布消息，寻找当天清晨经过此地的出租车司机。

布洛涅森林公园夜晚常有妓女出没，所以警方怀疑女尸很可能是一名在交易时遭遇不测的妓女，但随即一份人口失踪报告否定了这种猜测。

蕾妮·哈特维尔特（Renee Hartevelt），巴黎索邦大学英国文学专业博士生，荷兰人，二十五岁，两天前失踪。她的室友在第二天通知学校，校方则向警方报告。经过体貌特征比对，警方确定女尸确系两天前失踪的蕾妮。

六月十四日，警方收到四名出租车司机报告，他们都曾在十三日上午从布洛涅森林公园外面载过亚洲面孔的乘客。警方分别造访司机们汇报的各名乘客的下车地点，搜集附近住宅中亚洲住户的姓名、身份、外貌特征。很快，一名日籍男子被列为重点怀疑对象，他与蕾妮是同班同学，身材矮小。据蕾妮同学和室友提供的线索，该男子曾在蕾妮失踪前与她有过较频繁的接触。最近几周，他曾以"翻译德国表现主义诗人贝希尔（J.R.Becher）的诗集"为由，多次请蕾妮前往自己租住的公寓，而这所公寓距布洛涅森林公园仅两百米。当时他上车后，曾令司机先绕到较远的地方，再返回公园附近的住所，这一点令司机十分怀疑，因此在听到广播后，该司机立刻报案。

这个日本男人就是佐川一政。

六月十五日，巴黎警方以涉嫌谋杀、尸体损毁、尸体遗弃等罪名为由前往公寓准备逮捕佐川一政。敲开房门后，佐川一政居然毫不惊慌，也未做任何辩解与抵抗，他只对警察说了一句话："是我杀了她，带我走吧。"

佐川一政，一九四九年四月二十六日出生于日本神户市的一个知识分子家庭。他的爷爷在《朝日新闻》担任社论评论员；父亲在"二战"中被军方强制征召到中国东北服役，战败后被苏军俘虏，在佐川一政上小学时才被释放回国，之后加入伊藤忠商事株式会社成为一名公司职员；母亲在当时作为随军家属也来到中国东北，日本战败后和丈夫一同被暂时羁押在中国东北战俘营中，并产下一名女婴，由于营养不良，女婴很快夭折。一九四八年，苏军将大部分军属释放回日本，其中就包括怀有身孕的母亲。

佐川一政是早产儿，出生时体重不足两千克，先天的发育不良让他在幼年便患上了腹膜炎和小肠萎缩，靠长期注射点滴才活了下来。升入中学后，身体又瘦又小、不擅体育的佐川一政对文学产生了浓厚的兴趣，开始阅读《战争与和平》《若草物语》等小说，同时喜欢上贝多芬和亨德尔的音乐。到二十岁，佐川一政的身高只有一百五十一厘米，体重三十千克上下。由于几乎从不外出，也不参加集体活动，他在学校中完全没有朋友，精神状态如何，旁人一无所知。然而，有一件事其实可以反映出他早在青春期时就已经出现人格发育异常的迹象。升入高一后，他曾在自己家中给精神科医生打过几次电话，向医生诉说自己经常会涌现"想吃人肉"的念头，而精神科医生却把这当成了高中生的恶作剧不予理睬。

佐川一政被捕后，精神科医生为了鉴定他的精神状况，曾问过他"为何想吃人肉"，佐川一政这样回答："在我小时候，我的叔叔曾经给我讲过一个故事。顽皮的小孩不小心迷路后，会被老妖抓走，煮熟以后吃掉。而吃了人肉后，老妖就能获得那个小孩的活力，变得年轻强壮。我从小身体羸弱，所以就想：如果吃了别人的肉，尤其是年轻、有活力的人的肉，是不是就能变强壮，像别人一样呢？"

高中毕业后，佐川一政考上和光大学文学专业，正式开始欧洲文学的学习与研究。因为倾心欧洲文化，佐川一政渐渐不满足于阅读外国文学的日文译本，于是努力学习英文和法文，积极在学校寻找外教。一九七二年，升入大三的佐川一政在一个晚上偷偷从窗户翻进自己的德国女外教家中，尝试用枕头将她闷死，可由于身体瘦弱，反而被挣扎的女外教打倒在地。在佐川一政的苦苦哀求之下，女外教同意不向警方报案，并接受佐川一政的父亲赔偿的一千五百万日元（约合人民币九十九万元）"封口费"。据他回忆，这时他便已萌生了将女外教杀死后吃掉的想法。

　　本科毕业后，佐川一政考入关西学院大学英文文学系，研究方向是"川端康成与欧洲二十世纪前卫艺术运动的比较研究"。一九七六年，他顺利拿到硕士学位，并向法国巴黎索邦大学提出留学申请。一九七七年九月，他进入索邦大学比较文学专业，开始研究莎士比亚。在之后几年，他对莎士比亚的《暴风雨》提出了相当独到的见解，开始着手准备用法语完成博士论文。与此同时，缺乏正常社交的佐川一政行为越来越诡异。他常在夜晚去布洛涅森林公园周围物色身材高大的白人妓女，将她们带回公寓。他承认有很多次自己都难以抑制想要吃她们的肉的冲动，但始终找不到合适的机会。

　　不得不说，佐川一政在文学研究和语言方面还是相当有天赋的。他的博士论文得到了索邦大学教授们相当高的评价，甚至获得学院支持，准备公开出版。博士毕业日期临近前，佐川一政依然难以割舍自己对于身材高挑、充满活力的白人女性的憧憬以及对人肉的渴望。终于，在经过一段时间的观察后，他将目标锁定在同系女生身上，可怜的蕾妮就这样不知不觉地陷入了恶魔的圈套。

　　一九八一年六月十一日中午，佐川一政跟往常一样，找到了正在图书馆查阅资料的蕾妮，约她当晚一起在自己的公寓继续翻译贝希尔的德文诗歌。作为感谢，他每次都会支付给蕾妮一笔不菲的酬劳。十八时许，蕾妮如约前来，她当然不知道佐川一政此时早已为即将做出的疯狂行为做好了准备。他将要翻译的诗集摆放在桌上，请蕾妮开始工作。蕾妮一边朗诵，一边将德文诗歌口译成法语。而他则趁着蕾妮转身的工夫，自床下拿出从黑市买来的卡宾枪，对准她的后脖颈，扣下扳机，蕾妮应声而倒，当即丧命。

为什么要瞄准后脖颈开枪呢？因为佐川一政只有一百五十一厘米高，而蕾妮身高一百七十五厘米，他想要瞄准蕾妮的后脑，但只够得到脖子。本就羸弱的他在扣下扳机后，竟无法承受卡宾枪巨大的后坐力，直接被震昏在地。过了许久，佐川一政清醒过来，看到俯卧在地的尸体，没有任何恐惧，反而生出一股强烈的欲望。他爬起来扯下蕾妮的衣服，将尸体拖进浴室内强奸，尝试用牙齿撕咬尸体大腿上的肉。然而牙齿的力量根本不足以咬破皮肤，于是他站起来整理好衣服，跑到楼下拐角处的商店买了把牛排刀，割开大腿的皮肤，从伤口中切下肉来。或许是因为体力消耗过大，这之后他竟沉沉地睡了过去。

六月十二日，意识到尸体放在屋中必然会腐烂发臭引起邻居怀疑，佐川一政用刀和向房东借来的斧子将蕾妮分尸后放到冰箱里冷藏。当晚，佐川一政尝试着将冷藏起来的肉吃了，之后将蕾妮的衣物整理好并放进书包，趁着夜色分批扔进香榭丽舍大街沿途的垃圾桶，回家后又找出两只旅行箱，将蕾妮装进箱内，并清理了浴室。夜间的布洛涅森林公园周围行人、巡警和妓女很多，佐川一政决定第二天一早再把箱子扔进布洛涅森林公园的湖中，毁尸灭迹。也许冥冥中自有天意，原本想要在黎明时开始抛尸计划的佐川一政，却在前天晚上过度兴奋而失眠，因此晚醒了两小时。等他拉着旅行箱出门时已经是早上七点钟，公园里已经有不少来散步的人，他只好在树丛中躲躲闪闪，寻觅靠近湖水的机会，而就在他将箱子从灌木丛中拉出来的时候，那对老夫妇出现了。做贼心虚的佐川一政丢掉箱子仓皇逃回公寓，由于公寓离布洛涅森林公园很近，附近警方的一举一动，他在家中都看得一清二楚，也意识到警察很快就会找上门来。于是，他拿起电话，拨通了一个日本号码。

电话那端是佐川一政的父亲，他当时已经是栗田工业株式会社（日本最大的水处理设备制造企业）社长。佐川一政向父亲坦白了一切。父亲立即调整日程，乘坐飞机赶往巴黎。可是，他刚刚抵达巴黎，就得知佐川一政已被巴黎警方逮捕关押的消息。

大义灭亲这种事说来容易，却并不是每个人都做得出来的。在父亲眼中，佐川一政无疑是一名学业有成的青年学者，所以他立即通过关系联系到巴黎最好的刑事诉讼律师菲利普·勒迈尔（Philippe Lemaire）。在巴黎律师界，菲利普是类似日剧《胜者即是正义》中的古美门律师般的存在，律师费高得惊人，但辩护手段也十分高明，曾多次为巴黎黑帮及政要成功辩护。在看守所中，菲利普听取了佐川一政的全面叙述，开始为开庭做准备。

此外，巴黎预审检察官在一九八一年八月来到日本东京，走访了佐川一政的家人，并从他们口中得知，犯罪嫌疑人曾在多年前非法潜入过大学外教家中行凶，事发后还曾被安排去精神科就诊。于是，检察官找到了当时给佐川一政进行精神鉴定和诊疗的医生，带着他自出生以来的全部医疗记录回到巴黎。

一九八二年三月，佐川一政案正式开庭。日本与法国并未签订刑事犯罪引渡条例，佐川一政在巴黎犯下刑事案件只能在法国接受审判，日本毫无插手的机会。检方手中掌握了大量证据，包括佐川一政在被逮捕后的自白、从公寓中搜到的凶器与分尸工具，以及保存在冰箱中尚未处理掉的尸块……所有证据都指向佐川一政杀害蕾妮的事实。菲利普律师并未尝试否认佐川一政杀人的事实，而是将进攻方向转为"佐川一政精神失常"。他提出，被告佐川一政在杀人后有奸尸及食用尸体的行为，甚至在分尸后还拍下与尸体的合影，这是明显的丧失行为判断能力的表现，按照"精神失常免罪原则"（Défense fondée sur les troubles mentaux），被告不应受法国《刑法》制裁。检方自然不甘示弱，出示了有关佐川一政在日本时非法侵入他人住宅，事后主动要求和解并接受精神科治疗的证据，以此证明他并未丧失行为判断能力。然而，检方随即出示的佐川一政的病历上却有一处致命错误，这也最终改变了判决结果。日文病历记载佐川一政童年时罹患"腹膜炎"，而检方出示的法译本病历却将之误译为"脑膜炎"。法庭显然并未发现这一翻译错误，于是在一九八三年四月的终审裁决中，法官让-路易·布鲁吉尔（Jean-Louis Bruguiere）宣判，佐川一政因受脑膜炎影响，成年后精神失常，在杀害蕾妮时丧失了行为判断能力，因此判决他无罪，并将"精神失常"的佐川一政关入巴黎市郊的亨利—艾伊精神病院，强制他接受精神治疗，直至病情稳定。

就这样，一九八三年五月，佐川一政正式以"精神失常"的理由逃脱了几乎是板上钉钉的杀人、奸尸、毁尸、抛尸等罪名，住进精神病院。

与此同时，佐川一政案的巨大反转也令地球另一端的日本国民惊讶不已，甚至还激发了一些日本编剧的灵感。在佐川一政尚作为嫌犯罪嫌疑人被关押在看守所时，一名叫作唐十郎的编剧就找到了他，两人多次通信交流。一九八二年九月，佐川一政案尚无审判结果，而唐十郎却先一步以此案为原型创作并公开发表了小说《佐川寄来的信件》。两个月后，这部小说获得了日本文学界大奖"芥川赏"。唐十郎与佐川一政早有协议，获奖后，两人平分各种版税。

佐川一政也没有想到，这部小说竟为他赢得了新的生机。《佐川寄来的信件》在日本获得巨大的成功，这一消息传到了法国。按法国刑事案件的处理方法，刑事犯罪者因精神问题被判为无罪后，基本要在精神病院中度过余生——这无异于一种无期徒刑，而在医院中的所有开销都由政府负担。佐川一政是日本公民，受害者是荷兰公民，双方都与法国没有直接联系。佐川一政甚至借助自己的涉案事实，反而获得了一笔不小的收益。法国反对党抓住把柄，组织民众聚集在最高法院和总统府外游行，抗议密特朗总统"将民众的税金浪费在供养医院里的外国人身上"。迫于舆论压力，法国政府只得草草做出"将佐川一政驱逐出境"的决定。一九八四年十月，在法国精神病院仅仅度过十八个月后，佐川一政被送回日本，直接进入东京市立松泽医院继续接受精神治疗。

医生和护士都换成了日本人，这让侥幸回到祖国的佐川一政遭遇了前所未有的挑战。在法国医院接受精神鉴定，他还可以装疯卖傻，把自己伪装成一个没有思维能力的精神失常患者；而在日本，这种把戏很难继续下去。在暗中观察了三个月之后，松泽医院副院长对佐川一政的"精神病"提出质疑，他认为佐川一政并非精神失常，而是有一定程度的人格障碍——在法律上，精神失常的犯罪嫌疑人可以免除行为责任，但有人格障碍的则要承担全部行为责任。也就是说，佐川一政一旦被鉴定为人格障碍，就将重新面临法律的严惩。同时，日本警方也开始调查，他们密切关注松泽医院对佐川一政行为与言论的记录，并从负责治疗佐川一政的医师口中得知，院方也对佐川一政的精神鉴定结果持怀疑态度。就这样，一九八五年十月，在佐川一政被法国驱逐出境十二个月后，日本警方正式立案调查，检方准备以杀人、侮辱尸体、损坏尸体、抛弃尸体等罪名重新提起公诉。

毫无疑问，这个案子的调查难点在于作案地点远在法国巴黎，日本警方几乎不可能去巴黎重新取证：其一，事件已经过去了四年，绝大部分未被搜集到的证据都已无从查起；其二，法国警方所掌握的证据和证物，日本警方并无权强制调用。为了能重审佐川一政，日本警方通过日本外交部向法国巴黎警方转达了"移交证词、证物"的请求，巴黎警方一口回绝，理由是"我们已经对这起案件做出了无罪判决，因此不可以将无罪之人的资料交给日本警方"。

拿不到丝毫证据，日本警方束手无策。

就这样，一个杀人、吃人的恶魔最终奇迹般地无罪生还。

法国警方的做法令人哭笑不得，但其实也在"情理之中"。作为一国政府机构，公信力自然最为重要。无论是日本警方还是法国警方，都希望这件事能够"自己说了算"。一旦日本警方重审佐川一政，推翻法国警方提供的司法精神鉴定结果，并将其定罪，那法国警方的司法精神鉴定能力将受到极大的质疑——之前所有的司法精神鉴定结果都会受到媒体和民众的质疑，法国警方必将颜面扫地。这不是仅仅将一个犯罪嫌疑人定罪与否的问题，更关系着整个国家政府机构的"面子"问题。对日本警方来说，法国政府将佐川一政这个烫手山芋送了回来，那他们就不得不面对国内公众对于"如何处置杀人狂佐川一政"的质问。为了应对质问，体现一丝不苟的办案态度，日本警方也必须再问一次：佐川一政，你真的有精神病吗？

在日法两国政府公信力、国家机构尊严和公众质疑面前，受害者的死活、犯罪嫌疑人的真正面目、事件的真实情况似乎都显得"不那么重要"了。这才是佐川一政被判无罪的真正原因，而非"他老爸用钱买通两国政府"之类的坊间流言。

佐川一政在东京市立松泽医院住了十五个月后，院方与警方配合并准备将其定罪的计划彻底失败。明知佐川一政是伪装成精神病人的院方为他开具了"病状已得到有效控制"的诊断书，一九八六年四月，佐川一政出院。警方与医院的决定旋即在日本社会中掀起了轩然大波。社会舆论普遍认为，这样一名犯下有违人伦罪行的"准罪犯"流入社会，将会给民众日常生活带来极大的不安因素。大量民众通过各种媒体发出呼声，认为应当由社会对佐川一政进行报复，他们将怒气发泄到了佐川一政的家人身上。在这样的压力下，佐川一政的父亲两次突发脑梗死，辞去了公司一切职务，放弃了全部退休金而隐居在家；母亲则患上神经官能症及严重的抑郁症。

不过，出院后的佐川一政却过得相当风光：他的罪行吸睛指数非常之高，很多演艺界明星都希望能跟他一起演出，以提高自身的知名度；报纸、杂志记者更是整天追在他的屁股后面，希望他能透露一点点案件信息，以便做成独家新闻；一些成人猎奇向影片的制作方甚至重金聘请他出演。就这样，虽然双亲早已断绝了对佐川一政的经济支援，他却照样风光了十几年，拿着大量版税、通告费和授权费花天酒地……

二〇〇一年年底，佐川一政彻底过气，各种脱口秀、综艺节目、报纸、杂志也不再登门造访——因为他的故事已经被"讲滥了"。失去收入来源的佐川一政开始刷信用卡，向朋友借钱。日子一久，原本聚在他周围的那些酒肉朋友也就跟他断了往来，但佐川一政仍不知回头，开始借高利贷继续花天酒地。由于根本无力偿还，讨债公司的人在将他的财产搜刮一空后，开始向他父母索要欠款。二〇〇五年一月四日，刚刚度过了一个冷冷清清的新年之后，黑社会计债人员再次来到他父母家，要他们将房产抵押偿债，因为佐川一政在几个月前又欠下了一笔高达两千万日元（约合人民币一百三十二万元）的高利贷。父亲当场突发脑溢血，一命呜呼。第二天，母亲在家中割腕自杀。佐川一政因为在外躲债，对此一无所知。几天后，栗田工业要为老社长举行葬礼，得知消息的佐川一政提出要参加葬礼，但被栗田工业一口回绝。随后，他将双亲留下的位于镰仓的两处房产变卖，勉强还上了巨额高利贷，余下的遗产仅够租下一所公寓。二○○五年四月，佐川一政申请政府最低生活保障，为了能挣下一笔养老金，已经五十六岁的他开始四处求职。然而，所有公司在看到他的名字后都直接将简历退了回来，其中只有一家公司的社长想过"给他一次改过自新的机会"，准备请他来当法语讲师，但遭到所有员工联名反对，只得作罢。

佐川一政想起自己的那些往事曾经是那么受人欢迎，于是开始执笔写作半自传体小说《业火》，然而书稿完成后近一年，所有出版社都表示无法出版。在他的苦苦恳求下，最终，一家以猎奇文学为主要出版内容的小出版社答应小规模发行此书，发行量不足两千册。

二○一三年十一月，六十四岁的佐川一政突发脑梗，无法行走，之后由其弟弟独自照顾其起居。

名古屋情侶被害事件

名古屋カップル被害事件
主犯：小島茂夫、徳丸信久、近藤
筒井良枝、龍造寺理恵、高志健一
事件の発生時間：1988年2月2
24日
事件現場：名古屋市南部の大高緑
死亡者名：鈴木智也、阪野律子
犯行方法：鈴木智也を絞め殺す、
生き埋める

绝望的一天

之、

日—1988年2月

公園

姦し、阪野律子を

名古屋情侣被害事件

主　　犯：小岛茂夫、德丸信久、近藤浩之、筒井良枝、龙造寺
　　　　　理惠、高志健一
案发时间：1988 年 2 月 22 日—1988 年 2 月 24 日
案发地点：名古屋市南部大高绿地公园
死　　者：铃木智也、阪野律子
作案方法：勒死、轮奸、活埋

　　名古屋市南部的大高绿地公园距名古屋市中心不到十千米，以宽阔的草坪、设计精美的梅园和竹林闻名，总面积达一百万平方米。因为环境优美且交通方便，成为许多名古屋市民踏青郊游的首选地点。

　　而在一九八八年二月底，这里却发生了一起震惊全日本的惨案。

　　一九八八年二月二十三日早上六点左右，一位晨练的市民在公园停车场里发现了一辆四门敞开、车窗全碎的白色丰田轿车，车体遍布被硬物敲击的痕迹，玻璃的碎片也溅得到处都是。觉察到异常的市民迅速报警。警方来到现场，在车附近找到一件破损的女士内衣，并在车内和附近地面发现了多处血迹。根据车牌登记信息，警方电话联系到车主阪野秀夫。阪野秀夫说，前一天下午，他女儿阪野律子说要去找闺密玩，开着这辆车出去，彻夜未归。

阪野律子，时年二十岁，在爱知县南部知多郡的一家理发店实习。警方来到这家理发店询问，发现当天阪野律子也没来上班。巧合的是，和她一起缺勤的还有一名叫作铃木智也的理发师。据店里同事反映，两人当时正在交往，因为害怕遭到阪野律子家人的反对，所以还未向家中公开关系。铃木智也并非爱知县人，当时住在理发店宿舍。据室友回忆，二十二日下午，铃木智也突然说要出去约会，之后就离开了宿舍。

综合各方信息后，爱知县警方认为，二十二日下午到二十三日凌晨之间，铃木智也与阪野律子在一起驾车约会，之后遭到袭击和绑架。二十四日，警方正式成立项目组，负责调查本案。

事件的调查从两方面入手。

一方面，警方对比作案手法，发现本案与一九八七年九月起发生在名古屋市金城码头的几起针对车内情侣的强盗案非常相似。这几起强盗案的涉案团伙非常分散，于是警方开始从地下线人渠道入手，寻找知情人。另一方面，现场分析组从那辆被砸烂的白色丰田车开始调查，根据车辆尾部的撞击痕迹及地面的刹车线断定，当晚车辆曾在倒车时撞到过其他车辆。在对撞击处残留的车漆进行收集过后，警方开始在全市范围内寻找符合条件的汽车及最近的保险、修车记录。

最初，警方对强盗案团伙的排查并不顺利。

一九八七年六月起，名古屋市中心的荣町附近出现了一伙不良少年。他们以荣町洛杉矶广场中心的喷水池为据点，每晚聚在一起吸食天那水（有机溶剂）。人在吸入大量天那水后会产生幻觉，所以天那水成了那个时代的替代性毒品。到了盛夏季节，他们甚至会在吸完天那水后到附近飙车，制造了很多事故和冲突。在警方内部，他们被称为"喷水族"。

为了阻止天那水流入不良少年手中，名古屋市发布禁令，禁止有机涂料和溶剂商店向个人购买者出售天那水，而这就给了当地黑社会可乘之机：他们用装修公司或建筑公司的名义买入天那水，再分装卖给不良少年。原本一升只要两百日元的天那水，在黑市上卖到了一万日元。为了搞到钱来买天那水，喷水族开始在夜间袭击来公园约会的青年男女，威胁、盗窃甚至抢劫。一九八七年九月下旬，名古屋警方出动大量警力，准备彻底清除喷水族。他们逮捕了喷水族的十一名头目，其中包括两名成人和九名未成年人，之后挖出了向他们出售天那水的黑社会组织。到当年十月，共有两百九十四名喷水族成员被捕，接受刑拘或教育，当地山口组下属黑社会团体老大也被警方拘捕，喷水族从此销声匿迹。

在本案中，警方发现了与喷水族相似的作案手法：

一、被袭击人以情侣为主；

二、夜间作案；

三、车辆遭木刀、棍棒等工具破坏。

于是，警方开始在之前被逮捕的喷水族成员中寻找具有作案时间和可能性的小团伙。

与此同时，警方对被毁车辆有了初步的分析结果。在撞击中沾染到的车漆为一种非常特殊的深酒红色漆，仅在日产的一款四门轿车上使用，且该款轿车只在一九七九年七月至一九八一年六月生产了两千辆。根据这两天从修车厂收集来的信息，警方并未发现任何关于这种车的维修记录，因此断定这辆被撞坏的汽车此时应该还处于未修复状态。二月二十六日上午十点，警方从名古屋市港区得到一条情报，有人看到一辆侧面被撞坏的深酒红色日产轿车。港区离大高绿地公园停车场很近，警方认为这辆车与本案有重大关联，于是名古屋市警方开始集中在酒店、宾馆和停车场搜集相关信息。二十六日下午三点二十分，名古屋市内一家酒店给警方打来电话说，二十三日上午曾有数名年轻男女驾驶着一辆深酒红色轿车前来入住，车辆有一定的交通事故痕迹。警方立刻驱车前往，在酒店附近的道路密集搜查。当天下午五点，警方在港区的一条小路上发现了事故痕迹、车漆颜色与目标完全一致的车辆。这辆车停靠在一个住宅社区门外的路边。警方查询了以往的车辆失窃记录，发现这辆车并非被盗车辆，车主小岛茂夫就住在旁边的社区里。

警方随后突袭了小岛茂夫的公寓，当场抓获了正在家中吸食天那水的三名少年和两名少女。被捕的五人分别是小岛茂夫、德丸信久、近藤浩之、筒井良枝和龙造寺理惠。根据分别审讯的结果，五人对绑架及杀害铃木智也、阪野律子一事供认不讳，承认是以获得钱财为目的。除五人外，还有另一名涉案男性高志健一在逃。

在后来的详细审讯中，这六个人表现出的残忍和无知让全日本都为之震惊。

主犯小岛茂夫，男，生于一九六九年，时年十九岁，名古屋本地人，是名建筑工人。小岛茂夫生活在一个中产家庭，父亲是名古屋市政府公务员，母亲是教师，家教十分严格。自升入初中后，小岛茂夫对这种严格的教育产生了叛逆心理，从小偷小摸发展到打架斗殴，最终因盗窃摩托车被警方逮捕。由于品行不良，他的学习成绩自初二起便一落千丈。初中毕业后，他选择了一所职业学校就读。在一次校园冲突中，他将一名同年级学生打成重伤，随后便被学校开除，成为无业游民。一九八六年十一月，小岛茂夫的弟弟在骑机车时不慎将一伙黑社会成员的车子剐伤，黑社会成员将他扣留，要小岛家拿钱赎人。小岛茂夫得知后，独自闯入黑社会窝点想要拼命，没想到因此被黑社会头目相中，作为释放人质的条件，小岛茂夫正式入伙。自此，他开始结识黑道朋友，本案中的其他几名犯罪嫌疑人都是通过这个渠道凑在一起的。

德丸信久，男，一九六八年出生于鹿儿岛，刚满周岁时双亲离婚，从此跟随奶奶在爱知县一宫市生活。德丸信久的家庭相当贫困，只能依靠奶奶的退休金生活。上小学时，德丸信久在便利店因盗窃零食被店长抓住。鉴于德丸信久的奶奶年事已高，确实无法尽到养育义务，三年级时德丸信久被强制送到一宫市的一家儿童福利院。初中毕业后，德丸信久在名古屋市港区的一家钢铁厂找到工作，搬出了福利院。就在这时，他意想不到地遇到了一个人——母亲。原来，母亲在离婚后几乎在全国各地流浪生活，得知德丸信久已经找到工作并从家中搬出，母亲带着自己的男朋友一起搬了进来。一九八六年一月，德丸信久出差时在电车上偷盗了一名乘客的钱包，被人当场抓住。警方将德丸信久扣押，因他尚未成年，便通知母亲带他回家，结果母亲不仅拒绝了警方的要求，还说："随便你们怎么处置都可以。"就这样，德丸信久在看守所待了几天后狼狈地回到名古屋，同时也被公司辞退。走投无路的他正式加入了黑社会组织，进而结识主犯小岛茂夫。

近藤浩之，男，一九七一年出生于名古屋市。他父亲原本是一家自行车车行老板，但事业发展失败后破产，从近藤浩之很小的时候起，便天天喝酒度日，家中开销全靠近藤浩之的母亲一人打零工苦苦支撑。由于家中贫困，近藤浩之从小学开始经常拖欠学校的伙食费及其他杂费，服装、书包都很破旧，甚至被同学们称为"乞丐"，经常受欺凌。升入中学后，近藤浩之经常在街上游荡，认识了一批社会青年，开始吸食天那水。中学毕业后，他在建筑工地打零工，同时加入了黑社会组织，与小岛茂夫相识。

高志健一，男，一九七〇年出生于名古屋，父母早年离婚，他与母亲、弟弟相依为命，中学之后开始抽烟、吸天那水，为了搞到零用钱，经常盗窃。一九八三年六月的一天，刚上初一的高志健一在一家棒球练习场中悄悄地翻动顾客放在场边的书包，被工作人员当场抓获，警方口头教育了一番便将他释放。同年九月，高志健一在街上拦下放学路过的小学生，要他们将身上的零用钱交出来。几天后，经小学生家长的举报，警方于街头将正在勒索钱财的高志健一逮捕，正式送入少年院。一九八五年三月，高志健一出所，开始在理发馆和饭馆打零工。同年四月，他在驾校学车时认识了小岛茂夫。

筒井良枝，女，一九七一年出生。父亲很早就瘫痪在床，母亲经常外出工作，所以筒井良枝基本上是在完全无人管束的环境下长大的。中学毕业后，她进入一所餐饮职业学校，不久在一次与母亲的争吵后离家出走，三年中再没回过家。在这段时间，她混迹于名古屋市街头，加入了喷水族，成了高志健一的女朋友，两人一九八七年开始同居。

龙造寺理惠，女，一九七一年出生，名古屋人。家中有一个弟弟和一个妹妹，母亲患有严重的精神疾病，每天沉浸在赌博和酒精之中，忍无可忍的父亲在她十岁时与母亲离婚，带着几个孩子离开。三年后，父亲再婚，继母是一名十七岁的年轻女孩，当时已经十三岁的理惠自然无法接受，不久便与继母爆发严重冲突，随后搬走和爷爷一起生活。中学毕业后，她进入一家理发店实习，但与同事的关系十分恶劣，很快放弃了工作，成为德丸信久的女朋友，两人开始同居。

从案犯口中，警方轻松地打听到了高志健一可能的藏身地点。一九八八年二月二十九日上午十点，案发后第七天，高志健一在位于爱知县鸣海市的亲戚家中被警方抓获归案。

审讯进行得相当顺利，六名同案犯很快交代了具体犯罪过程。

一九八八年二月二十二日下午三点左右，小岛茂夫一行人准备好铁棍、木刀等物品开车上街，伺机抢劫行人。然而一个多小时过去了，他们并未发现合适的目标，只好去公园散散心。一行人将车开到大高绿地公园停车场，恰好看到了在公园中散步后准备驾车离开的铃木智也和阪野律子。小岛茂夫先将自己的车子横着停到铃木智也的车前，德丸信久则驾驶着另一辆车从后面一头撞上铃木智也的车尾。铃木智也急忙将车子停住，刚要下车查看，却发现后车中的两人正拿着铁棍和钢管走来。德丸信久来到铃木智也的驾驶位旁，要他立即赔偿修车费一百万日元。铃木智也正要争辩，德丸信久立刻用手中钢管将车子的挡风玻璃敲碎，随后小岛茂夫等人一拥而上，将车窗、车灯全部打碎，还将铃木智也和阪野律子从车中拖了出来。此时天色渐暗，公园早已没了游人，四名男性案犯将铃木智也拖下车后，用木刀和钢管打得他躺在地上动弹不得，两名女性案犯也将阪野律子的衣服扒了个精光，用木棍殴打她。

二十一点左右，几名男性成员将遍体鳞伤的阪野律子拖入草丛中轮奸。之后，阪野律子跪在他们中间，苦苦哀求他们放过自己。小岛茂夫认为，如果她走了之后去报警，那便会让他们惹上麻烦。一番商议后，六人决定将铃木智也和阪野律子杀死，然后抛尸。二十三日凌晨四点，铃木智也已被打至昏迷，阪野律子也失去了抵抗能力。小岛茂夫将两人分别塞入两辆车中，前往长久手町的墓地。小岛茂夫及其他三名男性成员让刚刚苏醒过来的铃木智也跪在地上，四人拿出绳索，一边抽着烟谈笑风生，一边将他勒死。阪野律子在车上目睹着这一切，哭喊着铃木智也的名字，但身体被筒井良枝和龙造寺理惠牢牢控制着，毫无反抗之力。小岛茂夫将铃木智也的尸体装入汽车后备厢，一行人开车驶向名古屋码头。突然，阪野律子提出想上厕所，刚刚走下车，她便用尽全部力气，径直往海边跑去——她想要跳海自杀。近藤浩之一个箭步扑了上去，将她放倒在地，再次把她塞回车中。众人来到小岛茂夫的公寓，再次轮奸了阪野律子。

二十四日凌晨一点，在遭受了长达三十多小时的折磨和凌辱后，阪野律子彻底丧失神志。四名男犯挟持着阪野律子，开着载有铃木智也尸体的车，驶向名古屋市西面的三重县。两点三十分，众人到达三重县大山田村的一处山脚，德丸信久和近藤浩之开始挖坑，小岛茂夫与高志健一在一旁谈笑。之后，四人将铃木智也的尸体从后备厢中取出扔进坑底，又将已经失去神志的阪野律子推入坑中填埋……

警方被如此野蛮的犯罪手段震惊，也对这些年轻人为何如此轻易就招供感到不解，于是询问主犯小岛茂夫，没想到他回答说："反正我们不足二十岁，还是未成年人（日本法律规定成年年龄为二十岁），肯定判不了死刑啊，大不了蹲几年监狱再出来……"

一九八九年六月二十八日，名古屋市地方法院认为此案被告人罪大恶极，必须予以严惩，宣判小岛茂夫死刑，德丸信久无期徒刑，近藤浩之十七年有期徒刑，高志健一十三年有期徒刑，简井良枝七年有期徒刑，龙造寺理惠五年有期徒刑。

小岛茂夫、近藤浩之旋即提出上诉。

小岛茂夫的辩护律师主张，当事人在案发时年龄尚小，在同伴面前难免虚张声势，所以当有成员提出要杀害两名被害人时，作为团队领头人的小岛茂夫没能及时阻止惨剧发生，也缺乏阻止杀害受害者的勇气，因此只应承担连带责任和伤害责任，不存在谋杀动机。近藤浩之的辩护律师主张，在众人研究如何处置两名受害者时，其他成员提出了杀死他们的想法，但近藤浩之当时却建议应当将阪野律子卖给妓院，这证明近藤浩之有阻止杀害行为发生的想法，因此应酌情减刑。

一九九六年十二月二十六日，名古屋市高级法院做出二审判决：小岛茂夫死刑取消，改判无期徒刑；近藤浩之十七年有期徒刑改为十三年有期徒刑；其余各人的定罪量刑遵循一审判决。社会舆论顿时哗然，那句著名的"未成年干什么都不会被判死刑"便诞生于这一时期。名古屋市高级法院因此招致了大量非议与抗议。很多法学界学者提出，仅仅因为出生年龄未满二十岁，便将犯罪分子判定为未成年人，从而给予从轻处罚的机制是完全错误的；应当对所有十八到二十岁的犯罪分子进行精神和身体上的评估，酌情对部分犯罪分子执行成人审判标准。

与此同时，受害者家属也遭受了巨大的痛苦。

一九九三年四月，铃木智也的父亲在家中服毒自杀。

一九九七年十一月，阪野律子的母亲郁郁而终。

如今，这起案件已过去了三十余年，当年的案犯们又过着怎样的生活呢？

近藤浩之、高志健一、筒井良枝及龙造寺理惠早已先后出狱。四人先后接受过媒体的采访，对当年所犯罪行表现出悔意，但他们均未曾前往铃木家或阪野家正式道歉。

铃木家和阪野家对六名案犯的家属提出民事诉讼，法院判决的赔偿总额为九千万日元。然而三十年来，这笔民事赔偿的实际支付金额仅有两千五百万日元，其中一千五百万日元来自主犯小岛茂夫的双亲。近藤浩之的父母在他被捕后，直接与他断绝亲缘关系，拒绝对受害者家属进行任何赔偿。高志健一在出狱后曾许诺支付总计一千五百万日元的民事赔偿，但之后他改名换姓，逃亡到其他城市，开始了新生活。筒井良枝主动接受了法庭民事调解，承诺支付七百五十万日元的赔偿金，然而出狱后只进行了半年的分期支付，便在没有通知任何人的情况下搬了家，支付停止。

二〇〇〇年，二十九岁的筒井良枝与一名男性结婚，在产下两个孩子后，丈夫人间蒸发。从二〇〇三年起，筒井良枝以卖淫为生。龙造寺理惠一九九四年出狱，接受了赔偿金额总计九百万日元的民事调解结果，之后离家出走，父亲只得变卖房产，替她还上这笔赔偿。后来，龙造寺理惠结过两次婚，分别产下一子一女，第二任丈夫婚后对龙造寺理惠实施了严重的家庭暴力，不久龙造寺理惠离婚，目前单独带着两个孩子生活。

在德丸信久接受审判的过程中，他的双亲拒绝出庭，也拒绝参与法庭对民事赔偿的调解。德丸信久本人在狱中表现出强烈的厌世情绪，拒绝接受任何人的采访和沟通，直至今日。

小岛茂夫的双亲主动支付了民事赔偿，同时也积极鼓励小岛茂夫在狱中接受改造。小岛茂夫虽然有过相当狂妄的言论，但经过三十来年的牢狱生活，性格改变了许多。每年二月二十三日，小岛茂夫都会向铃木智也和阪野律子的家属寄出悔过信，同时积极参与媒体采访，坦露自己在这三十来年的心路历程。在被问到"为何能够在狱中度过这绝望的一天天"时，他回答道："我把能够得到假释、有朝一日回到社会，当作一个目标。"

未完待续

特约监制	何 寅	产品经理	赵 龙
作者经纪	董 鑫	特约编辑	商思悦
营销支持	胡 刚	封面装帧	犿境Lab
内文排版	李春永	出版统筹	徐佳阳
插图绘制	十 月	封面照片	黄 宽